소중한 건데

주워줘서 고마워,

사가라.

그녀는 그렇게 말하고 미소를 지었다.

우리 스터디 그룹 최고의 미인이

내 이름을 알고 있다니, 깜짝 놀랐다.

나처럼 존재감 없는 남자는 있는지조차 모를 줄 알았는데.

나나세 하루코

대학 1학년생. 반짝반짝 인싸계 미녀.
패션에 관심이 많음.

네가 진짜 인기 많은 미인으로 다시 태어나면 더 이상 나랑 엮일 필요가 없잖아.

사가라 소우헤이

대학 1학년생.
나 홀로 지상주의.
돈 떨어지는 일이 없는 알바 박사.

나나세 하루코(본모습)

대학 데뷔에 성공한 수수한 안경녀.
미모는 화장으로 만드는 것.
특기는 요리.

원래 내 모습을 아는 사람은 사가라 뿐이야.

© Yukiko Tadano

유카타를 입은 여자의 뒷모습이 시야에 들어왔다.

예쁘다고 생각했다.

무엇보다 자세가 좋다.

뒷머리는 부드럽게 웨이브가 들어가 있었다.

옷깃 사이로 살짝 보이는 뒷덜미는 가냘프고 놀랄 만큼 하얗다.

CONTENTS

usotsuki lip
ha koi de kuzureru.

거짓말쟁이 입술은 사랑에 무너진다

거짓말쟁이 입술은
사랑에 무너진다

오리지마 카노코
ration
다노 유키코

커버 · 컬러 내지 · 본문 일러스트
타다노 유키코

제 1 장

너와 처음 만난 봄

내 대학 생활을 크게 바꾼 그날은 특별할 것 하나 없는, 흔하디 흔한 평일이었다.

주차장에 자전거를 세운 후, 폴로 셔츠 소매로 이마에 흐르는 땀을 훔쳤다. 오늘은 날씨도 좋고 5월 중순치고는 기온도 제법 높다. 30분이나 자전거를 달렸더니 땀투성이다. 교토의 더위는 습도가 높아서 상당히 힘들다고 들었다. 과연 올해 여름을 잘 날 수 있을지 벌써부터 걱정이 태산이다.

황금연휴가 끝나니 교내에 있는 사람 수도 확 줄었다. 입학하고 지금까지 착실하게 등교했던 1학년 학생들이 서서히 땡땡이치는 법을 배우기 때문이라고 한다. 오월병(五月病)에 걸려서 그대로 학교에 나오지 않는 녀석도 제법 있다는 모양이다.

학교 건물을 향해 걸음을 뗀 순간, 등 뒤에서 쾅당! 하는 큰 소리가 울려 퍼졌다.

뒤돌아본 내 눈에 들어온 것은 쓰러진 자전거와 여대생의 모습이었다. 자전거 바구니에 넣어뒀을 가방 속 물건들이 바닥에 흩어져 있고 여대생은 허둥지둥 물건들을 줍고 있다.

그때 내 발치로 뭔가가 굴러왔다. 아주 작은 원통형 물체——

립스틱이다. 그걸 주워 들고 뒤돌아 있는 그녀를 향해 말을 건넸다.

"……저기, 이거요."

깜짝 놀라 고개를 드는 여자. 그 얼굴을 본 순간, 멍해졌다.

부드럽게 말려 올라간 긴 속눈썹, 뚜렷한 쌍꺼풀, 빨려 들어갈 것처럼 커다란 눈동자, 투명하리만치 하얀 피부, 윤기가 흐르는 분홍빛 입술. 나도 모르게 한눈에 반할 것 같은, 반짝반짝 빛이 나는 미인이었다.

음, 같은 스터디 그룹에 있는…… 이름이 뭐더라?

내가 기억을 더듬고 있는 동안, 내 손에 들린 립스틱을 보고 마음이 놓였는지 그녀의 표정이 풀어졌다.

"앗, 내 립스틱……!"

아주 소중한 물건인 것처럼 내 손에서 립스틱을 받아 들었다. 가냘프고 하얀 손가락, 분홍색 손톱에는 작은 돌이 반짝이고 있다.

"소중한 건데 주워줘서 고마워, 사가라."

그렇게 말하고 미소를 짓는다. 우리 스터디 그룹 최고의 미인이 내 이름을 알고 있다니, 깜짝 놀랐다. 나처럼 존재감 없는 남자는 있는지조차 모를 줄 알았는데.

나는 쓰러진 자전거를 다시 세워준 후, "난 이만"이라고 말하고 그 자리를 떠났다. 뒤에서 "고마워!"라고 말하는 목소리가 들렸지만 돌아보지 않았다. 저렇게 눈에 띄는 미인과는 될 수 있는 한 엮이지 않는 게 좋다.

잔디 광장을 가로지르니 네 명 정도 되는 남학생들이 앉아 있는 모습이 눈에 들어왔다. 그중 한 명은 안면이 있다. 이름은 생각나지 않았다. 그쪽도 나를 알아봤는지 눈이 마주쳤지만 그대로 지나쳤다. 딱히 인사를 나누는 사이도 아니다.

애당초 이 대학에는 나와 인사를 주고받는 사람이 없다.

대강의실로 들어가자마자 제일 앞줄 한가운데 자리를 잡고 앉았다. 수요일 3교시 수업은 교수님의 목소리가 마치 속삭이는 것처럼 작아서 무슨 말을 하는지 알아듣기 힘들다. 거기에 점심 식사 후라는 악조건까지 더해져서 학생들 사이에서는 '낮잠 시간'이라는 타이틀이 붙었을 정도다.

강의실 뒤쪽에서는 화려한 외모를 가진 남녀가 큰 소리로 떠들고 있었다. 대화 내용을 들자 하니 사회학부 학생인 것 같다. 각 학부마다 학생들의 특징이 다른 걸 보면 참 신기하다. 참고로 나는 경제학부다.

차츰 사람들이 늘어나면서 자리가 차기 시작했다. 수업 시작까지 앞으로 5분.

"……저기, 여기 앉아도 돼?"

속삭이는 듯한 목소리가 들려서 고개를 들었다. 길고 밝은 밤색 머리가 눈앞에서 살랑 흔들린다. 꽃처럼 달콤한 향기가 감돌아 나도 모르게 침을 삼켰다.

조금 전에 립스틱을 주워줬던 그 미인이다. 이름은 아직도 생각나지 않는다.

"어, 아, 응."

그렇게 대답한 목소리는 살짝 갈라져 있었다. 제길, 왜 긴장하고 난리야.

"그럼, 실례 좀 할게."

그렇게 말하고 미소를 지은 그녀는 조심스럽게 내 옆에 앉았다.

"사가라, 아까는 고마웠어. 이 수업, 수강했구나."

"……어."

"이 교수님, 목소리가 작아서 뒷자리에 있으면 잘 안 들리잖아. 그치만 수업은 재미있어서 오늘은 앞자리에 앉아서 제대로 들을까 싶어. 갑자기 말 걸어서 미안해."

"……아냐."

혼자 떠드는 그녀의 말에 최소한의 맞장구만 친다. 난 재치 있는 대답 같은 건 못 하고 할 생각도 없었다.

그제야 그녀의 이름이 생각났다. 그래―― 나나세 하루코다.

이 상태로 계속 말을 걸어오는 건 싫다는 생각을 한 것도 잠시, 교수님이 강의실로 들어오자 나나세는 입을 다물고 진지한 표정으로 필기를 시작했다. 마치 등에 자라도 들어 있는 것처럼 등을 꼿꼿하게 펴고 있다.

같은 스터디 그룹이긴 해도 나와 나나세 사이엔 아무 연결고리도 없었다. 이름 말고는 아무것도 모른다. 뭐, 난 딱히 상관없으니 아무래도 괜찮지만.

아무래도 상관없다고 생각하면서도 곁눈질로 슬쩍 나나세를 관찰한다.

우리 스터디 그룹에서도――아니, 교내 전체로 봐도――탑 클래스에 드는 미인이라고 생각한다. 같은 스터디 그룹 남자 녀석들이 입을 모아 예쁘다고 떠들어대는 것도 수긍이 간다. 패션에 대한 건 잘 모르지만 옷차림도 근사하다. 나처럼 평범한 타입은 눈에 들어오지도 않을 것이다. 나 역시 친해질 생각은 눈곱만큼도 없지만.

교수님의 말을 진지하게 듣고 있는, 완벽하리만치 반듯한 옆얼굴을 보고 있자니 왠지 그리운 감정이 샘솟았다.

……이 얼굴, 예전에 어디선가 본 적 있는 듯한 느낌이 든다.

어디서 봤는지 생각해 봤지만 아무리 기억을 더듬어도 이런 미인을 가까이에서 본 적은 없었다. 그냥 기분 탓이라며 시선을 거두었다.

120분 수업이 끝나자 교과서와 필통을 숄더백에 집어넣었다. 그때 낯익은 여학생이 나나세를 향해 뛰어왔다.

"하루코! 이런 곳에 앉아 있었나?"

교토에 온 후, 이젠 제법 익숙해진 간사이 사투리다. 이름은 모르겠지만 같은 스터디 그룹이었던 것 같다. 살짝 위로 올라간 눈매가 인상적인, 살짝 기가 세 보이는 미인이다. 반짝반짝 미인의 친구는 역시 반짝반짝하구나, 하는 생각이 들었다.

"있따 아이가, 하루코, 다음 주 토요일 시간 있나? 우리 서클 멤버들끼리 바비큐 파티를 하자는 얘기가 나왔는데 니도 올기제?"

"아, 그렇구나. 음…… 시간 괜찮은지 확인해 볼게."

"선배가 늘 함께 다니는 예쁜 애도 부르라고 한다 아이가. 그래서 내가 우리 하루코한테 손 댈 생각하지 말라고 단디 말해뒀다."

"삿짱도 참."

나나세는 어깨를 흔들며 쿡쿡 웃는다. 거기에 맞춰 귀에 달린 금색 귀걸이가 반짝 빛났다.

"수업 끝나면 같이 쇼핑하러 가는 거 어때나. 새로 생긴 도넛 가게도 가볼고."

"응! 갈게, 갈 거야! 나도 신상 아이섀도 사고 싶어."

여자들의 대화를 엿들을 생각도 없어서 서둘러 자리에서 일어 났다. 다음 어학 수업은 4호관이다. 얼른 이동해서 예습이라도 해두자.

"아, 사가라. 다음에 또 봐."

자리를 떠나려는데 나나세가 그렇게 말하며 손을 흔들었다. 나 는 인사를 받았다는 사실에 놀라며 말없이 고개만 까딱였다. 강 의실을 나서기 직전, '저 자식은 뭐꼬? 무뚝뚝하네'라는 소리가 들렸다.

……다음에 또 봐, 라고 했지만, 앞으로 나나세와 엮일 일은 없 을 것이다.

나는 입학 후, 어떻게든 타인과 관계를 맺지 않으려 애쓰고 있 다. 서클이나 동아리 활동에도 관심이 없다. 애당초 학생의 본분 은 공부이니 쓸데없는 짓은 하지 않고 수업을 듣고 시험을 쳐서 학점을 따는 게 맞다고 생각한다.

필요한 경우엔 대화 정도는 하지만 친구는 한 명도 없다. 애인 은 당치도 않다. 나를 '외톨이'라고 야유하는 인간들도 있겠지만 뭐라고 하든 상관없다. 내 시간을 나만을 위해 쓸 수 있고 성가신 인간관계에 휘둘릴 일도 없다. 외톨이가 최고다.

© Yukiko Tadano

타인과 엮이는 일은 최소한으로 줄인, 나 홀로 대학 생활은 마음 편하고 쾌적했다.

5교시 수업을 마치니 해가 저물고 있었다. 지금 집에 가서 밥을 먹으면 곧 아르바이트가 있다. 심야 근무는 시급이 좋아서 마음에 든다. 자전거에 올라타서 페달을 밟으며 집을 향해 달린다.

나는 나고야 출신이라 4월부터 자취를 하고 있었다. 교토에 있는 사립 대학에 진학하기로 한 이유는 일단 집에서 독립하고 싶었기 때문이고, 또 하나는 원래 지망했던 국공립대학의 시험일에 인플루엔자에 걸리는 바람에 2지망인 사립대학 말고는 다른 선택지가 없었기 때문이다. 난 이런 인생의 중대한 기로에서 운이 안 좋은 경향이 있다.

대학 인근의 주택가를 지나 니시오지도오리 남쪽으로 향한다. 등교할 때는 비탈 때문에 힘들지만, 반대로 하교할 때는 편하다. 버스 정류장에는 교복을 입은 수학여행단 학생들이 모여서 길을 막고 있었다. 평일인데도 버스는 관광객으로 가득 찼다. 버스로 통학하는 학생들은 꽤 힘들 것 같다.

그대로 남쪽으로 내려가서 산조도오리까지 오자 교차로 한가운데 있는 선로와 맞닥뜨린다. 란덴이라 불리는 노면전차가 달리고 있기 때문이다.

신호가 파란색으로 바뀌기를 기다리는 동안 별생각 없이 선로 건너편으로 시선을 주었다가 앗, 하고 놀랐다. 등을 꼿꼿하게 세운 자세로 새빨간 자전거를 타고 있는 여자. 바람에 나부끼는 밤색 긴 머리. 오늘 대화를 나누었던 나나세였다.

나를 발견하면 골치 아프겠다고 판단한 나는 신호가 바뀐 후에도 잠깐 더 기다렸다가 그녀의 뒷모습이 작아지고 나서야 다시 페달을 밟기 시작했다.

하지만 아무리 시간이 지나도 나나세의 뒷모습이 사라지지 않아서 조금씩 불안해졌다. 혹시 꽤 가까운 곳에 사는 건 아닐까. 학교에서 제법 많이 떨어져 있고 아는 사람을 만날 일도 없어서 마음에 들었었는데.

다시 교차로를 지난 나나세가 우체국 모퉁이를 서쪽으로 꺾어들어간다. 나 역시 느릿느릿 모퉁이를 돌자 때마침 자전거에서 내리는 나나세의 모습이 보였다. 그대로 오래된 연립주택의 계단을 올라가는 걸 본 나는 아연실색했다.

"……말도 안 돼. 같은 곳에 살고 있었다니……."

내가 살고 있는 곳은 지은 지 10년이 넘은 연립주택으로 일체형 욕실이 달린 원룸이다. 낡은 건 말할 것도 없고 대학과도 멀지만 저렴한 월세가 압도적으로 매력적인 곳이다.

나나세는 2층 모퉁이에 있는 집 앞에서 멈춰 섰다. 가방에서 열쇠를 꺼내서 열더니 안으로 들어간다. 나도 모르게 '헉'하는 소리가 새어 나왔다.

설마, 하필이면. 바로 옆집에 나나세가 살고 있을 줄이야. 이런 우연이 있어도 되는 건가. 한 달 동안 알아차리지 못한 나 자신이 경악스러웠다.

왜 이렇게 낡아빠진 집에 저런 미인이 살고 있는 걸까. 이미지

와 너무 달라서 엄청난 위화감이 들었다. 보안을 생각하면 오토록이 설치된 신축 아파트에 살아야 하는 것 아닌가.

주차장으로 들어가서 나나세의 자전거와 제일 떨어진 자리에 내 자전거를 세웠다.

연립주택 계단을 올라가자 캉캉 하고 시끄러운 소리가 울린다. 열쇠를 꺼내 최대한 조용히 집 안으로 들어갔다. 이제부터는 나나세에게 들키지 않도록 조심해서 지내야지.

4월부터 이 집에서 살고 있는데 이 연립주택은 벽이 얇아서 생활 소음이 그대로 다 들린다. 지금까진 거의 의식하지 않고 지냈는데 바로 옆에 나나세가 있다고 생각하니 괜히 마음이 진정되지 않았다.

……에잇, 신경 쓰지 마. 거의 모르는 여자잖아.

머리를 붕붕 흔들고는 늘 깔아둔 채 지내는 이불 위에 벌렁 드러누웠다.

내 방에는 TV는커녕 침대도 없다. 가구라고 할 만한 건 작고 낮은 테이블 하나뿐. 그나마 냉장고와 밥통, 전자레인지가 있긴 하지만 요리를 안 해서 냉장고 안은 거의 비어 있었다. 그러고 보니 마트에서 30엔에 산 우동이 있었던 것 같다. 오늘은 삶은 우동에 간장을 뿌려서 먹어야겠다. 다 먹으면 아르바이트 가기 전까지 잠깐 눈이나 붙이자.

눈을 감고 그런 생각을 하고 있었다. 바로 그때였다.

"꺄아아아아아아악!!"

옆집에서 커다란 비명이 울려 퍼졌다. 나나세의 목소리다.

벌떡 일어나 집에서 뛰쳐나갔다. 초인종을 누르려다가 순간적으로 망설인다.

……이러면 내가 옆집에 살고 있다는 사실이 들통난다.

그런 생각이나 하는 나를 머릿속에서 마구 두들겨 팼다. 바보 같은 놈, 진짜 무슨 일이라도 있으면 어쩔 거야! 아무 일도 없는 게 제일 좋지만!

각오를 다진 그 순간. 무언가가 내 얼굴에 세게 부딪쳤다. 엄청난 충격에 나도 모르게 그 자리에서 비틀거린다.

"아……앗……."

바로 앞에 있는 문이 열렸다는 것을 깨달은 것과 동시에——부드러운 물체가 내 품으로 뛰어들었다. 반사적으로 그 물체를 끌어안는 꼴이 되었다. 달콤한 향기가 물씬 코를 찌른다.

"바, 바, 바, 바."

내 품에 얼굴을 파묻은 여자는 누가 봐도 평정심을 잃은 모습이었다. 몸을 떨며 목구멍 깊은 곳에서 쥐어 짜내는 것처럼 새된 목소리로 외쳤다.

"바, 바퀴벌레!!"

……아아, 바퀴벌레. 그렇습니까.

욱신거리는 통증을 참으며 안도의 한숨을 내쉬었다. 내 얼굴은 썩 무사하지 않을지도 모르지만, 어쨌든 별일 아니라 다행이다.

나나세의 등을 톡톡 두드리며 진정시킨다. 배 부근에 느껴지는 부드러운 감촉을 애써 무시하면서 마음속 동요를 감추고 말했다.

"살충제 있어?"

"에? 으, 아, 그게……어, 없어요……."

"알았어."

나나세를 살짝 밀어낸 후, 다시 집으로 돌아가서 재활용으로 내놓을 예정이었던 옛날 잡지를 집어 들었다. 잡지를 동그랗게 말아서 다시 밖으로 나간다. 나나세를 향해 일단 "잠깐 들어갈 게"라고 말하고 나서 집안으로 들어섰다.

그러고 보니 여자 방에 들어가는 건 태어나서 처음이다. 바퀴 벌레를 찾으며 방안을 빙 둘러본다.

별다른 장식이 없는 방이었지만 작은 TV 위에는 귀여운 선인 장이 놓여 있었다. 거대한 옷장과 행거에 걸린 옷이 좁은 방을 상 당히 압박하고 있었다. 책장에는 참고서가 **빼곡**하게 꽂혀 있다. 방 한가운데 있는 낮은 테이블에는 거울이 달린 크고 네모난 박 스가 자리 잡고 있었다. 아마 화장품이 들어 있을 것이다.

그 순간, 침대 밑에서 검은 물체가 뽈뽈거리며 기어 나오는 게 보였다. 잡지를 치켜들고 힘껏 내리쳤다. 찌부러진 바퀴벌레를 티슈로 회수해서 밖에 있는 나나세를 돌아본다.

"처리했어. 바닥도 닦아둬."

"……! 가, 감사합니다!"

웅크리고 앉아서 떨고 있던 나나세가 고개를 번쩍 들었다. 그 녀의 얼굴을 본 순간, 무슨 일이 일어났는지 몰라서 머릿속이 하 얘진다.

……지금 내 앞에 있는 여자는, 도대체 누구지?

"……나, 나나세?"

거기 있는 건 내가 아는 나나세 하루코가 아니었다.

스쳐 지나가자마자 바로 잊어버릴 것 같은, 수수하고 소박한 얼굴이었다. 빨간 테 안경에 남색 체육복, 긴 밤색 머리는 아무렇게나 두 갈래로 묶여 있다.

눈을 깜빡이는 나나세의 얼굴에서 핏기가 싹 가시는 모습이 보였다.

"사, 사, 사, 사가라?"

산소가 부족한 금붕어처럼 입을 뻐끔거리는 나나세의 얼굴을 본 순간—— 어떤 기억이 뇌리에 되살아났다. 하마터면 앗 하는 소리가 튀어나올 뻔했지만, 간신히 참았다.

"……사, 사가라, 여, 여, 여긴, 어쩐 일이야?"

곰곰이 생각해 보니 나나세 입장에서는 별로 친하지도 않은, 같은 스터디 그룹 남학생이 갑자기 집에 들이닥친 셈이다. 아무리 비상사태였다 해도 스토커라는 오해를 받아도 어쩔 수 없는 상황이다. 경찰을 부르기 전에 서둘러 변명했다.

"아, 아니, 난, 바로 옆집에 사는데……비명이 들려서, 그래서."

"어?! 지, 진짜야? 전혀, 몰랐어……."

"나도, 오늘 알았어."

"미, 미안해. 시끄러웠지?"

학교에서 볼 때보다 다소 자신감 없는, 기어들어 가는 것 같은 목소리였다. 평소에는 좀 더 당당해 보이는데.

"저, 저기…… 도, 도와줘서 고마워, 사가라."

나나세는 그렇게 말하며 고개를 꾸벅 숙였다. 순순히 고맙다고

말하는 나나세를 보니 당황스럽다.

　물론 거짓말은 한마디도 하지 않았지만 내 이야기를 선뜻 믿는 모습은, 바보 같을 정도로 너무 사람이 좋은 것 아닌가? 내가 악질적인 스토커일 가능성도 없지는 않은데 말이다.

　어쨌든 빨리 이 자리를 벗어나는 게 좋을 것 같다. 더는 나나세와 엮일 생각이 없다.

　“……그럼, 난 이만. 여긴 벌레가 꽤 많이 나오니까 살충제를 사두는 게 좋을 거야.”

　이것으로 서로 모른 척하고 지내면 된다. 나와 나나세는 내일부터도 생판 남처럼, 서로 말 섞을 일도 없이 지내게 될 것이다. 쾌적한 나 홀로 라이프는 지켜낼 수 있다.

　“잠깐만!”

　걸음을 떼려는데 나나세가 점퍼 자락을 잡았다.

　“저기…… 깜짝 놀랐지?”

　“뭐가?”

　“내, 맨얼굴…… 평소랑, 전혀 다르지?”

　나나세가 불안해하며 물었다. 부정하는 것도 거짓말인 셈이라 “응” 하고 고개를 끄덕인다.

　지금 눈앞에 있는 여자가 같은 스터디 그룹에 있는 미인과 동일 인물이라는 사실이 도저히 믿기지 않았다. 절대 못생긴 게 아니라 이목구비 하나하나는 괜찮게 생겼지만 수수하고 소박한 인상을 준다. 평소처럼 화려한 느낌은 없다. 화장의 힘이란 역시 대단한 것 같다.

"······아, 아무한테도 말하지, 마."

자신의 원래 모습이 수수하다는 사실을 내가 떠들고 다니진 않을지 걱정되는 모양이다. 쓸데없는 걱정이다.

"말 안 해. 애당초 친구도 없고."

내 말을 듣고 안심했는지 나나세의 눈가가 풀어졌다. 화장했을 때와는 또 다른, 온화하고 부드러운 인상을 주는 눈매다.

"다행이다. 다른 사람이 아는 건 정말 싫거든······고등학교 때까지는 엄청 수수해서, 이른바, 대학 데뷔라는 걸 한 셈이야."

"응, 나도 알아."

별생각 없이 말했다가 아차 싶었다.

"······앗. 어, 어떻게?"

나나세는 이상하다는 듯 고개를 갸웃거리고 있다. 체념한 나는 어쩔 수 없이 털어놓기로 했다.

"나나세······ 코우료우 고등학교 졸업했지?"

"앗, 그, 그걸 어떻게 알아?!"

"······나도 같은 고등학교 다녔어."

나나세의 수수한 맨얼굴을 본 순간, 내 뇌리에 되살아 난 것은. 불과 몇 개월 전, 고등학교 시절의 기억이었다. 도서관 카운터에 앉아서 공부하는, 수수하고 성실한 도서 위원.

나나세 하루코는 나와 고등학교 동창이다.

하지만 추억을 떠올리며 이야기꽃을 피울 사이도 아니고 그럴 생각도 없었다. 게다가 잘 모르는 사람이 일방적으로 자기 얼굴을 기억하고 있다는 사실이 나나세 입장에서는 불쾌할 수도 있다.

"뭐?! 저, 정말이야?! 그, 그런 일이……?! 마, 말도 안 돼……."

놀라움을 감추지 못하는 나나세. 솔직히 나도 동감이다. 같은 고등학교 출신에 교토에 있는 같은 대학에 진학한 것도 모자라 스터디 그룹까지 똑같고 옆집에 살고 있다니. 이 정도로 우연이 겹치는 건 천문학적인 확률이다.

"미리 말해두자면…… 스토커 같은 건 아니야."

"어? 으, 응. 나도 알아."

"난 네 이름도 몰랐고 얼굴이 너무 변해서 전혀 눈치도 못 챘어."

"미안해. 난…… 사가라를, 기억하지 못해서……."

나나세가 풀이 죽은 모습으로 눈을 내리깔았다. 매일 도서관에 드나든 게 전부인 존재감 없는 남학생 따위 기억하지 못하는 게 당연하다. 그러니까 그렇게 미안해하지 않았으면 좋겠다.

"……알 만한 접점이 전혀 없었잖아. 게다가 나, 고등학교 때랑 성이 달라졌어. 기억하지 못하는 게 당연해. 학교에서 말을 걸거나 하진 않을 테니까 안심해. 그럼."

빠른 어투로 그렇게 쏟아낸 후, 이번에야말로 뒤도 돌아보지 않고 나나세의 집을 나섰다. 즉시 집으로 돌아가 작게 숨을 내쉰다.

만약 나나세가 다른 사람들이 자신의 고교 시절에 대해 아는 걸 원치 않는다면 앞으로 나에게 말을 걸어올 일은 없을 것이다. 자신의 과거를 아는 사람과 엮이고 싶지 않은 건 당연하다.

고독을 원하는 내게는 더할 나위 없이 잘된 셈이다.

오늘은 예상하지 못한 일이 있었지만, 내일부터는 분명 평온무사한 날이 다시 돌아올 것이다. 안도한 나는 우동을 삶기 위해 냄비에 물을 담아 가스레인지 위에 올렸다.

○───══════───○

나는 화장하는 것을 좋아한다.

메이크업 베이스 위에 파운데이션을 바르고 블러셔를 바르면 새하얗고 투명한 피부와 혈색 좋은 뺨이 된다. 쌍꺼풀 테이프를 붙이고 인조 속눈썹을 붙인 다음 아이라인을 그리면 아이돌처럼 또렷하고 커다란 눈을 만들 수 있다. 평범하기 짝이 없는 얼굴이 내 손에 의해 화려하게 변해가는 모습은 마치 새하얀 캔버스에 그림을 그리는 것 같아서 즐겁다.

제일 마지막으로 입술에 립스틱을 바르고 거울을 향해 생긋 미소 짓는다. 그러면 신기하게도 자신감이 불끈불끈 솟는 것 같은 느낌이 드는 것이다.

그때 옆집의 문이 닫히는 소리가 났다. 지금은 아침 8시. 새벽이 다 돼서야 돌아왔는데 벌써 학교에 가는 모양이다. 잠은 언제 자는 건지 걱정이다.

……설마 같은 스터디 그룹의 남자아이가 옆집에 살고 있었다니. 게다가 같은 고등학교 동창이었다니…….

그── 사가라 소우헤이와 대화를 나눈 건 어제가 처음이었다. 원래 누구와도 어울리려 하지 않는 사람이다. 늘 강의실 제일 앞줄에 앉아서 진지하게 수업을 듣고 있다. 다들 '뭘 저렇게 성실하게 하냐'며 어이없다는 듯 말하지만 난 그런 사가라에게 친근감과 동시에 호감을 품고 있었다. 성실함은 미덕이다. 적어도 난 그렇게 믿고 있다.

대학에 들어오기 전의 나는 내세울 건 성실함 하나밖에 없는 여자였다.

교복을 고쳐 입지도 머리를 염색하지도 않았고 화장은 아예 꿈도 꾸지 않았다. 늘 무지각, 무결석, 쉬는 시간에도 책상에 붙어 앉아서 공부만 했다. 덕분에 성적 하나는 좋았지만 그게 전부였다.

반 아이들이 내 물건을 감추거나 무시하고 험담을 한 것도 아니다. 그렇지만 다들 왠지 모르게 서먹하게 대했고 수업 시간에 두 명씩 조를 짤 때는 늘 나 혼자 마지막까지 남았다.

——나나세는 성실해서 우리랑은 조금 다른 것 같아.

나를 가엾게 여기고 받아준 수학여행의 같은 조 여자아이들은, 악의는 조금도 없답니다, 라는 태도로 그렇게 말했다. 나 역시, 전혀 상처받지 않았어요, 라는 표정을 지으며 "그런 것 같아"라고 대답했다. 그 후에는 될 수 있으면 방해가 되지 않도록 아무 말 없이 있다가 조금 떨어진 곳에서 다른 아이들의 뒤를 따라 걸었다. 수학여행의 기억은 반 아이들의 뒷모습 말고는 남아 있는 게 없다.

내 고교 시절은 텅 비어 있었다. 추억이라고 할 만한 것은 하나도 없다. 그저 매일 학교에 가서 숨만 쉬었을 뿐. 친구라 할 만한 사람은 한 명도 없었다. 남자 친구는커녕, 좋아하는 사람도 생기지 않았다.

나도 다른 사람들처럼 반짝반짝 빛나는 학창 시절을 보내고 싶었다. 잔뜩 멋을 부리며 친구와 놀고 순정 만화 같은 사랑도 하고 남자 친구와 데이트도 하고 싶었다.

——지금도 늦지 않았어. 얼마든지 할 수 있어.

그렇게 말하며 내 등을 떠밀어준 건 내 동경의 대상인 사촌 언니였다. 나는 미인에 사교적이고 다정한 사촌 언니를 '언니'라고 부르며 친언니처럼 따랐다.

——그치만 난 언니처럼 예쁘지 않은걸.

——괜찮아. 하루코는 지금부터 얼마든지 예뻐질 수 있어.

그러면서 사촌 언니는 립스틱 하나를 선물해 주었다. 태어나서 처음 가져보는 화장품이었다.

그 후로 나는 언니의 모교인, 교토에 있는 대학을 지원했다. 고향을 떠나서, 지금까지의 나에 대해 아는 사람 하나 없는 곳에서 새로 시작하고 싶은 마음이 컸다.

합격 통지서를 받자마자 화장품 세트를 갖추고 옷과 액세서리를 샀다. 미용실에 가서 헤어스타일을 바꾸고 귀에 구멍도 뚫었다. 초등학교 때부터 꼬박꼬박 모아온 세뱃돈은 눈 깜짝할 사이에 다 사라졌지만, 왠지 시원한 기분이 들었다.

난 변할 거야. 꼭 변할 거야. 반드시 변하고야 말겠어!

그렇게 결심한 나는 장밋빛 대학 생활을 꿈꾸며 교토로 왔다.

화장을 마치고 멍하게 있는 동안 어느새 5분이나 지났다. 아뿔싸, 아침의 소중한 5분을 낭비하고 말았다.

옷장 안에서 옷을 골라 갈아입은 다음, 머리를 높이 올려 하나로 묶고 머리카락 끝을 살짝 말아준다. 업스타일로 했으니 귀걸이는 큼직한 걸로 해야지. 얼마 전에 산 오픈토 펌프스를 신고 가자. 그런 생각을 하는 것만으로도 가슴이 마구 설렌다. 나에게 뭐가 어울리는지 고민하는 건 늘 즐겁다.

자외선 차단제를 꼼꼼하게 바르고 나서 집을 나섰다. 때마침 주인 할머니가 화단에 물을 주고 계셨다. 이 연립주택의 주인은 우리 할머니와 비슷한 연배의 할머니이다.

"안녕하세요!"

인사를 건네자 주인 할머니는 눈을 가느스름하게 뜨더니 "이제 나가니?"라고 대꾸해 주셨다.

"오늘은 날씨가 좋지만, 더워질 것 같으니까 조심해서 다녀오렴."

"네, 다녀오겠습니다."

머리를 꾸벅 숙여 인사한 다음, 자전거에 올라탄다. 등이 구부정한 주인 할머니는 인자한 미소를 지으며 배웅해 주셨다. 손을 살짝 흔들자 마주 흔들어주기까지 하셨다.

얼마 전까지의 나였다면 모기처럼 작은 목소리로 인사한 후, 고개를 숙인 채 그냥 지나갔을 것이다. 나는 숨을 한껏 들이마신 후, 힘껏 페달을 밟기 시작했다.

자취하는 집에서 자전거로 30분 정도 가면 학교에 도착한다. 이른 아침이다 보니 사람이 별로 없어서 교사(校舍)에서 제일 가까운 주차장에 자전거를 세웠다. 캠퍼스 안을 걷고 있자 누가 어깨를 툭 친다.

"하루코! 안녕!"

나에게 말을 건 사람은 하얀 셔츠에 몸에 딱 붙는 데미지 데님을 입은 예쁜 여자아이였다. 살짝 올라간 눈매가 새초롬한 고양이를 연상시키는 외모다.

"아, 삿짱. 좋은 아침!"

그녀는 삿짱── 스도 사키. 대학에 들어와서 처음 생긴 친구이다.

친해진 계기는 스터디 그룹 설명회. 강연 도중에 삿짱이 '저 교수님, 티베트 모래 여우 안 닮았나?'라고 말을 걸어온 게 첫 만남이었다. 교수님의 얼굴을 본 나는 그만 웃음을 터뜨리고 말았다.

그 후, 둘이 함께 교내에 있는 카페에서 차를 마시고 LINE 아이디를 교환했다. 산 지 얼마 안 된 스마트폰에 가족이 아닌 다른 사람의 연락처를 등록한 건 처음이었다.

──처음 봤을 때부터 하루코랑 꼭 친구가 되고 싶었데이.

삿짱은 아이스티를 마시면서 그렇게 말하고는 웃었다.

같은 스터디 그룹에 있는 여학생은 나를 포함해 5명 밖에 없다. 그중에서 삿짱처럼 예쁘고 멋진 여자아이가 내게 말을 걸어줬다는 사실이 기쁘고 자랑스러웠다. 얼마 전까지의 나였다면 삿짱이 말을 걸지도 않았을 테니까.

나나세는 우리랑은 조금 다른 것 같아. 예전에 같은 반 아이에게 들었던 말은 지금도 가슴 속 깊이 검은 얼룩이 되어 남아 있다.

내 옆에서 걷는 삿짱은 손으로 입을 가리며 크게 하품을 했다.

"진짜 1교시는 너무 힘든 거 안 같나? 어제도 서클 애들이랑

놀아서 힘들어 죽갔다."

"삿짱은 집이 멀어서 힘들지?"

"말해 머하겠노. 어젯밤에 막차 타고 집에 갔는데 오늘도 6시에 일어났더니 미치겠다. 화장도 마 대충 하고 왔데이."

그 말에 삿짱의 얼굴을 찬찬히 살펴본다. 조금 위로 올라간 눈동자는 잿빛이 살짝 감도는 예쁜 색을 하고 있고 콧등은 곧게 뻗어 있다. 화장을 대충 해도 미인이다. 난 화장하는 데만 1시간 이상 걸리는데.

"근디 하루코, 와 이렇게 일찍 왔나? 내야 한큐 전철 시간이 딱 맞는 게 없어서 일찍 도착했지만서도."

삿짱의 말에 손목시계로 시선을 떨군다. 8시 45분. 수업 시작 15분 전이니 그리 빠른 것도 아닌 것 같은데. 아무래도 대다수의 학생에겐 수업 시작 직전에 강의실에 뛰어드는 게 '딱 좋은' 시간인 모양이다.

"니는 참 좋겠데이. 혼자 살아서."

삿짱은 오사카에 있는 본가에서 한큐 전철과 시영 버스를 갈아타고 통학하고 있다. 1시간 반이나 걸리기 때문에 아침 일찍 일어나는 게 여간 힘든 게 아니라고 고충을 토로했던 적이 있다.

"그치만 학교랑 거리도 꽤 멀어서 그렇게 편한 건 아니야."

"다음에 막차 놓치면 내 좀 재워주라. 언제 한 번 놀러 가고 싶다!"

"으, 음……방이 좁아서……."

그렇게 대답하며 다다미 6장 크기의 단칸방인 나의 성을 떠올렸다. 그곳으로 친구를 부르는 건 조금 망설여진다. 살기 편한 것보다 저렴한 월세를 우선시했으니 어쩔 수 없다. 보증금과 사례금 없이 매월 4만 엔. 장소를 생각하면 파격적인 매물이다. 생활비는 가능하면 화장품과 옷에 투자하고 싶다.

하지만 아무리 낡고 허름한 곳이라도 그렇지, 바퀴벌레까지 나올 줄은 몰랐다. 바퀴벌레를 처리해 준 사가라는, 호들갑이 아니라 진짜 신이었다. 사가라가 없었다면 두 번 다시 집에 못 들어갈 뻔했다. 집에 가는 길에 드럭 스토어에서 살충제를 사야겠다.

……가만히 생각해 보니, 남자를 내 방에 들인 건 태어나서 처음이었어.

그런 생각을 하다 보니 어느새 강의실 앞에 도착했다. 오늘 1교시는 필수 영어다. 영어는 입학하자마자 시험을 쳐서 성적순으로 클래스를 나눴는데 난 제일 상위 클래스였다. 같은 클래스에는 사가라도 있다.

"좀따 점심 같이 먹자. 끝나면 LINE해라."

삿짱은 그렇게 말하더니 발걸음도 가볍게 자리를 떠났다. 난 손을 흔들어 배웅한 후, 강의실로 들어갔다.

어학 수업은 다른 수업과 달리 자리가 정해져 있다. 내 자리는 창가 제일 앞. 사가라의 자리는 가운데 열의 뒤에서 두 번째. 검은색 티셔츠에 카고 팬츠를 입은 그를 금방 발견할 수 있었다. 일찍 와서 예습이라도 하고 있었나 보다. 역시 성실한 사람이다.

그러고 보니 사가라는 평범하고 별 볼 일 없던 고등학교 시절의 나를 알고 있다. 아무에게도 말하지 않겠다고 했고 그 말을 의심하는 건 아니지만 상대방이 일방적으로 비밀을 쥐고 있는 셈이니 영 마음이 놓이지 않았다.

"사, 사가라. 안녕."

말을 걸자 사가라는 깜짝 놀라 고개를 들었다. 그러더니 언짢은 듯 눈썹을 찌푸린다.

"······무슨 일이야? 웬만하면 말 걸지 말았으면 좋겠는데······."

"저······ 어제, 일 말인데."

"······괜찮아. 나도 알아. 아무한테도 말 안 해. 말할 사람도 없고."

그리곤 다시 교과서로 시선을 떨어뜨리는 사가라. 더 이상 너와 말할 생각이 없다는 강한 의지를 느낀 나는 풀이 죽은 채 자리로 돌아왔다.

······진짜 괜찮을까. 친구가 없는 건 사실인 것 같지만······.

잠시 후, 미국인 원어민 선생님이 강의실로 들어왔다. "굿모닝!"이라는 명랑한 인사에 학생들은 드문드문, 소곤거리는 목소리로 "굿모닝"이라고 대꾸했다.

대각선 뒤쪽에 있는 사가라에게 힐끔 시선을 주었지만, 그는 여전히 진지한 표정으로 수업을 들으며 이쪽은 보려고도 하지 않았다.

─────●━━━━━━━━━━━━━●─────

학생들로 떠들썩한 점심시간의 학생 식당. 카운터 위에 붙은 메뉴를 위에서 아래까지 노려본다. 저렴한 가격과 많은 양이 장점인 2호관 식당 메뉴 중에서도 제일 싼 건 일반 우동 100엔. 기도하는 심정으로 지갑을 열어 안을 확인한다.

들어 있는 건 고작 10엔짜리 동전 2개. 요컨대 알바비가 들어오기 전, 마지막 하루를 20엔으로 버텨야 한다는 뜻이다.

낭비할 생각은 없었지만, 자취를 시작하면서 이래저래 지출이 꽤 많았고 그게 지금 영향을 미치고 있는 것이다. 지난달까지는 아르바이트도 연수 기간이었다 보니 시급이 적어서 생각했던 것만큼의 수입이 들어오지 않은 것도 한몫했다.

한순간 엄마에게 연락할까 하는 생각이 머리를 스쳤지만 절대 싫다는 결론에 이르렀다. 무슨 일이 있어도 본가에는 기대고 싶지 않았다. 생활비 역시 한 푼도 안 받고 있다.

……어쩔 수 없지, 그냥 참자. 오늘 하루 정도는 어떻게든 되겠지.

미련 가득하게 학생 식당을 나와 터덜터덜 걷는다. 오늘은 수업 후, 밤부터 아침까지 아르바이트가 있다. 가능한 한 에너지를 소비하지 않도록 어디 가서 낮잠이나 자자.

"앗, 사가라."

그때 뒤에서 부르는 소리에 움찔 놀랐다.

이젠 익숙해진 그 목소리의 주인은 나나세였다. 안 들리는 척하면서 계속 걸어가자 다시 "사가라!" 하는 목소리가 들린다. 마지못해 걸음을 멈추고 뒤를 돌아봤다.

"하아, 하아…… 왜, 왜 무시하는 거야? 들은 거 다 알아."

숨을 헐떡이는 나나세가 살짝 눈을 치뜨며 쏘아본다.

"……무슨 일인데?"

"딱히 용건이 있는 건 아닌데…… 사가라, 점심 먹을 거야?"

나나세는 불임성 좋게 웃으며 내 얼굴을 살폈다. 무슨 이유에서인지, 나에게 원래 모습을 들킨 후에도 이렇게 툭하면 말을 걸어온다. 어쩌면 내가 주위에 비밀을 떠들고 다니진 않을지 걱정하고 있는 건지도 모른다. 그런 짓은 할 리 없는데.

"난 점심 없어."

"앗, 왜?"

"……알바비 들어오기 전이라 돈이 없거든."

작은 소리로 대답하자 "뭐?" 하고 나나세의 눈이 동그래졌다. 그녀는 잠깐 고민하는 것 같더니 머뭇거리며 제안했다.

"그럼…… 내 도시락, 나눠 먹을래? 반찬은 어제 먹고 남은 아스파라거스 돼지고기 말이지만 오늘은 달걀 프라이가 엄청 잘 됐거든. 괜찮으면 같이……."

"아니, 됐어."

그렇게 대답하자 나나세는 슬픈 듯 눈을 내리깔았다. 그 표정을 본 순간, 죄책감이 가슴을 찔렀다. 나 같은 놈에게 거절당해 봤자 아무렇지도 않을 텐데. 왜 그런 얼굴을 하는 거야?

지나가던 남학생이 나나세를 힐끔 쳐다본다. 왜 이런 미인이 별 볼 일 없는 남자와 같이 있는 거지? 라고 생각한 걸까. 화장을 한 나나세는 화려한 미인이다. 눈을 깜빡거릴 때마다 긴 속눈썹이 흔들리고 커다란 눈동자는 햇빛을 반사하며 보석처럼 빛나고 있다.

필요 이상으로 엮일 생각은 없지만 상처를 주고 싶은 건 아니다. 난 목소리 톤을 살짝 낮춰서 덧붙였다.

"……미안. 하지만 진짜 괜찮아. 네 도시락이잖아."

"그치만 배고프잖아?"

"별로."

그렇게 대답하는 것과 동시에 배에서 꼬르륵 하는 소리가 났다. 배에서 나는 커다란 소리를 들은 나나세의 눈동자에서는 나에 대한 동정이 배어나고 있다.

……제길, 쪽팔리게. 얼버무리듯 혀를 차고 다시 서둘러 걷기 시작한다. 이젠 포기했는지, 나나세는 더 이상 쫓아오지 않았다.

수업을 마치고 집으로 돌아온 나는 다다미 바닥에 드러누운 채 천장을 멍하게 올려다보고 있었다. 이렇게 보내는 시간이 아깝다는 건 알고 있지만 어떻게든 에너지를 소비하고 싶지 않았다.

눈을 감고 주린 배를 참고 있는데 갑자기 카레 냄새가 풍겨오기 시작했다. 굶주린 배에서는 한층 더 큰 소리가 났다.

냄새의 발생지는 바로 옆집이었다. 나나세가 카레를 만들고 있는 모양이다. 학교에서 본 화려한 미인의 얼굴과 함께 소박하고 수수한 도서 위원의 얼굴이 머리에 떠오른다.

……역시 보통은 동일 인물이라고 상상도 못 하겠지.

고등학교 때의 나나세는 수수하고 눈에 띄지 않는 학생이었다. 내가 나나세의 얼굴을 기억하고 있었던 건 그녀가 도서 위원이고 과거 한때 내가 도서관에 죽치고 있던 시기가 있었기 때문이다.

집에 돌아가고 싶지 않았던 당시의 나는 방과 후에 시간을 때울 장소를 찾고 있었다. 동아리 활동이나 위원회에 소속되어 있지 않은 내가 있을 만한 곳은 없었고 최종적으로 다다른 곳이 바로 구교사의 한쪽 구석에 있는 도서관이었다. 카운터에 앉아 있는 도서 위원은 늘 같은 여학생—— 나나세였다.

고등학교 도서실은 설비가 잘 갖추어져 있다고 말하긴 힘들어도 늘 구석구석까지 청소를 잘 해서 깨끗하고 청결했다. 학생들이 반납함에 아무렇게 던져둔 책은 바로 원래 자리로 돌아가 있었다. '반납 기간은 ○월 ○일입니다'라고 적힌 글자가 참 예뻤다. 나나세가 그걸 직접 쓴다는 걸 난 알고 있었다.

내가 매일 같이 도서관에 틀어박혀 있었던 건 마음이 편했기 때문이다. 수수하고 성실한 도서 위원은 하교 시간 직전까지 죽치고 앉아 있는 나를 보고도 싫은 얼굴 한 번 하지 않았다.

그녀와 대화를 나눈 건 졸업을 앞둔 어느 날, 딱 한 번뿐. 폐관 시간이 지나 문단속을 하고 있는 나나세에게 나는 이렇게 물었다.

——내가 방해가 됐어?

——아니, 전혀.

분명 그녀에겐 큰 의미 없는 말이었을 것이다. 하지만 그 대답을 들은 순간, 마치 구원받은 듯한 느낌을 받았다.

그래서 나는 나나세가 대학 데뷔를 했든 맨얼굴이 평범하게 생겼든 소문을 퍼뜨리고 다닐 생각은 없었다. 애당초 떠들어댈 친구도 없다. 앞으로도 내가 모르는 곳에서 행복하게 살아간다면 그것으로 충분하다. ……그렇게 생각했는데.

나나세는 왜 계속 나한테 말을 거는 걸까. 모처럼 미인이 되어 대학 데뷔까지 했으니 나 같은 건 내버려두고 대학 생활을 마음껏 만끽하면 될 텐데.

열린 창문으로 다시 좋은 냄새가 흘러들어온다. 카레 냄새만 맡고 아무것도 못 먹는 건 너무 괴롭다. 젠장, 쌀밥이라도 있으면…….

하다못해 물이라도 마시려고 주방에 서 있는데 딩동 하고 인터폰이 울렸다. 이 시간에 누구야, 하고 생각하며 문을 열자 커다란 냄비를 끌어안은 나나세가 서있었다. 화장기 없는 얼굴에 안경, 고등학교 체육복을 입고 있다.

"……뭐야."

놀라서 묻자 나나세는 들고 있던 냄비를 가볍게 들어 올렸다.

"카레를 너무 많이 만들었는데 안 먹을래? 1인분만 만드는 게 영 쉽지 않아서."

"……사양할게."

필사적으로 참으며 그렇게 말했지만 나나세는 물러서지 않았다.

"이렇게 많은 걸 나 혼자는 다 못 먹어. 다 처리할 수 있게 좀 도와주면 안 돼?"

나나세는 울상을 지으며 곤란한 미소를 짓는다. 이렇게 맛있어 보이는 카레 냄새를 맡고도 계속 거절할 만큼 내 의지는 강하지 않았다. 체념하고 냄비를 받아 들었다.

"……하지만 밥이 없어."

"앗, 밥도 없어?!"

32   거짓말쟁이 입술은 사랑에 무너진다 1

나나세가 비통하게 외쳤다. 동정 어린 시선을 견디다 못한 나는 휙 하고 시선을 피했다.

"그러면 밥도 가져올게. 평소보다 밥을 많이 짓길 잘했어. 잠깐만 기다려."

잠시 후, 나나세는 쌀밥을 산더미처럼 담은 그릇을 들고 돌아왔다.

"이 정도면 돼?"

말없이 고개를 끄덕였다. 충분하고도 남을 정도다.

"다행이다! 다 먹으면 냄비랑 그릇 가지러 올게. 입에 맞으면 좋겠다."

그러고 나나세는 발길을 돌려 자기 집으로 돌아갔다.

나나세에게 받은 카레 냄비와 밥그릇을 테이블 위에 올려둔 다음 이사 온 후로 한 번도 사용하지 않은 카레 접시를 찬장에서 꺼내 밥과 카레를 담았다. 두 손 모아 감사 인사를 한 후 카레를 떠서 입으로 옮긴다. 한 입 먹으니 나도 모르게 앓는 소리가 새어 나왔다.

"우와…… 무……진장 맛있어……."

배가 고파서 그런 것도 있지만, 나나세가 만든 카레는 깜짝 놀랄 만큼 맛있었다. 작게 썬 야채가 잔뜩 들어가 있었는데 걸쭉한 카레와 잘 어우러졌다. 적당한 맵기와 풍미가 텅 빈 위장에 천천히 배어든다.

결국 난 카레를 깨끗하게 다 비웠다. 아무리 많이 만들었다고 해도 이웃 사람에게 나눠주는 양치고는 너무 많다. 밥을 굶은 나를 위해 일부러 많이 만든 게 분명했다.

……이러고도 고맙다는 말도 안 하면 사람도 아니지.

싱크대에서 냄비와 밥그릇을 씻은 후, 나나세의 집으로 향했다. 인터폰을 누르자 얼마 지나지 않아 나나세가 얼굴을 내밀었다.

"……잘 먹었어."

깨끗하게 비워진 냄비를 내밀자 나나세의 눈이 동그래진다.

"어?! 벌써 다 먹었어?! 전부 다?!"

"응. 죽을 만큼 맛있었어."

진짜 맛있었기 때문에 솔직하게 말했다. 카레 가게를 해도 될 정도라고 하면 칭찬이 너무 과한가? 내 말을 들은 나나세는 수줍게 웃었다.

"잘 됐다. 맛있게 잘 만들어졌는데 사가라도 맛있게 먹었다니 너무 기뻐."

화장을 하고 있으면 알아보기 힘들지만, 나나세의 눈매는 강아지처럼 살짝 아래로 쳐져 있다. 생긋 웃으면 눈이 없어진다. 그녀는 자신의 수수한 맨얼굴을 마음에 들어 하지 않는 것 같지만 화장을 안 해도 충분히 귀여……그렇게 나쁘진 않다고 생각한다. 그런 얼굴을 좋아하는 남자도 있을 텐데.

"……미안. 덕분에 살았어. 알바비 받으면 꼭 갚을게."

"앗, 안 그래도 돼! 1인분이든 2인분이든 어차피 만드는 건 똑같아."

말은 그렇게 해도 나나세 역시 이렇게 낡아빠진 연립주택에 살고 있으니 절대 여유가 있는 건 아닐 것이다. 이대로는 내 마음이 불편하다.

　그렇게 실랑이를 계속했지만 결국 나나세가 체념한 듯 말했다.

　"……알았어. 그럼 다음 주 금요일, 스터디 그룹 끝난 후. 시간 있어?"

　"어? 아, 응."

　"그럼, 같이 점심 먹지 않을래? 실은 가고 싶은 가게가 있는 데…… 혼자 갈 용기가 없어서 같이 가주면 좋을 것 같아."

　"자, 잠깐만."

　난 당황했다. 대학 데뷔를 성공리에 마친 나나세에겐 이성과 밥을 먹는 건 일상다반사인지도 모르지만 나한테는 보통 일이 아니다.

　"아니, 난……."

　거절하려다가 입을 다물었다. 그냥 모른 척 넘어가도 되지만 카레는 진짜 맛있었다. 빚을 진 채로 안 갚고 있는 건 '누구에게도 의지하지 않고 고독을 고수한다'는 신조에 반한다.

　"……알았, 어……."

　머뭇머뭇 대답하자 나나세는 "잘 됐다"라며 천진난만하게 두 손을 들었다. 나와 점심을 같이 먹으러 가는 게 뭐 그리 대단한 일이라고 이렇게 기뻐하는 걸까. 도통 이해가 안 된다.

　내가 소속되어 있는 스터디 그룹은 화요일 3교시와 금요일 2교시, 주 2회. 1학년은 모두 20명 남짓. 그중 여학생은 5명. 나나세 하루코는 그 가운데서도 단연 눈에 띄었다.

"하아, 역시 나나세는 귀엽다니까. 오늘 눈보신 제대로 한다."

내 앞자리에 있는 스터디 그룹 남학생 무리가 나나세 쪽을 보면서 소곤거리고 있다. 중심에 있는 남자는 우리 스터디 그룹에서는 보기 드문, 꽤 건들거리는 화려한 타입이다. 이름은── 키나미라고 했던가? 다른 녀석들과 여자애들의 소문에 대해 이러쿵저러쿵 떠들어대는 걸 자주 봤다. 누가 예쁘니, 누구 몸매가 좋으니, 큰 소리로 말하기 꺼려지는 얘기도.

"다음에 같이 밥 먹으러 가자고 해 볼까. 야, 혹시 나나세 남친 있냐?"

"글쎄, 저렇게 예쁜데 있지 않을까? 정확한 건 모르지만."

키나미는 머리를 싸매며 "으아, 어떤 놈인지 몰라도 나나세를 마음대로 할 수 있다니, 부러워 죽겠다─" 하고 괴로워한다. 천박한 남자다. 어디 가서 발가락이나 세게 부딪쳐서 죽었으면 좋겠다.

"……그래서 다음 주부터는 조별 과제에 들어간다. 그럼, 오늘은 여기까지."

교수님의 말이 끝나는 것과 동시에 수업 종료를 알리는 종이 울렸다. 점심시간의 시작을 알리는 신호를 마치 사형 선고를 기다리는 죄수 같은 심정으로 듣는다.

오늘은 금요일. 나나세와 함께 점심을 먹기로 약속한 날이다.

이렇게 아는 얼굴이 많은 곳에서 나나세에게 말을 걸면 안 되겠지. 일단 학교 밖으로 나가서 만나기로 하는 게 좋을 것 같다. 연락처는 저번에 (어쩔 수 없이) 교환했으니까 어떻게든 되겠지.

먼저 연구실에서 나가려고 자리에서 일어나는데 뒤에서 나나세의 목소리가 들렸다.

"삿짱, 미안. 나 오늘은 밖에 나가서 먹어야 할 것 같아."

또각또각. 구두 굽이 강의실 바닥을 걷는 소리가 난다. 누가 어깨를 툭 치는 것과 동시에 달콤한 향기가 났다. 긴 머리를 예쁘게 묶은 나나세가 내 얼굴을 올려다본다.

"사가라, 가자."

그 순간, 내 착각이 아니라 진짜로 연구실이 술렁거렸다.

왜 사가라가? 라는 표정을 한 남자들의 시선이 따끔따끔 날아와 박힌다. 바로 앞에 앉아 있던 키나미는 눈을 동그랗게 뜨고 이쪽을 보고 있었다. 제발 좀 봐줘. 난 가능한 한 눈에 띄고 싶지 않단 말이다. ……아니, 애당초 이런 곳에서 나 같은 놈한테 말을 걸지 말라고.

"배고파. 지금이라면 잔뜩 먹을 수 있을 것 같아."

나나세는 그런 내 심정은 아는지 모르는지 해맑게 웃고 있다. 주위를 환하게 만드는, 태양 같은 미소였다. 내겐 너무 눈부셔서 똑바로 볼 수가 없다.

체념한 나는 자리에서 일어나 고개를 숙인 채 연구실을 나섰다.

어느 정도 걸어서 아는 사람들의 시선이 사라지자 제법 마음이 편해졌다. 왜인지는 몰라도 나나세도 긴장이 풀렸는지 휴우 하고 숨을 내쉰다.

나는 완벽하게 잘 가꾼 나나세의 옆 모습을 보면서 말했다.

"……진짜 많이 변했다, 나나세."

"열심히 노력했거든. 화장이랑 패션도 필사적으로 배우고 다이어트도 해서 5킬로그램이나 뺐어. 꼬박꼬박 모았던 세뱃돈도 한순간에 다 사라졌고."

"왜 그렇게까지 하는 거야?"

"장밋빛 대학 생활을 보내고 싶었으니까!"

나나세의 눈동자가 반짝거린다. 나는 힘없는 목소리로 "그래"라고 대답했다.

……장밋빛 대학 생활이라.

"친구도 잔뜩 만들어서 최선을 다해 즐길 거야! 아, 가능하면 근사한 남자 친구도 사귀고 싶어!"

유감스럽지만 난 그런 일에 전혀 관심이 없다. 오히려 귀찮다는 게 내 생각이다. 눈앞에 있는 여자아이에겐 어떤 노력을 해서라도 손에 넣고 싶은 것이었겠지만.

"그럼, 서클에라도 들어가면 되잖아."

내가 알기로 나나세는 서클이나 동아리에 가입하지 않았다. 미인에 인싸라면 서클에 소속되어 매일 밤 놀러 다닐 것 같은 이미지가 있다. 완전히 편견이지만.

내 말에 나나세는 살짝 당황한 듯한 미소를 지었다.

"……확실히, 그렇긴 해…… 역시, 들어가야 할까?"

"뭐, 그야, 들어가는 게 좋지 않겠어?"

도대체 고민할 일이 뭐가 있지? 진심으로 장밋빛 대학 생활을 보내고 싶다면 세상을 더 넓혀야 하는 건 당연한 일이다. 나처럼 시답잖은 남자와 어울릴 때가 아닐 텐데.

동문을 나서면 한적한 주택가가 나온다. 자전거를 밀며 5분 정도 걷자 나나세가 "여기야!"라며 걸음을 멈췄다.

그쪽을 보니 '해풍정(海風亭)'이라고 적힌 진한 남색 노렌이 걸려 있었다. 정식을 파는 가게인 모양이다.

"600엔에 정식을 먹을 수 있는데 밥이랑 된장국도 무제한으로 먹을 수 있대!"

나나세는 들떠서 말했다. 노렌을 지나 삐걱거리는 미닫이문을 연다.

좁은 가게 안에는 카운터를 제외하면 2인용 자리가 두 개 있을 뿐이었다. 자리에는 우리 또래 대학생 같은 손님의 모습이 보였다. 아마, 중년 부부 둘이 꾸려 나가는 가게인 것 같다.

2인석 자리에 마주 보고 앉자 점원이 주문을 받으러 왔다. 나는 치킨 카츠 정식, 나나세는 오늘의 요리인 고등어 된장국 정식을 주문했다.

"치킨 카츠, 좋아해?"

"그냥. 카라아게 정식이 있었으면 그걸로 했을 거야."

"아, 카라아게를 좋아하는구나!"

"별로……."

"카라아게 정식은 수요일이래. 그러면 수요일에 또 오면 되겠다."

메뉴를 본 나나세가 그렇게 말하자 뭐라고 대답하면 좋을지 몰라 망설였다. 다음이 있다고 생각하는 건가. 나는 무슨 일이 있어도 거절하고 싶은데.

말없이 있는 동안 치킨 카츠 정식과 고등어 된장국 정식이 나왔다. 메인인 치킨 카츠와 된장국과 쌀밥, 그리고 샐러드가 곁들여져 있다.

　바싹하게 잘 튀긴 치킨 카츠는 제법 맛있었다. 개수는 그리 많지 않지만 600엔이면 가성비는 최고다. 금전적으로 여유가 있을 때 또 오고 싶다.

　샐러드를 다 먹은 후, 치킨 카츠와 밥을 번갈아 먹으면서 정면에 앉은 나나세를 보고 있었다. 나나세의 젓가락질은 아주 깔끔했다. 고등어 살을 발라서 입으로 가져가는 동작이 너무 예뻐서 나도 모르게 홀린 듯 보게 된다.

　하지만 지금의 그녀는 왠지 이 장소에 어울리지 않는 듯한 느낌이 들었다.

　"……왠지 의외야."

　"뭐가?"

　"이런 곳 말고 다른 곳으로 데리고 갈 줄 알았거든. SNS 감성, 뭐, 그런 데 있잖아."

　여긴 값싸고 맛도 좋은 괜찮은 가게이지만 나나세가 동경하는 반짝반짝 빛나는 여자들이 즐겨 갈 법한 가게는 아니다. 근사한 카페나 이탈리안 레스토랑 같은 곳에 갈 것 같은데. 만약 그런 곳에 끌려왔다면 너무 불편해서 기절했을 가능성도 있다.

　내 말을 들은 나나세는 일단 젓가락을 내려놓고 대답했다.

　"SNS 감성인 가게도 아주 좋아해. 대학에 들어와서 처음으로 그런 곳에 가봤고 정말 즐거웠어. 그치만 뭐라고 할까, 가끔은…… 지칠 때가 있어……."

"왜?"

"난 변한 것 같지만 결국 별로 안 변한 건지도 몰라……."

나나세는 힘없이 고개를 숙이고 한숨을 쉰다.

"……사가라, 아까 나한테 왜 서클에 안 들어가냐고 물었잖아?"

나나세는 고개를 숙인 채, 유리컵에 든 차가운 물을 가만히 보고 있다. 잠깐의 침묵 후, 조금씩, 중얼거리는 것처럼 이야기를 시작했다.

"대학에 들어가자마자 테니스 서클의 신입생 환영 모임에 나갔었어. 열심히 친구를 만들려고. ……그런데 잘 안되더라구."

하아, 하고 나나세가 크게 한숨을 쉰다.

"선배도 동급생도 다들 굉장히 밝고 즐거운 사람들뿐이라 왠지 주눅이 들어서. ……원래라면 여기 있어선 안 되는 사람이라고 생각하니……아무한테도 말을 걸 수가 없었어."

듣고 보니 그럴 만도 하다 싶었다. 나나세의 교우 관계는 내가 본 바로는 그리 넓지 않다. 같은 스터디 그룹에 있는 여학생, 그리고 몇 명. 늘 똑같은 멤버들끼리 모여서 다니는 것 같았다. 키나미 같은 타입의 남자가 말을 걸어오면 당혹스러운 표정을 짓는다. 아까도 조금 무리하는 것처럼 보였다.

"삿짱도 그렇고…… 다른 친구들과 함께 있는 건 즐겁지만…… 가끔 미안해질 때가 있어. 진짜 나는 이렇지 않다는 생각이 들어서."

"……진짜 나……?"

"그치만 진짜 내 모습을 보여줬다가 다들 떠날까 봐, 무서워."

테이블 위에 놓인, 꽉 쥔 주먹이 작게 떨리고 있어서 깜짝 놀랐다. 울고 있으면 어떡하지. 그렇게 생각하며 나나세의 얼굴을 살폈지만, 그녀의 뺨은 말라 있었고 화장은 조금도 지워지지 않았다.

수수한 맨얼굴을 덮고 있는 화장이야말로 나나세 하루코의 갑옷인 셈이다.

고개를 든 나나세는 생긋 미소 지었다. 입 끝이 예쁘게 올라간, 완벽한 미소였다.

"미안. 내가 괜한 말을 했네."

"……아냐."

"나, 잠깐 숨을 돌리고 싶었나 봐. 같이 와줘서 고마워."

나는 그녀의 이야기를 들으며 진짜 나나세 하루코는 도대체 어떤 걸까, 라는 생각을 했다.

고등학교 도서관에서 착실하게 공부하는 모습도, 대학에서 예쁜 여학생을 연기하는 모습도. 바퀴벌레가 무서워서 난리를 치는 모습도. 반쯤 강제적으로 카레를 떠안기던 모습도. 놀랄 만큼 깔끔한 젓가락질로 생선을 먹는 모습도. 장밋빛 대학 생활을 보내고 싶다며 눈을 반짝이는 모습도, 원래 모습이 알려지는 게 무섭다며 우는소리를 하는 모습도. 어느 것 하나 빼놓을 것 없이 여전히 나나세 하루코가 아닌가 하는 게 내 생각이다.

"원래의 나를 알고 있는 사람은 사가라 밖에 없어."

"……."

"……그래서 같이 있으면 편한가 봐."

그 순간, 내 머릿속에 이건 아니라는 경종이 울려 퍼졌다. 고독하고 쾌적한 내 대학 생활이 이 여자에 의해 치명적인 위협을 받고 있다.

나나세가 이래저래 나에게 신경을 써주는 건 내가 유일하게 그녀의 원래 모습을 알고 있어서 굳이 꾸밀 필요가 없는 존재이기 때문이다. 그 이상의 이유는 없다.

다 마신 된장국 그릇을 쟁반 위에 놔두고 말했다.

"……그럼, 내가 도와줄게."

"응? 뭘?"

"네 대학 생활이 장밋빛이 될 수 있도록…… 협조할게."

내 말을 들은 나나세는 "어째서?"라며 고개를 갸웃거렸다.

"미리 말해두지만, 널 위한 것만은 아냐. 네가 진짜 인기 많은 미인으로 다시 태어나면 더 이상 나랑 엮일 필요가 없잖아."

내가 고등학교 때 조금이나마 나나세에게 신세를 진 건 사실이다. 하지만—— 주된 이유는 내 마음의 평온을 위해서다.

나나세가 진정한 인싸 미인이 되어 장밋빛 대학 생활을 손에 넣게 되면 나 같은 건 거들떠보지도 않을 것이다. 그렇게 되면 나는 고독하고 쾌적한 대학 생활을 되찾을 수 있다. 내가 생각해도 완벽한 계획이다.

"……사가라는 나랑 엮이는 게 싫어?"

나나세가 물었다. 진심으로 슬퍼하는 것 같아서 당황했다.

"아, 아니. 그게…… 너하고만 엮이기 싫은 게 아니야."

"무슨 말이야?"

"……난 내 세계에 아무도 들이고 싶지 않아. 골치 아픈 인간관계에 내가 가진 리소스를 할당하는 건 딱 질색이거든. 그래서 어떻게든 다른 사람들과 어울리는 건 피하고 싶어."

"협조해 준다니 너무 기쁘지만…… 사가라, 꽤 삐뚤어졌구나……."

어이없어하는 시선이 나를 향한다. 나는 그 시선을 무시하고 "어쨌든" 하고 말을 이어간다.

"그렇게 된 거니까 나를 위해 네게 협조할게."

나나세는 잠깐 고민하는 것 같더니 이내 "알았어" 하고 고개를 끄덕였다.

"나, 진정한 미인이 되기 위해 열심히 노력할 거야! 사가라와 함께."

"……아, 그래."

"그러니까 앞으로 잘 부탁해."

나나세는 생긋 웃으며 오른손을 내밀었다. 나는 그 악수를 받아주지 않고 두 손을 모아 "잘 먹었습니다"라고 말했다.

"사가라!"

정식 가게에 다녀오고 며칠 후, 점심시간. 밥을 먹으려고 혼자 캠퍼스 안을 걷고 있는데 나나세가 말을 걸어왔다. 완벽하게 화장한 그녀는 변함없이 반짝반짝 빛나고 있다.

나는 깜짝 놀라 허둥지둥 주위를 둘러봤다. 다행히도 아는 얼굴은 보이지 않았다.

"점심 먹으러 가? 같이 먹자."

밝게 제안하는 나나세를 무시하고 다시 터벅터벅 걷기 시작했다. "자, 잠깐만!" 하고 부르는 당황한 목소리가 뒤에서 쫓아온다. 난 아무도 없는 건물 뒤로 와서야 멈춰 섰다.

"……왜 자꾸 말을 거는 건데?"

"앗, 그러면 안 되는 거야?"

풀이 죽은 나나세. 제발 좀 그러지 마. 그런 표정을 지으면 내가 나쁜 짓이라도 한 것 같잖아. 다 널 위해 하는 말이라고.

"장밋빛 대학 생활을 보낼 생각이 있긴 하냐?"

"이, 있어! 엄청 있다구!"

가슴 앞에서 주먹을 힘껏 쥐어 보이는 나나세를 살짝 쏘아본다.

"그러면 나한테 말 걸지 않는 게 좋아. 진짜 인기 많은 인싸녀는 나 같은 놈이랑은 말도 안 섞는 법이니까."

"아냐, 꼭 그런 건 아닌 것 같은데……."

불만스러워 보이는 나나세. 나는 주위를 신경 쓰며 "잠깐 이리와" 하고 그녀의 팔을 잡아끌었다.

캠퍼스 제일 구석에 있는 6호관 교사로 나나세를 데리고 왔다. 대충 비어 있는 강의실을 찾아서 들어가자 나나세가 주위를 두리번두리번 둘러본다.

"와아, 6호관은 처음 와봤어."

우리 학교에서 제일 신식인 6호관 건물에서는 경제학부 수업이 거의 없다. 작년에 새로 생긴 정보학부가 주로 이용하고 있다. 우리 연구실이 있는 1호관에서 제일 멀리 떨어져 있으니 아는 사람을 만날 위험은 현저히 낮았다. 혼자 있기를 좋아하는 내겐 최고의 장소다.

……나나세에게 가르쳐주는 건 별로 내키지 않았지만, 대를 위해 소를 희생하는 수밖에 없다.

"사가라, 늘 어디서 점심을 먹나 궁금했는데 여기 있었구나."

"그런 거야 아무래도 상관없는 일이잖아. 일단 거기 앉아봐."

나나세가 의자에 걸터앉자 바로 맞은편에 자리를 잡고 앉았다. 나나세는 등을 꼿꼿하게 세우고 진지하기 짝이 없는 얼굴을 하고 있다. 왠지 면접관이라도 된 것 같은 기분이다.

"네가 말했던 장밋빛 대학 생활이란 거 말인데."

"응!"

"애당초 그 장밋빛이라는 게 정확히 어떤 거야? 너무 두리뭉실해서 하나도 모르겠는데."

목표를 달성하기 위해서는 일단 비전을 명확하게 하는 게 중요하다. 하지만 나나세도 구체적으로 생각해 본 적은 없는 모양인지 누가 봐도 당황한 표정을 지었다.

"……치, 친구 100명 만들기……?"

간신히 나온 대답을 듣자 힘이 쭉 빠졌다. 그게 뭐야. 친구 100명 만들기라니. 초등학교의 학급 목표도 아니고. 산꼭대기에서 주먹밥이라도 만들 생각이냐.

하지만 따지고 보면 인맥을 늘리는 것도 장밋빛 대학 생활과

직결되긴 한다. 나는 책상 위에 엎어 둔 나나세의 스마트폰을 가리키며 물었다.

"……지금 LINE 연락처에 몇 명 정도 있어? 가족 빼고."

나나세는 스마트폰을 확인하더니 수줍게 손가락 7개를 세웠다.

"70명?"

"아니, 7명."

상상보다 더 적다. 난 하마터면 의자에서 미끄러질 뻔했다.

"……너, 진짜 친구 없구나……!"

"그, 그래서 내가 그런 거라구. 그리고 그중에 한 명은 너야."

그렇다면 실질적으로는 6명뿐이잖아. 할 말이 많아 보이는 내 시선을 느꼈는지, 나나세는 변명처럼 덧붙였다.

"우리 스터디 그룹, 여자애들은 별로 없잖아. 아직 아르바이트도 안 하고."

"……그럼, 구체적인 목표. 일주일 안에 연락처에 등록된 사람 수를 5명 더 늘리기."

얼마 안 되는 것 같지만 기한이 일주일인 걸 고려하면 적당하다고 본다. 우선 실현 가능하면서 쉽고 간단한 목표를 세우는 게 중요하다.

"5, 5명이라……할 수 있을까."

나나세는 잠깐 고민하더니 뭔가 생각난 것처럼 "아!" 하고 외쳤다.

"그러고 보니 이번 주 금요일에 경제학부 1학년 교류회가 있다고 했어. 다른 스터디 그룹이랑 합동으로 밥도 같이 먹는대."

"그럼, 거기 다녀와. 그러면 5명 정도는 금방 늘 거야."

그러자 나나세는 불안한 모습으로 내 눈치를 살폈다.

"……사가라도, 같이 안 갈래? 교류회."

"내가 거길 가겠냐."

교류회라니, 글자만 봐도 소름이 돋는다. 뭐가 그렇게 슬퍼서 타인과 교류하는 일에 돈과 시간을 쏟아야 한단 말인지. 물론 내가 그 자리에 있어봤자 방해만 되겠지만.

하지만 나나세는 못내 아쉬운지 계속 물고 늘어졌다.

"제발 부탁이야. 사가라도 같이 가."

"뭐?! 내가 왜?!"

"그치만 삿짱은 아르바이트 때문에 못 간다고 했단 말이야. 게다가 아는 사람도 거의 없고……그러니까 사가라가 같이 가주면 마음이 든든할 것 같아."

"아니, 난……."

"……협조하겠다고 했잖아?"

나나세가 그렇게 말하며 은근슬쩍 압박을 가해왔다. 난 그만 말문이 막혔다.

……협조하겠다고 한 건 분명 사실이다. 어쩔 수 없다. 이것도 다 나나세의 장밋빛 대학 생활 실현과 나의 나 홀로 대학 생활 탈환을 위한 일이다.

"……절대 말은 걸지 마."

한숨을 쉬면서 말하자 나나세의 표정이 환해졌다.

"응! 같이 있어 주기만 해도 충분해! 고마워!"

나를 마음의 안식처로 삼고 있는 시점에서 이미 장밋빛에서 5백 걸음 정도는 멀어졌다는 사실을 깨닫지 못하고 있는 걸까. 진짜 괜찮나. 하는 생각에 나는 새삼 불안해졌다.

　금요일. 오후 6시. 수업이 끝난 후. 일단 집에 갔다가 교토의 번화가인 시조카와라마치로 왔다.

　시조카와라마치에서 조금 걸으면 타카세가와 강이 흐르는 키야마치도리가 나온다. 이곳은 교토에서도 손에 꼽히는 술집 거리로 산조도리에서 시조도리에 걸쳐 다양한 음식점들이 즐비하게 늘어서 있다. 키야마치에서 제법 가까운 폰토초나 기온처럼 가격대가 높지 않아서 학생들이 부담 없이 이용할 수 있는 체인점도 많다……고 아르바이트 하는 곳의 선배가 말했었다. 온갖 환영회를 다 거부해 온 나는 이 근방에 발을 들일 일이 거의 없다.

　그나저나 교류회 장소가 어디더라. 지도를 확인하려고 스마트폰을 꺼내는데 강가 나무 아래 서 있는 한 미인의 모습이 보였다. 나나세다.

　오늘 나나세는 평소보다 더 공을 들여 머리를 땋고 예쁜 무늬가 들어간 원피스를 입고 있었다. 패션에 관심이 없는 내가 봐도 상당히 신경을 썼다는 걸 알 수 있었다. 스마트폰을 보면서 계속 고개를 갸웃거리고 있다. 혹시 길을 잃은 건가.

　목적지가 동일하긴 하지만 같이 가는 건 피하는 게 좋을 것 같다. 그냥 지나가려고 걸음을 떼는데 내 또래로 보이는 남자들이 나나세를 보며 히죽거리고 있었다.

그 노골적인 시선이 불쾌해진 나는 시선을 차단하듯 자연스럽게 이동했다. 그런 다음 목소리를 살짝 높여서 이름을 불렀다.

"나나세."

스마트폰에서 고개를 든 나나세는 나를 보더니 손을 붕붕 흔들었다.

"아, 사가라!"

쳇 하고 혀를 차는 소리와 함께 "부러운 자식"이라고 하는 목소리가 들린 것 같다. 부러움을 살 만한 일은 전혀 없는데.

"만나서 다행이야. 장소가 어딘지 못 찾아서 헤매고 있었어."

나나세는 남자들의 시선은 알아차리지 못했는지 한가하게 웃고 있었다. 나는 "아마 이쪽일 거야"라며 빠르게 걷기 시작했다.

교류회 장소는 키야마치도리에서 좁은 골목을 조금 들어간 곳에 있었다. 입구에는 작은 노렌이 쳐져 있는 게 전부라 가게를 찾아내는 게 여간 힘든 일이 아니었다. 내부는 의외로 근사하게 꾸며진 일본 전통 스타일의 가게였다.

안내를 받아 2층으로 올라가니 다다미가 깔린 넓은 객실에 테이블 몇 개가 놓여 있었다. 먼저 와 있던 몇 명의 시선이 동시에 들어오는 우리를 향했다.

……아뿔싸. 가만히 생각해 보니 나나세와 같이 와선 안 되는 거였는데.

나는 짐짓 '가게 앞에서 우연히 만난 것뿐이에요'라는 식으로 굴면서 객실의 제일 구석에 자리를 잡고 앉았다. 옆에 앉으려는 나나세를 살짝 노려보며 한 손으로 휙휙 쫓아내는 시늉을 한다. 나나세는 약간 섭섭해하는 것 같았지만 결국 나와 제일 멀리 떨어진 대각선 맞은편에 있는 테이블로 향했다. 옳지, 그래야지.

시작 시간이 되자 테이블은 거의 다 찼다. 교류회 간사인 선배가 한두 마디 한 후, 전통 요리 코스가 나오면서 교류회가 시작되었다.

"음. 다들 무슨 스터디 그룹이더라?"

누가 그런 말을 꺼낸 것을 시작으로 자리는 점점 무르익어 갔다. 하지만 나는 한마디도 하지 않았다. 아무 말 없이 계속 밥만 먹는다.

내 주위에 앉아 있던 녀석들은 온몸으로 다른 사람들을 거부하는 오라를 발산하고 있는 나를 이상하게 쳐다봤다. 분명 속으로는 '이 자식, 도대체 왜 온 거지?'라고 생각하고 있을 것이다. 반대 입장이라면 나 역시 그렇게 생각했을 것이다.

그건 그렇고, 나나세는 어쩌고 있나.

살짝 상황을 살펴보니 나나세는 고개를 숙인 채 오렌지 주스만 홀짝이고 있었다. 그녀의 맞은편에는 여학생 두 명이 앉아 있었는데 거들떠보지도 않고 자기들끼리만 신나게 떠들고 있다. 옆에 앉아 있는 남학생은 쉬지 않고 말을 걸고 있었지만 나나세는 곤란한 표정만 지을 뿐이었다.

……하아, 도대체 여긴 왜 온 거냐!

반응이 별로 좋지 않은 나나세를 상대하는 데 질린 걸까, 얼마 지나지 않아 남자는 자리에서 일어났다. 그 타이밍에 살짝 나나세 옆으로 이동했다. 톡톡, 등을 두드리자 뒤를 돌아본 나나세의 표정이 환해진다.

"사가라…앗."

말을 걸지 말라는 약속이 떠올랐는지, 나나세는 허둥지둥 입을 막았다. 난 아무 말 없이 '이쪽으로 와'라는 제스처를 보냈고 둘이 몰래 자리를 떴다. 제발 아무도 못 봤기를.

"……도대체 뭐 하는 거야?"

"갑자기 남자에게 연락처를 묻는 건 허들이 너무 높은 것 같아서 여자들이 있는 테이블에 앉았는데……앞에 앉아 있던 애들, 이미 친구 사이 같더라구."

"그런 건 신경 쓰지 말고 대화에 끼어들면 되잖아."

"음, 그치만……온통 나는 모르는 화제뿐이라……도저히 끼어들 수가 없었어."

그러고 보니 여자가 세 명 모이면 한 명은 소외된다고 옛날에 누가 말했던 것 같다. 따돌림이라고 할 것까진 없지만 썩 기분 좋은 일은 아닐 것이다.

풀이 죽어 있는 나나세를 위로하듯 가능한 한 부드러운 목소리로 말한다.

"……제일 가운데 테이블, 여자애가 앉아 있던데 가서 말을 걸어봐."

"으, 응……열심히 해 볼게!"

나나세는 고개를 들더니 가슴 앞에서 주먹을 꽉 쥐어 보였다. 마지막으로 빙글 돌아서더니 "보고 있어!"라는 말을 남기고 다시 술자리로 돌아갔다. 그런 다음, 풍성한 숏컷을 한 여학생 옆에 앉았다.

"마, 만나서 반가워!"

나나세가 어색한 미소를 지으며 말하자 그 여학생은 "좀 딱딱하지 않아?"라며 재미있다는 듯 웃었다. 오, 느낌 좋은데? 시작이 꽤 괜찮아.

그 후로 나는 기척을 완전히 지운 채 술자리 제일 구석에 앉아 있었다. 이제 벽과 완전히 하나가 된 나를 신경 쓰는 사람은 아무도 없다.

우롱차를 마시면서 나나세의 모습을 관찰한다. 그 여학생과 제법 말이 통하는지 즐거운 얼굴로 응, 응, 하고 고개를 끄덕이는 게 보인다. 아무래도 나나세가 있는 테이블이 여기서 제일 분위기가 좋은 것 같다. 나나세 바로 맞은편에 앉아 있는 건 우리와 같은 스터디 그룹인 꽃미남이다. 이름은 기억나지 않지만, 저런 남자와 친해지면 장밋빛 대학 생활에 50보 정도는 더 가까워질 것이라 생각한다.

2시간 반 정도 되는 교류회가 끝나자 간사에게 참가비를 내고 서둘러 자리를 빠져나왔다. "2차로 노래방에 갈 사람—!"이라고 외치는 소리가 들렸지만 당연히 무시하고 가게를 나선다.

밤 9시의 키야마치도리는 많은 사람으로 붐비고 있어서 아까 왔을 때와는 다른 밤거리의 얼굴을 하고 있었다. 말을 걸어오는 호객꾼을 무시하며 걷고 있자 "사가라!" 하고 누가 이름을 불렀다.

"나 5명이랑 연락처를 교환했어! 목표 달성!"

나를 쫓아온 나나세가 스마트폰을 자랑스럽게 들어 보였다. 이런 곳에 여자 혼자 놔두고 갈 수 없었던 나는 마지못해 걷는 속도를 늦췄다.

"아까 친해진 애 말이야. 츠구미라고 한대. 샷짱이랑 아는 사이더라구!"

"흐음. 잘 됐네."

"사가라, 버스 타고 가? 아니면 전철? 같이 가자!"

생글거리며 기뻐하는 나나세를 슬쩍 곁눈질한다. 이번만큼은 거절할 생각이 들지 않았다. 나는 이 상황에서 혼자 돌아가라고 할 정도로 매몰찬 인간은 못 됐다.

⋯⋯그런데 이 녀석. 2차는 안 가나?

"저기, 나나세⋯⋯ 2차는? 안 가?"

진정한 리얼충이 되려면 2차에는 반드시 참석해야 한다. 교우 관계를 보다 더 넓힐 수 있는 좋은 기회다. 하지만 나나세는 난처한 듯 울상을 지었다.

"응. 나 음치인 데다가 요즘 유행하는 노래도 잘 몰라. ⋯⋯게다가 좀 피곤하기도 하고. 즐겁긴 했지만."

그렇게 말하는 나나세의 옆모습은 피로의 기색이 역력했다. 이쪽을 올려다본 나나세는 헤엣, 하고 긴장이 풀린 것 같기도 하고 졸린 것 같기도 한 미소를 지었다. 분명 화장을 했는데도 왠지 맨얼굴의 느낌이 묻어나는 미소였다.

"오늘 잘 온 것 같아. 사가라 덕분에 한 걸음 진전했어. 고마워."

나야 딱히 대단한 일을 한 것도 아닌데. 막상 고맙다는 말을 들으니 가슴이 술렁거렸다. 익숙하지 않아, 이런 건.

시조도리의 버스 정류장에서 나나세와 함께 버스를 탔다. 교토 시영 버스의 요금은 거의 균일한 후불제다. 이렇게 또 2백30엔이 나가는군. 하고 생각하자 씁쓸한 기분이 들었다.

아직 막차 시간이 아니라 그런지 버스 안은 별로 혼잡하지 않았다. 제일 뒤에 있는 5인석이 비어 있어서 얼른 창가 자리로 가서 앉았다. 나나세도 내 옆에 자리를 잡고 앉았다.

아무 말 없이 창밖을 보고 있자 툭 하고 뭔가가 기대는 느낌이 들었다.

깜짝 놀라 옆을 보니 내 어깨에 머리를 기댄 나나세가 쌕쌕 소리를 내며 잠들어 있었다. 정말 피곤하긴 한가 보다.

……하긴 꽤 애썼지.

부득이하게 베개 노릇을 하게 된 게 불만이긴 했지만 깨우지는 않기로 했다. 하는 수 없으니 도착할 때까지 자게 놔두자.

이렇게 눈을 감고 있으니 눈꺼풀 위에 뭔가 반짝거리는 게 발라져 있는 게 보였다. 인조 속눈썹은 둥글게 말려서 자연스러운 형태로 눈꺼풀에 붙어 있다.

잠든 나나세의 체온은 상당히 높았다. 그리고 점점 나를 향해 체중이 실려 온다. 절대 무거운 건 아니지만 너무 가깝다. 버스가 흔들릴 때마다 나나세의 가슴이 내 팔에 부딪히며 말랑말랑 모양을 바꾼다. 나와 똑같은 인간이라는 사실이 믿기지 않을 만큼 부드럽다. 내 몸에는 이렇게 부드러운 부위는, 아마 존재하지 않을 것이다. 생각보다 크네, 라는 생각이 한순간 머리를 스쳤지만 이내 마음속으로 사과했다. 맞닿은 부분에서 나나세의 심장 고동이 들리는 것만 같았다.

……아니다. 어쩌면 내 심장 소리가 아닐까.

나나세에게는 미안하지만 그녀가 잠에서 깨어날 때까지 내 모든 신경은 온통 팔뚝에 집중되어 있었다. 남자의 서글픈 본성이다.

"하루, 그 립스틱 색, 너무 예쁘다. 어디 꺼고?"

교류회로부터 일주일이 지난 어느 점심시간.

학생 식당에서 밥을 다 먹은 후, 화장을 고치고 있자 츠구미가 그렇게 물었다. 난 기뻐서 립스틱을 꺼내 보여줬다.

"이거야! 고등학교 졸업 선물로 사촌 언니가 사줬어."

"거기 립스틱, 후기가 엄청 좋더라. 발색도 좋고 잘 안 지워진다고."

"그라도 역시 백화점 브랜드라서 선뜻 살 수가 없데이. 알바비 나오면 사뿔까."

"츠구미, 지난달에 돈이 없어서 고생하지 않았어? 또 쇼핑했다간 파산할 거야."

식당 테이블에 함께 앉아 있는 건 삿짱 외에 후지이 츠구미와 우메하라 나미. 삿짱과 나미는 같은 어학 수업을 듣고 츠구미와 나미는 같은 스터디 그룹이다. 저번 교류회에서 나와 츠구미가 친해지면서 넷이 함께 점심을 먹는 일이 많아졌다.

"그라고 보니 얼마 전에 남자 친구한테 야단맞았다 아이가. 생각 없이 돈을 너무 많이 쓴다꼬."

"츠구미의 남자친구, 사회인이랬지? 앱에서 만났다는."

"어, 맞다. 연상이라고 얼마나 잔소리가 많은지 모른데이. 지난번에도……."

그때부터 화제가 바뀌어서 생생한 남자 친구에 대한 이야기로 넘어가는 바람에 나는 입을 다물었다. 츠구미와 나미에겐 남자 친구가 있어서 최근엔 이런 화제가 나오는 일도 많다. 그러면 경험치 제로인 나는 잠자코 듣는 것 말고는 할 수 있는 게 없었다.

……으음. 인기 인싸녀들의 연애 사정은 엄청나구나…….

응, 응, 하고 고개를 끄덕이며 듣고 있자 삿짱이 갑자기 나를 보며 말했다.

"그런데 하루코, 니 사가라랑 사귀나?"

삿짱의 돌발 질문에 동요한 내 손에서 립스틱이 떨어졌다. 재빨리 주워서 파우치에 넣는다.

"뭐, 뭐어? 갑자기 무슨 말이야?"

평정을 가장했지만 되묻는 목소리는 보기 흉하게 떨리고 있었다.

"왠지 요즘 둘이 같이 있는 모습이 마이 보이더라고. 얼마 전에도 둘이 같이 점심 안 묵었나? 하루코는 인기도 많은데 남자들하고 별로 말을 안 해서 이상하다 생각했거든."

"진짜? 사가라가 누구더라?"

나미가 고개를 갸웃거린다. 이 중에서 나와 같은 스터디 그룹에 있는 건 삿짱뿐이라 사가라를 아는 사람은 거의 없다. 게다가 사가라는 다른 사람과 어울리려고도 하지 않는 사람이다.

"늘 검은색 옷을 입고 다니고 수수하고 성실한 느낌이 나는 애, 모르겠나?"

삿짱의 설명에, 얼마 전에는 남색 폴로 셔츠를 입었어, 라고 생각했지만 끼어들지 않기로 했다. 츠구미는 금방 생각난 모양이었다.

"아, 알겠다! 저번에 하루랑 같이 교류회에 왔던 애? 안 그래도 취향이 특이하다고 생각했다. 뭐꼬, 진짜 사귀나?"

"아, 아니야!"

나는 두 손을 힘껏 휘저어 부정했다. 설마 이런 오해를 사게 될 줄은 몰랐다. 남자들과의 거리는 어느 정도가 적당한 건지 잘 모르겠다. 지금까지 친구가 없었던 난 인간관계에서는 완전히 초보나 마찬가지다.

"맞나? 그라믄 친구가?"

츠구미의 질문에 난 생각에 잠겼다. 나와 사가라는 친구 사이일까?

──네가 진짜 인기 많은 미인으로 다시 태어나면 더 이상 나랑 엮일 필요가 없잖아.

물론 대화는 나누고 있지만 그런 말을 들은 이상 친구라고 주장하는 건 힘들겠지. 난 웃으며 얼버무렸다.

"……사가라랑 난 사는 곳이 가깝고 ……그리고 고향이 같아서 그래."

"오, 그렇나? 같은 고등학교 출신?"

"어?! 뭐, 대충은……."

말을 흐렸다. 이대로 '졸업 앨범 좀 보여줘'라는 식으로 흐르는 건 무슨 일이 있어도 피하고 싶었다. 나는 다소 강제적으로 화제를 전환했다.

"그, 그치만 삿짱도 얼마 전에 호죠랑 둘이 밥 먹으러 갔잖아."

호죠 히로키는 같은 스터디 그룹의 남학생으로 삿짱과 친하다. 연예인 뺨치게 잘생긴 그는 풋살 서클에 가입했는데 늘 다양한 사람들에게 둘러싸여 있었다. 교내에도 팬클럽이 존재한다는 소문이 돌 정도다. 저번 교류회에서도 잠깐 대화를 나눴는데 굉장한 인싸남이라 살짝 지칠 정도였다.

"에이, 히로키랑 내는 그런 사이 아니다. 캐릭터적으로 보면 사가라는 진짜 같지만."

"아, 맞아."

삿짱의 말에 다른 아이들도 동의했다. 무슨 차이인지 잘 모르겠지만 사가라 같은 타입과 둘이 밥을 먹으러 가는 건 '진짜 같다'고 생각하나 보다. 하나 배웠다.

"뭐, 그래도 하루는 사가라와는 좀 다르잖아."

자연스럽게 나온 츠구미의 말은 내 가슴에 푹 날아와 꽂혔다.

──나나세는 성실해서 우리랑은 조금 다른 것 같아.

고등학교 때 같은 반 친구에게 들었던 말이 다시 떠올라 숨이 막혔다. 도대체 사가라와 나의 어디가 다르다는 걸까. 나는 다른 사람들 눈에 띄지 않도록 테이블 밑에서 주먹을 꽉 쥐었다.

……이럴 때, 그렇지 않아, 라고 부정하지 못하는 내가 제일 싫어.

"그런, 가?"

애매한 대답으로 일단 그 상황을 모면했다. 따끔따끔 아픈 마음을 애써 모른 척하며 오늘 저녁으로는 카라아게를 만들어야겠다고 생각했다.

────────●══════●────────

"저기, 사가라. 괜찮으면 카라아게 안 먹을래?"

수업이 끝나고 심야 알바를 위해 잠깐 눈이라도 붙이려던 저녁. 인터폰 소리에 문을 여니 고등학교 체육복에 안경을 쓴 나나세가 서 있었다. 화장을 지운 나나세는 학교에서 볼 때보다 친근한 인상을 풍긴다.

"어쩌다 많이 튀기는 바람에. 맛은 괜찮을 거야."

그녀가 내민 접시에는 바싹하게 튀긴 카라아게가 담겨 있었다.

"저번에 교류회에 같이 가준 데 대한 답례도 겸한 거야. 응?"

그런 말까지 들으니 거절할 이유가 점점 더 없어졌다. 더 이상 빚을 져선 안 된다고 망설였지만 결국 욕구를 이기지 못하고 받고 말았다.

알바비는 통장에 들어오자마자 월세와 공과금 등으로 다 사라졌고, 결국 난 매일 우동에 간장을 뿌려 먹으며 지내고 있었다. 이런 상황에 나타난 카라아게는 지옥에 드리워진 거미줄이나 마

거짓말쟁이 입술은 사랑에 무릎진다

찬가지다.

"······못 받을, 것도 없지. 고마워······."

고민하며 고맙다고 하자 나나세의 뺨이 불룩해졌다.

"사가라도 참. 다른 사람의 호의는 순순히 받아들이는 게 좋아. 너무 그러면 살기 힘들지 않아?"

난 다른 사람과 엮이지 않는 게 더 살기 편해, 라고 생각했지만 지금 상황에서 받는 카라아게가 감사한 것은 사실이다. 좀 더 자립할 필요가 있겠어, 라고 생각하며 한숨을 쉬었다.

나나세가 만든 카라아게는 살짝 거무스름했지만 먹음직한 간장 냄새가 식욕을 돋운다. 얼마 만에 먹는 카라아게냐.

"······맛있겠다."

나도 모르게 중얼거리자 나나세는 내 얼굴을 가만히 들여다봤다.

"아, 웃은 거야?"

"아, 안 웃었어."

허둥지둥 입을 다물자 나나세는 꽤 기쁜지 빙그레 미소 지었다.

"우후후. 카라아게, 진짜 좋아하는구나."

"······별로. 집에 안 가냐?"

손을 휙휙 흔들었지만 나나세는 그 자리에서 꿈쩍도 하지 않았다. 현관 앞에 선 채 두 손을 꿈지럭거리고 있다.

"아직 용건이 남았어?"

그러자 나나세는 망설이다가 입을 열었다.

"······오늘 말이야. 삿짱이, 사가라랑 사귀는 사이야? 라고 묻더라."

……이럴 줄 알았다. 우려하던 일이 일어나고 말았다.

나나세는 괜찮다고 했지만 역시 오해하는 사람이 없을 수가 없었다. 나나세처럼 눈에 띄는 미인이 나처럼 존재감 없는 아싸와 같이 있는 건 누가 봐도 너무 부자연스러우니까.

"……그런 게 싫으면 이제 학교에서는 말 걸지 마."

"앗, 그건 싫어."

"왜? 모처럼 대학 데뷔도 했는데 나 같은 놈이랑 같이 있으면 다 소용없잖아."

"그, 그렇지 않아! 난 사가라랑 친해지고 싶단 말이야."

나나세는 더 힘주어 말했다.

왜 이렇게 나한테 집착하는 걸까. 본모습을 드러낼 수 있는 사람이 있다는 게 그렇게 중요한 일인가? 장밋빛 대학 생활을 원하는 그녀에게 나라는 존재는 족쇄에 지나지 않을 텐데.

"……나나세. 남자 친구부터 만드는 게 어때?"

내 말에 나나세가 "뭐?"라며 눈을 깜빡였다. 깜짝 놀란 그녀를 보며 나는 계속 말을 이어간다.

"인기 인싸녀가 되려면 나 같은 놈한테 이렇게 요리나 나눠주고 있을 때가 아니잖아. 어서 남자 친구를 만들어서 그 녀석을 위해 카라아게를 만들어야지."

"음……남자 친구를 만드는 거랑 카라아게를 만드는 걸 같은 선상에 두고 말하면 어떡해……애인이라는 게 그렇게 쉽게 만들 수 있는 게 아니잖아?"

나나세는 당황하며 말했다. 난 그녀의 얼굴을 가만히 쳐다보다가 불쑥 중얼거렸다.

"……꼭 그런 것만은 아닌 것 같은데."

지금의 나나세라면 그리 어렵지 않게 만들 수 있을 것이다. 그도 그럴 것이, 화장을 한 나나세는 미인이고 의외로 밝고 성격도 좋다. 평소에 나한테 하는 것처럼 생글생글 살갑게 웃으면서 말을 건네면 대부분의 남자는 분명 넘어올 것이다. 나 말고 다른 남자라면 아마도.

"보자, 예를 들어 그 녀석은? 음……호죠라고 했나?"

내 머릿속에 떠오른 건 같은 스터디 그룹에 있는 호죠 히로키의 얼굴이었다. 상당한 미남으로 나 같은 아싸도 차별하지 않고 말을 걸어주는 타입의 인싸다. 남자와 별로 접점이 없는 나나세도 호죠와는 저번 교류회에서 대화를 나누었다. 밝고 사교적이며 시원시원해서 모두가 호감을 가지고 있는 남자. 그런 남자가 애인이라면 대학 생활도 분명 장밋빛으로 물들 것이다.

하지만 나나세는 이상하다는 듯 고개를 갸웃거렸다.

"에? 왜 하필 호죠야?"

"여자들은 다 그런 남자를 좋아하잖아."

"주어의 범주가 너무 넓어. 분명 호죠는 좋은 사람이지만…… 막상 사귄다고 생각하면 확 끌리는 점이 없어."

나나세는 그렇게 말한 뒤, 허둥지둥 "물론 내가 그런 말을 할 입장은 아니지만!" 하고 덧붙였다. 일단 나나세도 취향이 있긴 한 모양이다. 확실히 주어의 범주가 너무 넓었다고 반성했다.

"그럼 어떤 남자가 네 타입인데?"

"음, 별로 생각해 본 적 없어……지금까지 누구를 좋아해 본 적이 없거든."

하긴 그럴 만도 하다. 도서관에서 공부만 하던 당시의 나나세는 연애에는 별로 관심이 없어 보였다.

"하지만 너도 누구든 상관없진 않을 거 아냐?"

"으, 응. 그치만…… 꼭 이런 사람이 좋다고 하는 것도 없어……."

"무엇보다 근사한 남자 친구가 생기면 뭘 하고 싶어? 미리 말해두자면 네가 말하는 '장밋빛'이란 건 구체성이 너무 부족해."

"윽."

정곡을 찔렀는지 나나세는 아무 말도 못 했다. "그, 글쎄……"라며 팔짱을 끼더니 진지한 표정으로 생각에 잠겼다. 남자 친구와 보내는 장밋빛 나날을 상상하고 있는지도 모른다.

"……학교에서 같이 점심을 먹고, 매일 밤 자기 전에 통화하고, 둘이 쇼핑을 가고 싶어. 또 카모가와 강변에 나란히 앉아서……."

"헐."

나나세의 말을 듣자 나도 모르게 얼빠진 소리가 흘러나왔다. 태어나서 지금까지 누군가와 사귀어본 적은 없지만 이 세상 커플들은 다 그런 걸 하는 건가. 상상만으로도 피곤하다.

"……그런 게, 재미있어?"

내가 고개를 갸웃거리자 나나세는 열의를 담아 말했다.

"재, 재미있어! 좋아하는 사람과 함께라면, 당연히!"

그런 건가. 나는 도저히 이해가 안 됐다. 이해가 안 되더라도 딱히 상관없지만.

"하지만 사귄다는 건 그런 것만 있는 게 아니잖아."

"어, 뭐가 또 있어?"

"아니, 그, 뭐냐…… 연인 사이가 아니면, 못하는 일 같은 것도…… 있잖아."

내 머릿속에 떠오른 건 좀 더 직설적인 단어였지만 역시 직접 입 밖으로 꺼내는 건 망설여졌다. 그래도 나나세에게 내 의도는 제대로 전해진 모양이었다. 그런 일은 아예 염두에 두지도 않았는지 뺨을 붉히며 고개를 숙였다.

"그, 그래. ……그, 그렇지."

왠지 묘하게 긴장된, 어색한 분위기에 휩싸였다. 아뿔싸, 한 발만 더 잘못 내디뎠으면 성희롱이잖아.

"어, 어쨌든 만약 너한테 좋아하는 사람이 생기면 응원해 줄게."

그 말을 하고 나자 아주 살짝이지만, 가슴이 욱신거렸다. 하지만 나는 그걸 애써 무시했다.

"……응. 고마워."

나나세는 그렇게 말하더니 애매하게 웃었다.

문을 닫은 후, 조금 식은 카라아게를 전자레인지에 데워서 먹었다. 나나세가 만든 카라아게는 불만의 여지 없이 맛있었다. 언젠가 이걸 먹게 될지도 모르는, 그녀의 미래의 남자 친구는 분명 행복할 것이다.

"그럼, 조별로 의논해서 정리해 두도록. 발표는 다다음주 금요일에 할 테니까."

교수님의 말에 연구실 뒤쪽에서 "너무해요!"라는 말이 터져 나왔다. 교수님은 삼백안으로 그쪽 무리를 찌릿 노려본다.

우리 스터디 그룹의 교수님은 눈매가 사납고 무표정하기로 유명한데 일부 학생들은 '티모여우'라는 별명까지 붙였다. '티베트 모래 여우'의 줄임말이라고 한다. 그러고 보니 닮은 것 같다고 교수님의 싸늘한 눈을 보며 생각한다.

내가 소속되어 있는 스터디 그룹은 조별 과제가 많아서 사교성 제로인 내게는 고역 그 자체다. 하지만 필수라서 어쩔 수 없다. 나중에 사회에 나가 일을 하려면 최소한의 커뮤니케이션 능력을 키우는 것도 중요하다는 건 알고 있지만 다른 사람들과 어울리는 건 도무지 내키지 않았다.

조는 교수님이 무작위로 정했다. 저녁부터 아르바이트가 있다 보니 가능한 빨리 의논을 마치고 돌아가고 싶었다.

"그라면 주제부터 정하자. 어떻게 하꼬?"

그렇게 말하고 조원들을 둘러본 건 호죠다. 이 녀석은 겉보기와 다르게 성실한 면도 있어서 꼭 해야 하는 일은 성실하게 처리하는 타입이었다.

같은 조에는 호죠 외에 나나세와 친한 스도 사키도 있었다. 스도 역시 머리 회전이 빠르고 쓸데없는 잡담으로 회의를 질질 끄는 타입은 아니었다. 호죠와 스도, 두 사람이 앞장서서 척척 주제와 역할 분담을 한다. 거의 아무 말 없이 있던 내게도 능숙하게 역할을 나눠주었다.

"대충 이러면 되겠제? 각자 자료를 모으면 또 회의하제이. 금요일 스터디 수업 후에 하는 거 어뗘? 점심시간도 괜찮제?"

"오케이. 일단 LINE에 그룹 채팅방 만들게."

그러면서 스마트폰을 꺼낸 스도를 향해 말했다.

"꼭 그럴 필요 있을까? 언제 만날지 방금 정했으니까 따로 연락할 필요는 없잖아."

개인주의를 내세우는 나는 의미 없는 커뮤니티에 들어갈 생각은 조금도 없었다. 별로 친하지도 않은 스터디 그룹 멤버들과 SNS로 소통하는 건 사양이다.

"뭐? 이제 말 좀 하나 했더니 고작 그거가?"

스도는 기분이 상했는지 불쾌해하며 쏘아붙였다.

"니 말이다, 협력이라는 말은 아나?!"

"알아. 방해할 생각은 없지만 필요 이상으로 친해지고 싶지도 않아."

그렇게 말하고 나서야 조금 말이 과했나 하고 후회했다. 하지만 사과하기도 전에 스도가 "말본새 좀 봐라?! 뭐 이런 놈이 다 있능겨?"라며 난리를 피우는 바람에 타이밍을 놓치고 말았다.

뭐, 어쩔 수 없다. 친해질 생각은 전혀 없지만 주어진 과제는 확실히 할 생각이다. 불평하는 사람은 한 명도 없게 할 테다.

"……아르바이트가 있어서 이만 가볼게."

연구실을 나오려는데 시야 한쪽 끝에 밝은 밤색 머리카락이 들어왔다. 나나세다. 긴 머리는 구불구불하게 말아서 머리 뒤로 묶여 있었는데 구조가 복잡해서 자세한 건 잘 모르겠다.

나나세의 조별 회의는 그리 순조롭지 못했는지 예쁘게 생긴 눈썹 끝이 살짝 아래로 쳐져 있었다. 그녀와 같은 조에는 키나미가 있었다. 그 녀석은 별로 성실해 보이지 않았다. 키나미는 나나세를 향해 몸을 기울인 채 무슨 말인가 하고 있었다. 아무래도 나나세에게 호감을 가지고 있는 것 같다. 나랑은 상관없는 일이지만.

내 시선을 느꼈는지, 나나세가 빙글 뒤를 돌아봤다. 눈이 마주치자 산뜻한 분홍색 입술이 부드러운 호를 그린다. 이쪽을 향해 손을 살짝 흔들었다.

나는 휙 하고 시선을 돌린 후 연구실을 나왔다. 그러자 또각또각, 구두굽이 바닥을 내디디는 소리가 뒤에서 들려온다.

"사가라. 기다려."

나를 쫓아온 사람은 역시 나나세였다. 멈춰 선 나는 눈썹을 찌푸렸다.

"말 걸지 말라고 했잖아……."

"앗, 그치만."

"안 그래도 스도가 이상한 오해를 했다면서?"

"내가 사가라랑 사귀는 사이라는 얘기?"

"바, 바보야. 목소리가 너무 크잖아."

나나세를 나무라며 주위를 두리번두리번 둘러본다. 누가 이런 얘기를 들어서 뜬구름 잡는 소문이라도 퍼지면 큰일이다.

"'근사한 남자 친구'를 만들 거라고 했잖아."

"그, 그건……언젠가는, 있으면 좋겠지만……."

"그 언젠가가 언젠데? 대학 생활은 4년밖에 안 돼."

야단맞은 강아지처럼 잔뜩 풀이 죽어 고개를 숙이는 나나세.

"어쨌든 앞으로는 웬만하면 나한테 말 걸지 마. 이상한 소문이라도 나면 어떤 남자가 너한테 접근하겠냐?"

"그래도 난……."

"그럼, 간다."

무슨 말인가 하려는 나나세의 말을 가로막고 서둘러 걸음을 옮긴다. 발길을 돌리기 직전에 보인 나나세의 얼굴은 유난히 슬펐다.

강의실 건물 밖으로 나오자 습하고 불쾌한 공기가 몸에 휘감겼다. 장마가 시작된다는 얘기는 아직 못 들었지만, 최근 들어 비가 계속 내리면서 이상하게 습도가 높았다. 그래도 작년 6월은 그럭저럭 지낼 만했던 것 같은데, 이 습도는 교토 특유의 것일까.

"사가라!"

……오늘은 유난히 나를 찾는 사람이 많은 날이다.

고개를 돌리니 키가 큰 꽃미남이 잰걸음으로 달려오고 있었다. 호죠다. 이렇게 보니 새삼 더 모델 같다. 키는 나랑 비슷하지만, 다리 길이가 달라도 너무 다르다.

"사가라, 연락처 좀 가르쳐도. 내 맘대로 그룹 채팅방에 넣지는 않을기다."

"뭐?"

"갑자기 학교에 못 오게 될 때, 아무도 연락처를 모르면 곤란하다 아이가."

……일리 있는 말이다. 내 좁은 시야가 부끄럽다. 나중에 스도에게도 사과하는 게 좋을 것 같다.

스마트폰을 꺼내서 호죠와 LINE ID를 교환했다. 대학에 들어온 후, 연락처를 교환하는 건 나나세 다음으로 두 번째다. 인싸 꽃미남의 무시무시한 소통 능력.

퐁 하는 소리와 함께 정체를 알 수 없는 중년 남자가 우스꽝스러운 포즈를 취하고 있는 스탬프가 날아왔다. 무슨 말인가 해주기를 원하는 것 같았지만 아무 말도 하지 않았다.

호죠는 스마트폰을 주머니에 넣으며 잡담이라도 나누는 것 같은 투로 자연스럽게 물었다.

"사가라. 니 나나세 좋아하나?"

살짝 동요했지만 어느 정도 예상했던 질문이라서 단호하게 대답했다.

"아니."

호죠는 "흐음" 하고 맞장구를 치더니 말을 이어갔다.

"아까 보니까 나나세하고 얘기하고 있더라고. 교류회도 같이 왔었고. 그래서 사이가 좋은갑다 했다."

나는 내심 혀를 찼다. 이것 봐. 역시 다들 오해하고 있잖아.

"그런데 안 사귄다 이거제? 아, 이거는 사키한테 들은 건데, 사가라의 짝사랑 아니겠냐고 하더라꼬."

이런 오해도 이미 예상한 사태다. 모두에게 친절한 미인에게 홀딱 반한, 평범하고 별 볼 일 없는 주제에 착각만 하는 남자. 있을 법한 얘기다.

"절대 아냐. 나 같은 게 나나세랑 어울릴 턱이 없잖아."

준비해 둔 모범 답안을 읊었다. 그런데도 호죠는 이해가 안 되는지 고개를 갸웃거렸다.

"그래? 내는 어울린다고 생각하는디."

"뭐? 어디가?"

이건 예상하지 못한 대답이라 나도 모르게 되물었다.

반복해서 말하지만, 화장을 한 나나세는 단번에 시선을 끄는 미인이다. 나처럼 시원찮은 남자와 어울릴 리가 없다. 도대체 호죠는 무슨 근거로 그런 말을 하는 걸까.

"음, 뭐라카나…… 분위기? 이렇게, 같이 있을 때의 분위기."

"분위기……?"

"사실 나나세는 그렇게 적극적인 성격은 아이다 아이가? 내랑 얘기할 때도 보면 좀 무리하는 것 같은 때도 있거든."

"아니…… 그런 건 아닌 것 같은데."

아무렇지도 않은 척 대답했지만 사실은 깜짝 놀랐다. 화장으로 가려진 나나세의 내면의 수수함을 이미 간파한 녀석이 있을 줄은 몰랐다. 역시 피라미드 제일 꼭대기에 자리하는 리얼충의 눈은 속일 수 없는 건가.

"그런데 사가라 니랑 얘기할 때는 왠지 원래 모습을 내보이는 것 같은 느낌이 든다."

"……그런 것도, 아냐."

나와 함께 있을 때의 나나세가 자연스러운 건 억지로 꾸밀 필요가 없기 때문이다. 그건 내가 그 녀석의 본모습을 알고 있어서. 이유는 오직 그것 하나다. 잘 어울린다니, 얼토당토않은 말이다.

역시 내 존재는 장밋빛 대학 생활을 지향하는 나나세에게는 방해만 될 뿐. 나와 잘 어울린다는 말을 듣다니, 민폐도 이런 민폐가 없다. 앞으로는 더 조심하고 적절한 거리를 유지해야겠다.

의미심장하게 웃은 호죠는 내 어깨를 툭 쳤다.

"어쨌든 조별 과제 열심히 하자. 알바도 열심히 해라. 수고 많았데이."

호죠가 그렇게 말하며 한 손을 들기에 나도 어정쩡하게 오른손을 들었다. 대학생들은 인사 대신 유난히 '수고 많았어'를 연호하는 경향이 있는데 도대체 뭐 때문에 다들 그렇게 수고가 많고 피곤한 건지는 잘 모르겠다.

하늘을 올려다보니 잔뜩 흐린 잿빛 구름에서는 지금 당장이라도 비가 쏟아질 것 같았다. 아르바이트하러 갈 때는 우산을 들고 가야겠다.

"아아…… 도저히 정리를 못 하겠어……."

눈앞에 잔뜩 쌓인 자료와 고군분투하고 있던 나는 결국 백기를 들고 바닥에 쓰러졌다. 여기저기 얼룩이 진 천장을 올려다보며 한숨을 깊이 내쉰다.

시간은 이미 자정. 초콜릿 하나라도 먹고 싶었지만, 이 시간에 그런 걸 먹는 건 미용의 최대 적이다. 얼마 전에 이마에 뾰루지가 났었으니 조심해야 한다. 안 그래도 최근엔 계속 수면 부족 상태다.

스마트폰을 보니 삿짱이 보낸 LINE 메시지가 있었다. 알림 화면에 '이거 보고 웃자'라는 코멘트와 함께 동영상 URL이 표시되어 있다. 아마 샷짱이 좋아하는 개그맨 영상일 것이다. 미안하지만 지금은 볼 마음이 들지 않았다. '읽음' 표시가 뜨지 않도록 그대로 놔둔다.

지금 내가 씨름하고 있는 건 스터디 그룹의 조별 과제다. 원래라면 조원 전체가 함께해야 하지만 나 말고 다른 세 명은 별로 협조적이지 않았다.

특히 같은 조의 키나미 유스케가 조금 대하기 어려웠다.

밝고 사교적인 그는 예전부터 나한테 이런저런 말을 걸어오곤 했다. 그렇게 나쁜 사람은 아니라고 생각하지만 묘하게 허물없는 태도도 이쪽이 반응하기 힘든 농담을 던지는 일도 종종 있다.

이번에 같은 조가 되었을 때도 처음엔 "뭐든 할 테니까 말만해"라고 자신만만하게 말했다. 하지만 막상 조별 과제를 시작하고 보니—— 협조적인 것과는 거리가 먼 사람이었다.

귀찮은 작업은 은근슬쩍 다른 사람에게 떠넘기고 의견을 물어보면 잘 모르겠다며 도망치기 일쑤다. 그러면서 마지막에는 "진작에 말했으면 그 정도는 했을 텐데."라고 한다. 악의는 없겠지만 웬만하면 같이 일하고 싶지 않은 타입이었다.

키나미 말고 다른 멤버도 바쁘다는 핑계를 대며 별로 적극적으로 나서지 않았다. 결과적으로 대부분의 작업을 내가 떠안게 된 셈이다.

생각해 보니 고등학교 때도 비슷한 일이 있었다. 원래라면 다함께 해야 하는 도서 위원 일을 나 혼자 했었다. '동아리가 있어서' 같은 핑계를 대며 떠안겼고 결국은 매일 접수 카운터에 앉아 있어야 했다.

어째서 나만? 이라는 생각이 안 드는 건 아니지만── 그렇다고 일을 대충 할 수도 없는 노릇이었다. 성실한 사람이 손해를 본다는 생각은 하고 싶지 않다. 내 노력을 알아주는 사람이 반드시 있을 것이다.

바로 그때 옆집에서 사람이 나가는 기척이 났다. 사가라다. 문이 닫히고 계단을 내려간다. 아르바이트하러 가는 모양이다.

그러고 보니 사가라는 삿짱과 같은 조였다. 삿짱은 "그 자식, 협조성이라곤 찾아볼 수가 없데이"라며 분노했지만 난 솔직히 부러웠다. 성실한 사가라는 바쁘다는 핑계로 내빼는 일 없이 과제를 잘 해낼 테니 말이다.

요즘은 사가라와 제대로 대화를 나누지 못했다.

──어쨌든 앞으로는 웬만하면 나한테 말 걸지 마. 이상한 소문이라도 나면 어떤 남자가 너한테 접근하겠냐?

사가라는 나를 걱정해서 한 말이겠지만, 그래도 나는 섭섭했다. 물론 장밋빛 대학 생활을 함께 보낼 남자 친구를 원하지 않는 건 아니지만, 그것 때문에 사가라와 얘기하지 못하게 되는 건 왠지 싫었다.

대학에 들어가면 '근사한 남자 친구가 생기면 좋겠다'고 막연하게 생각했지만 그러기 위해 구체적으로 어떻게 하면 되는지, 어떤 남자 친구를 원하는지, 진지하게 생각해 본 적은 없었다.

애당초 누군가와 사귀는 내 모습을 도저히 상상할 수 없었다. 아무리 생각해도 이건 허들이 너무 높다. 얼마 전까지만 해도 친구 한 명 없었으니 당연한 일이다.

——연인 사이가 아니면 못하는 일 같은 것도, 있잖아.

사가라가 그런 말을 했을 때, 사실 나는 꽤 충격을 받았다. 누군가와 사귄다는 건 카모가와 강변에 나란히 앉아 있는 것만이 전부가 아닌 것이다. 아직 얼굴도 모르는 누군가와 그런 깊은 관계를 맺게 된다고 생각하니—— 동경보다 공포가 앞섰다.

어쩌면 누군가와 연인이 될 각오가 아직 내겐 없는 것인지도 모른다. 그렇다면 그렇다고 사가라에게 확실히 말해야 한다.

어쨌든 지금은 조별 과제 때문에 그럴 정신이 없었다. 발표가 끝나면 또 저녁밥으로 요리를 만들어서 들고 가자. 나는 그런 생각을 하며 다시 과제와 마주했다.

"……어라. 사가라, 제대로 해왔네?"

내가 정리한 리포트를 본 스도의 입이 쩍 벌어졌다.

조별 과제가 시작되고 일주일이 지났을 즈음. 우리 조는 회의를 위해 다시 모였다. 아르바이트하는 틈틈이 내게 할당받은 과제를 서둘러 끝냈던 나는 제일 먼저 과제를 제출했다.

"우와, 엄청 잘 정리했네. 이해하기도 쉽고. 이렇게 빨리, 잘할 줄은 몰랐다, 사가라."

호죠가 감탄하며 고개를 끄덕인다. 보아하니 나를 제외한 다른 멤버들은 아직 맡은 분량을 다 끝내지 못한 것 같았다. 발표는 다음

주라 시간상으로는 아직 여유가 있으니 별로 문제 될 것은 없다.

"미안! 영 안 내켜 하길래 오해했다 아이가."

스도가 그렇게 말하더니 두 손을 모았다. 내가 협조성이 부족한 건 사실이니 사과받을 이유는 없었다.

"맡은 일은 당연히 해야지."

"아니, 꼭 그렇지도 안데이. 하루코 조는 장난 아인가 보더라고."

갑자기 나나세의 이름이 나오자 나도 모르게 "왜?"라고 되물었다. 요즘은 나나세와 거의 말을 하지 않아서 어떻게 지내고 있는지 잘 모른다. 괜히 물었나 싶었지만 스도는 줄줄 이야기를 늘어놓기 시작했다.

"하루코네 조, 다들 별로 협조적이지 않아서 제대로 하는 사람이 없는 것 같드라. 그래서 하루코 혼자 죽어라 용쓰고 있다 아이가."

"아——. 나나세, 유스케랑 같은 조제? 힘들긴 하겠다."

호죠가 씁쓸한 미소를 지었다. 호죠는 키나미와 친한 것 같으니 그 녀석이 불성실하다는 걸 잘 알고 있을 수도 있다.

그러고 보니 며칠 전, 나나세가 늦게까지 연구실에 남아 있는 걸 봤다. 어제 아르바이트를 마치고 돌아왔을 때도 새벽인데도 불구하고 방에 불이 켜져 있었다. 혹시 그때도 조별 과제를 하고 있었던 걸까.

내가 아무 말 없이 있자 호죠가 짓궂은 미소를 지으며 물었다.

"사가라, 혹시 나나세가 걱정되나?"

"……별로."

"그게 뭐꼬, 냉정한 자식! 무정한 남자!"

분노한 스도는 이내 밝은 목소리로 주먹을 치켜들었다.

"그래도 우리 조는 성실한 애들만 있어서 을마나 다행인지 모른데이! 열심히 해서 최고 점수 따자—!"

"사키. 혹시 모르나 싶어서 말하는 건데, 지금 니가 제일 늦는 건 알고 있제?"

정곡을 찌르는 호죠의 말에 "윽" 하고 아무 말도 못 하는 스도. 나는 그런 둘을 곁눈질하며 어렴풋이 나나세를 생각하고 있었다.

그 후로 다시 일주일이 지난 수요일.

굵직한 빗방울이 유리창을 세게 두드리는 소리에 잠에서 깼다. 이불에 누운 채 창밖을 보니 억수 같은 비가 내리고 있었다.

머리맡에서 충전 중이던 스마트폰으로 시간을 확인한다. 오전 8시 53분. 새벽 4시까지 아르바이트를 하고 집에 와서 샤워를 한 후 4시 반에 잠들었으니 거의 4시간 반은 수면을 취한 셈이다. 이 정도면 충분하고도 남는다.

수업은 3교시부터라서 오전 내도록 한가하다. 조별 과제는 순조롭게 진행 중이지만 발표는 모레로 다가와 있었다. 조금 더 준비해 두는 것도 괜찮을 것 같다. 조금 빨리 학교에 가서 도서관에 들르자.

잠자리에서 일어나 좁은 세면대에서 얼굴을 씻었다. 뒤통수에 까치집이 생긴 게 보였지만 귀찮아서 그냥 두기로 했다. 어차피 아무도 신경 쓰지 않는다.

이렇게 억수같이 퍼붓는 빗속에 자전거를 타고 통학하는 건 쉽지 않을 것 같다. 아무리 비옷을 입더라도 흠뻑 젖을 게 뻔하다. 학교까지는 도보로 1시간 정도 걸리지만 버스를 타는 건 아깝다. 하는 수 없이 그냥 걷기로 했다.

비닐우산을 들고 물웅덩이를 피하면서 학교로 향했다. 비는 얼마 전부터 내리기 시작한 모양인지, 우산이 없는 회사원이 망연자실한 모습으로 모습으로 처마 아래 있는 모습이 보였다.

학교에 도착하자마자 도서관으로 향했다. 입구에는 자동 개폐기 비슷한 게 있는데, 학생증을 대면 출입할 수 있는 시스템이다. 물이 뚝뚝 떨어지는 비닐우산을 우산 케이스에 넣었다. 냉방 중인 도서관 내부는 조금 서늘했다.

법률 관련 책장에서 문헌 몇 개를 꺼내 들고 주위를 슥 둘러본다. 마치 자라도 들어 있는 것처럼 쭉 뻗은 등이 눈에 들어오자 살짝 어깨를 으쓱였다.

……아무래도 나는 나나세를 찾아내는 데 소질이 있는 것 같다.

하늘색 카디건을 어깨에 걸친 나나세는 책상 앞에 앉아서 일사불란하게 펜을 놀리고 있었다. 책상 위에는 책이 산더미처럼 쌓여 있다.

나나세가 성실하고 책임감이 강한 사람이라는 건 익히 알고 있는 사실이다. 그렇지 않다면 고등학교 도서관이 그렇게 깔끔하고 쾌적하게 유지되었을 리 없다. 책상을 향해 앉은 뒷모습에 땋은 머리에 안경을 쓴 여고생이 겹쳐 보였다. 그녀의 진짜 모습은 그 시절과 조금도 달라지지 않았다.

말을 걸어선 안 된다는 건 알고 있다. 그런데도 그냥 놔둘 수가 없었다.

나는 천천히 걸어가서 나나세의 바로 맞은편 의자를 꺼내 앉았다.

바로 코 앞에서 나나세가 튀어 오르듯 고개를 들더니 "앗" 하고 작은 소리를 흘린다. 그리고 두리번두리번 주위를 신경 쓰며 속삭이는 목소리로 말했다.

"안녕. 까치집이 생겼네?"

그 말에 나도 모르게 뒤통수를 만졌다. 젠장. 다음부터는 잘 빗고 오자.

"사가라, 모레 발표 준비하러 왔어?"

"……너 혼자 하는 거냐?"

나나세의 질문에는 대답하지 않고 물었다. 나나세는 울상을 짓더니 "으음" 하고 대답을 흐렸다.

책상에 놓인 노트를 살펴보니 예쁜 글자로 빼곡하게 적힌 내용으로 가득했다. 원래라면 조원들이 분담해서 해야 하는 작업을 나나세 혼자 다 떠안고 있는 게 분명했다.

"왜 그렇게까지 하는 거지? 그냥 적당히 하면 되잖아."

노트 내용을 보아하니 나나세의 조별 발표는 훌륭하게 마무리될 것 같다. 그리고 그 성과를 그녀가 속한 조의 조원들도 함께 누리게 될 게 뻔하다. 그런데도 화가 나지 않는 걸까. 이번엔 그냥 대충 해서 내도 나나세라면 나중에 얼마든지 개인적으로 만회할 수 있을 것이다. 굉장히 똑똑한 사람이니 말이다.

"너 혼자 성실하게 해 봤자 손해만 보잖아."

그러자 나나세는 눈을 살짝 내리깔았다. 긴 속눈썹이 뺨에 그림자를 드리운다.

"성실한 게 그렇게 나쁜 건가."

"……뭐?"

"난 무슨 일을 하든 대충 하고 싶지 않아. 일단 시작했으면 최선을 다하고 싶어. 요령이 부족하다는 말을 듣더라도 성실하게 사는 게 잘못됐다고 생각하고 싶진 않아."

쥐 죽은 듯이 조용한 도서관에 나나세의 목소리만 조용히 울려 퍼진다.

그러고 보니 나나세의 현재 모습은 그녀가 대학 데뷔에 '최선을 다한' 결과이다. 참 요령 없는 여자라고 생각한다. 그래도 그런 나나세를 바보 취급할 생각은 들지 않았다.

"……아무도 인정하지 않아도?"

빈정거리는 듯한 질문에 나나세는 나를 보고 생긋 웃었다.

"제대로 봐주는 사람도 있으니까 괜찮아. 사가라처럼."

내심 움찔했다. 하지만 평정을 가장하고 대답했다.

"……별로."

시선을 휙 돌리고 그렇게 내뱉었다. 나나세는 간신히 웃음을 참느라 쿡쿡거리는 소리를 냈다.

"걱정해 줘서 고마워. 말 걸어줘서 기뻤어."

그럴 생각으로 말을 건 것은 아니다. 역시 나나세는 나를 과대평가하는 경향이 있다.

"있지, 사가라."

몸을 앞으로 내민 나나세가 주위에 폐가 되지 않도록 속삭이는 듯한 목소리로 내 이름을 불렀다.

"역시 지금은 남자 친구가 필요 없을 것 같아. 그게, 역시…… 타이밍적으로, 지금은 아니라는, 생각이 들어."

그러면서 "안 될까?" 하고 눈썹을 늘어뜨리는 나나세.

진짜 그래도 괜찮아? 라는 생각이 안 드는 건 아니지만……그래도 되는지, 안 되는지는 내가 결정할 일이 아니다. 나나세가 그렇게 말한다면 어쩔 수 없지.

"……그러면 마음대로 해."

그렇게 대답하자 안도한 것처럼 나나세의 표정이 한층 부드럽게 풀어졌다. 그리고 책을 덮고 왼쪽 손목에 찬 시계로 시선을 떨어뜨린다.

"이제 곧 점심시간이네. 편의점에서 빵이라도 살까 싶어."

"아, 그래."

"혹시 밖에 비 내려? 나 우산 안 가져왔는데."

나나세가 내 손에 들린 비닐우산을 보고 말했다. 나나세가 집을 나섰을 시간엔 아직 비가 안 내렸던 모양이다. 교내 편의점에서 우산을 팔고 있긴 하지만 도서관에서 가려면 조금 걸어야 한다. 우산이 없으면 분명 다 젖을 것이다.

나는 잠깐 망설인 후 입을 열었다.

"……씌워줄까? 우산."

깜짝 놀랐는지 나나세의 눈이 동그래졌다.

"앗, 그래도 돼?"

"어차피 나도 편의점에 가려던 참이라…… 점심 사는 김에."

둘이 우산을 같이 쓰고 있는 모습을 누가 보기라도 하면 또 말도 안 되는 소문이 퍼지겠지만 이젠 아무래도 상관없다는 생각이 들었다. 귀찮긴 해도 누가 물어보면 그냥 부정하면 된다.

나와 나나세가 사귀는 건 천지가 개벽해도 절대 있을 수 없는 일이다.

"고마워."

나나세가 웃으며 고맙다고 말한 순간, 머리에 떠오른 건 효죠의 목소리였다.

——내는 어울린다고 생각하는디.

눈앞에 있는 나나세의 미소 띤 얼굴을 보면서, 설마 그럴 리가, 라며 나는 코웃음을 쳤다.

거짓말쟁이 입술은 사랑에 무너진다

usotsuki lip ha koi de kuzureru.

거짓말쟁이 입술은 사랑에 무너진다

usotsuki lip ha koi de kuzureru.

제2장

무언가가 변하는 여름

드디어 여름이 시작되었다. 지독하기로 악명 높은 교토의 여름이다.

7월에 들어 장마가 끝나자 왠지 학생들이 갑자기 들뜨기 시작하는 것 같다. 금요일 스터디 수업이 끝난 연구실에서도 리얼충들이 여름 페스티벌에 가자, 바다에 가자며 떠들어대는 게 들린다. 나랑은 상관없는 일이다.

나나세는 그 무리에서 조금 떨어진 곳에서 몰래 립스틱을 고쳐 바르고 있었다. 작은 손거울을 향해 생긋 웃는 게 보인다. 나를 보고 웃는 것도 아닌데 괜히 가슴이 두근거렸다.

"아! 나나세도 같이 안 갈래?!"

그때 키나미가 연구실에 다 들릴 만큼 큰 소리로 말했다. 갑자기 질문을 받은 나나세는 깜짝 놀라 어깨를 떨더니 "어?! 바, 바다?!"라며 갈라진 목소리로 대답했다.

"지금 다 같이 바다에 놀러 가자는 얘기를 하는 중인데 나나세도 같이 가자!"

조르는 듯한 키나미의 말에 나나세의 눈은 갈 곳을 잃고 헤매고 있다. 그러더니 머리를 붕붕 옆으로 힘껏 흔들었다.

"미……미안! 나, 바다는 좀."

"그렇구나. 아, 그럼, 풀장은?"

"아, 나…… 그게, 실은, 수, 수영을 못 해!"

나가세가 횡설수설하듯 말하자 키나미는 깔깔거리며 큰소리로 웃었다.

"괜찮아. 어차피 바다나 풀장에 가봤자 수영하는 사람은 거의 없어."

나나세는 "진짜?" 하고 고개를 갸웃거리더니, 그러면 도대체 뭘 하는 거지? 라는 표정을 지었다. 리얼충들이 바다나 풀장을 어떻게 즐기는지 그녀는 통 모르는 것이다. 물론 나도 모른다.

"수영은 못 해도 괜찮다니까! 내가 친절하게……."

"유스케, 적당히 해라. 니는 그냥 수영복을 입은 하루코가 보고 싶은 거 아이가!"

스도가 그렇게 말하며 키나미의 뒤통수를 살짝 때렸다. 키나미는 미안해하는 기색 하나 없이 "들켰냐?" 하고 깔깔 웃었다. ……역시 그럴 줄 알았다.

그런데 같은 스터디 친구들과 함께 바다에 가는 건 나나세가 동경하는 '장밋빛'을 그림에 그린 것 같은 여름방학일 텐데. 왜 거절한 걸까.

내 시선을 느낀 나나세가 힐끔 이쪽을 돌아본다. 살짝 손을 흔들어 보이는 나나세를 향해 입만 뻐끔거려서 '이쪽 보지 마'라고 말해줬다.

4교시 수업을 마치고 주차장으로 가는 길에 나나세의 뒷모습을 발견했다.

긴 밤색 머리는 하나로 높이 묶었고 귀에는 커다란 귀걸이가 달랑거리고 있다. 패션에 대해서는 잘 모르지만, 왠지 청량감이 느껴지는 게 여름 느낌이 물씬 난다. 계절에 맞게 잘 꾸미고 있구나, 하고 감탄했다. 내 여름옷은 티셔츠밖에 없는데 말이다.

거리를 유지하며 걷고 있는데 갑자기 나나세가 고개를 돌려 빙글 뒤를 돌아봤다.

"앗, 역시 사가라 맞네!"

"으앗, 뭐, 뭐야."

"왠지 거기 있는 것 같은 느낌이 들었어."

존재감 없는 것 하나는 자신 있는 편인데, 어째서 나나세는 금방 나를 알아채는 걸까.

나나세가 걸음을 멈추고 있는 바람에 어쩔 수 없이 옆에 나란히 선다. 그리고 물었다.

"……나나세. 오늘 다른 애들이 바다에 가자고 하는 거 들었어. 가지 그랬어."

"뭐, 절대 안 돼! 절대, 절대, 안 돼!"

나나세는 비명에 가까운 소리를 질렀다. 다소 과한 거부 의사에 나는 의아함을 감출 수 없었다.

"뭐가 그렇게 싫은데 그래? 수영복 입은 모습을 보이기 싫어서?"

물론 나도 키나미 같은 놈에게 수영복 입은 모습을 보여줘선 안 된다고 생각하지만. 나나세는 "그런 것도 있지만" 하고 우물우물 말했다.

"……바다나 풀장…… 같은 곳에 갔다가 화장이 지워지기라도 하면…… 다른 사람들에게 맨얼굴을 보일 바에야 차라리 죽는 게 나아."

……아아. 옳거니, 그런 이유 때문이군.

아무래도 나나세는 자신의 맨얼굴을 다른 사람들에게 들키는 것을 극도로 두려워하고 있는 것 같다. 화장하지 않은 얼굴도 그렇게 나쁘지 않다고 생각하는데. 그쪽이 더 좋다고 말할 남자도 제법 있을 것이다. 그렇다고 내가 그렇다는 건 아니고.

"그나저나 나나세, 여름방학 때 무슨 계획 있어? 결국 늘 스도 일행하고만 같이 있고……진전이라곤 하나도 없는 것 같은데."

정곡을 찔렀는지, 나나세는 "윽" 하고 가슴을 누르더니 고개를 푹 숙였다.

"여름방학 계획…… 같은 거 없어. 오봉에 본가에 가는 것 말고는."

"……. 흐음."

"그, 그래도 이번 여름에 하고 싶은 게 있긴 해! 집 근처에 있는 카페에서 여름 한정 트로피컬 파르페를 먹는 거야!"

나나세가 당당하게 선언한 건 생각보다 훨씬 소박한 목표였다. 나도 모르게 힘이 쭉 빠진다.

"그런 건 지금이라도 당장 다녀오면 되잖아……."

"그, 그치만 혼자 파르페를 주문할 용기가 없어서."

거기서 말을 멈춘 나나세는 얼굴을 반짝이며 "맞다!" 하고 외쳤다. 불길한 예감이 든다.

"사가라! 지금 나랑 같이 파르페 먹으러 가자!"

⋯⋯그럴 줄 알았다.

"왜 얘기가 그렇게 되는 건데⋯⋯."

"부탁이야! 트로피컬 파르페를 먹는 게 내 장밋빛의 첫걸음이야!"

나나세는 두 손을 꼭 모은 채 필사적으로 간청했다. 왠지 묘한 논리에 넘어갈 것 같은 기분이 들었는데 "협력하겠다고 했잖아" 라는 말까지 듣자 도저히 거절할 수 없었다.

"⋯⋯밤에는 알바하러 가야 되니까⋯⋯금방 돌아갈 거야."

나나세는 "앗싸━!" 하고 외치더니 서투른 콧노래를 부르면서 자전거에 올라탔다. 포니테일을 달랑거리며 빨간 자전거에 앉아 신나게 페달을 밟는 나나세를 나는 마지못해 쫓아갔다.

그렇게 도착한 곳은 차분한 분위기가 감도는 카페였다. 체인점 카페처럼 시끄럽진 않지만, 학생들도 마음 편하게 이용할 수 있을 것 같다. 튼튼한 목제문을 열고 들어가자 종소리가 딸랑 울려 퍼진다. 향기로운 커피 냄새가 코를 간지럽혔다.

"어서 오세요! 몇 분이세요?"

우리를 맞아준 건 우리보다 조금 나이가 많아 보이는 젊은 여종업원이었다. 나나세는 다소 긴장한 표정으로 "2명이요"라고 대답했다. 안내받은 창가석에 서로 마주 보고 앉았다. 푹신푹신한 소파가 참 편하다. 여기 살아도 좋을 정도로.

"저기, 방금 그 사람, 예쁘지?"

나나세가 멍한 얼굴로 말했다. 방금 그 여종업원 말인가 보다.

고개를 돌려 다시 확인해 보니 확실히 미인이긴 했다. 눈 옆에 있는 눈물점 때문인지 왠지 모르게 섹시한 느낌이다. 기가 세어 보이는 게 스도와 분위기가 비슷한 것도 같았다. 나야 나나세가 더 미인이라고 생각하지만, 뭐, 이런 건 취향 차이니까.

"이 카페, 가끔 공부하러 오곤 해. 조용하고 예뻐서 참 좋아하는 곳이야."

나나세에게 건네받은 메뉴판을 보니 커피 한 잔에 무려 6백 엔이나 했다. 평소엔 종이팩에 든 값싼 커피를 마시는 내 입장에선 현기증이 날 정도의 가격이다.

"앗, 이거야! 여름 한정 트로피컬 파르페!"

나나세가 가리킨 파르페의 가격을 보자 나도 모르게 "우와" 하는 소리가 새어 나왔다.

"비싸네. 고작 파르페 하나에 그렇게 많이는 못 써. 난 그냥 커피나 마실게."

내 말에 눈썹을 늘어뜨린 나나세의 얼굴을 보자 바로 후회했다. 아무래도 순수하게 파르페를 즐기고 싶은 그녀의 마음에 내가 찬물을 끼얹은 모양이었다.

"……그럼, 난 파르페로 할게. 저희 주문 좀 할게요."

나나세는 서운하게 웃더니 종업원을 불렀다. 사과할 타이밍을 놓친 나는 말없이 냉수를 입으로 가져간다.

잠시 후, 내가 주문한 커피와 나나세가 주문한 트로피컬 파르페가 나왔다. 각양각색의 과일이 여봐란듯이 잔뜩 올려져 있다.

"와아, 귀여워!"

나나세는 들뜬 소리로 외쳤다. 맛있어 보이긴 했지만, 먹을 것을 「귀엽다」고 표현하는 마음은 도저히 이해가 안 된다. 여자란 무엇이든 「귀엽다」고 연호하는 생물이다.

나나세는 사진을 찍은 후, 먹기 힘들어 보이는 파르페를 향해 신중하게 스푼을 찔러 넣었다.

"음, 너무 맛있어!"

나나세는 행복하게 웃었다. 그리 짧지 않은 시간을 함께해오면서 깨달은 것이 있는데 나나세는 감정 표현이 아주 풍부하다. 기쁨이나 즐거움처럼 긍정적인 감정이 솔직하게 밖으로 드러난다. 그런 모습은 아무리 봐도 질리지 않았다.

"여기 파르페, 예전부터 어떤 맛인지 궁금했는데 혼자 와서 먹으려니 영 용기가 안 나더라구. 하아, 드디어 먹게 돼서 너무 좋아."

그녀에게 이 파르페는 1500엔 이상의 가치가 있는 것이다. 어떤 것에 가치를 느낄지는 사람마다 다른 것이니 쓸데없는 말은 하지 말 걸 그랬다.

나는 설탕과 우유 모두 넣지 않은 커피를 입으로 가져갔다. 인스턴트와는 다른, 깊이 있는 향이 난다. 600엔이나 하니 실컷 음미하며 마셔야겠다.

평일인데도 가게 안은 손님들로 북적거려서 종업원들은 여기저기 바쁘게 돌아다니고 있다. 나나세가 파르페를 먹던 손을 멈추더니 벽에 붙은 '직원 모집 중'이라고 적힌 종이를 보고 나지막하게 중얼거렸다.

"여기, 아르바이트생 모집하는 중이구나……."

그러고 보니 나나세는 아르바이트 같은 건 해 본 적 없다고 했다.

내게 아르바이트는 그냥 돈을 버는 수단에 불과하지만, 많은 학생의 경우엔 그렇지 않다. 대학 이외의 다른 인간관계가 넓어지는 건 장밋빛 대학 생활을 꿈꾸는 나나세에게 좋은 일이 아닐까 싶다.

"아르바이트, 괜찮은 것 같은데? 한번 해 보지?"

그러자 나나세는 "뭐?!" 하고 눈을 동그랗게 떴다. 그리곤 자신 없는 듯 고개를 숙인 채 애꿎은 파르페의 아이스크림만 스푼으로 쿡쿡 찔러댄다.

"그, 그치만……반짝반짝 빛나는 인싸들만 있어서 나 같은 건 안 어울릴 거야……."

"그런 반짝반짝 인싸와 친해지는 게 네 목표잖아."

"게다가 난 아르바이트 같은 건 해 본 적 없어서…… 접객 같은 거, 잘할 수 있을지."

"접객 일은 의외로 어떻게든 하게 되어 있어. 중요한 건 마음을 죽이는 거야."

편의점 아르바이트를 시작한 지 2개월이 되는 나는 무뚝뚝하긴 해도 일은 꽤 열심히 잘하고 있다고 생각한다. 처음에는 도저히 못 할 것 같았지만 마음을 죽이면 그렇게 힘들지만은 않았다. 편의점 직원에게 과도한 소통을 기대하는 손님은 별로 없기 때문이다. 그야 편의점과 카페는 접객의 종류도 다르겠지만.

"사, 살짝 연습해 볼까."

나나세는 여러 번 목을 가다듬은 후 등을 쭉 폈다. 그리고 이쪽을 똑바로 보며 생긋 미소를 지었다.

"'어서 오세요'!"

내가 아무 말 없이 있자 쑥스러운 듯 "무슨 말 좀 해봐……"라며 입술을 쑥 내밀었다. 정신을 차린 나는 얼버무리듯 커피를 마셨다.

"……괜찮네."

"지, 진짜? 나도 할 수 있을까?"

"잘 맞을 것……같아. 넌 노력가에 기억력도 좋고 성격도 다정하잖아. 의외로 어떤 직장에서든 잘해 나갈 수 있는 타입이야."

무엇보다 이런 종업원이 맞아준다면 600엔을 내더라도 커피를 마시고 싶다고 생각할 손님은 많이 있을 것이다. 무엇에 가치를 두는지는 사람마다 다른 법이니까.

나나세는 고개를 숙인 채 고민하더니 곧 결심한 것처럼 고개를 들었다.

"사가라, 나 한 번 지원해 볼래! 고마워. 격려해 준 답례로 이 파르페 줄게. 맛있어."

그러면서 나나세는 스푼을 건넸다. 엉겁결에 받아 들고 나서야 이게 흔히 말하는 간접 어쩌고 하는 건가, 라는 생각이 들었다. 내가 아싸라서 이런 걸 신경 쓰는 건가.

……뭐, 괜찮겠지. 어차피 이 녀석은 아무 생각 없을 테니까.

자포자기한 심정으로 스푼을 들어 복숭아와 크림, 그리고 아이스크림을 떠서 입안 가득 밀어 넣었다. 맛있긴 한데 무슨 맛인지는 잘 모르겠다.

"어때, 맛있지?"

생글생글 웃는 나나세에게 스푼을 돌려준다. 그녀는 아무렇지도 않은 얼굴로 다시 파르페를 먹기 시작했다. 나는 동요를 감추듯 커피를 입으로 가져갔다. 왠지 체온이 살짝 올라간 바람에 역시 아이스커피를 시킬 걸 그랬다며 후회했다.

그리고 며칠 후. 아르바이트 면접을 본 나나세가 우리 집으로 와서 "나 붙었어—!"라며 피스 사인을 했다. 이 일을 계기로 그녀의 세상이 넓어져서 장밋빛 대학 생활에 한 발 더 다가가게 된다면 나도 커피에 600엔이나 지불한 가치는 있었던 셈이 될 것이다.

교토의 여름을 대표하는 기온 마츠리.

7월에 들어서면 교토의 중심인 시조도리와 카라스마도리에 야마보코가 늘어서고 콘치키친이라는 기온 바야시가 울려 퍼진다.

7월 7일에는 야마보코가 교토 거리를 천천히 걷는 야마보코 순행이라 불리는 이벤트가 있다. 14일부터 16일 밤까지는 요이야마라고 부르는데 큰길을 따라 수많은 가게가 줄을 지어 서 있다. 교토에 사는 학생이 「기온 마츠리에 간다」고 하면 보통 이 요이야마를 가리킨다.

……라는 건 교토 토박이인 츠구미에게 들은 이야기다.

유카타를 입고 남자 친구와 함께 기온 마츠리에 가는 것이 교토 여자들의 로망이라고 한다. 그래서일까, 기온 마츠리가 코앞으로 다가오면 급조된 커플이 늘어난다는 농담 아닌 농담까지 있을 정도다.

"뭐, 무진장 붐벼서 그대로 싸우고 헤어질 가능성도 높지만."

나는 프라푸치노 빨대를 입에 문 채, 츠구미의 설명을 들으며 흐음, 하고 맞장구를 쳤다. 그녀의 말이 어디까지가 사실인지는 확인할 방법이 없다. 어쩌면 어느 정도 편견이 들어가 있을지도 모른다.

7월 첫 일요일. 장마가 끝났다는 보도는 아직 없지만 햇빛이 쨍쨍 쏟아지는 맑은 날씨다.

나는 츠구미의 손에 이끌려 함께 쇼핑을 하러 나왔다. 교토의 번화가인 시조카와라마치에는 젊은 사람들을 대상으로 한 쇼핑몰이 있었는데 이미 여름 프리 세일이 한창이었다. 첫눈에 반한 블라우스를 사려고 했지만 가격이 착하지 않아서 포기했다.

역시 쇼핑은 즐겁다. 돈만 많으면 더 즐거울 텐데.

쇼핑 후, 산조오오하시 옆에 있는 커피숍에 들어갔다. 기간 한정으로 나온, 복숭아가 들어간 프라푸치노는 뒷맛이 깔끔하고 맛있었다. 하지만 꽤 비싸다. 가격 얘기를 하면 사가라는 '해풍정에서 정식을 주문해도 돈이 남을 것'이라며 기가 차다는 표정을 지을 게 분명하다. 상상하니 살짝 웃음이 나왔다.

하지만 사가라가 어떻게 생각하든 친구와 함께 마시는 기간 한정 프라푸치노는 내게는 값을 매길 수 없을 정도로 소중하다.

가게 밖을 흐르는 카모가와 강이 쏟아지는 햇빛 속에 반짝반짝 빛나고 있다. '카모가와 강변에 동일한 간격으로 앉아 있는 커플'은 카모가와의 상징이 되었지만, 지금처럼 푹푹 찌는 날씨엔 동경하는 마음보다 '덥겠다'라는 생각이 먼저 앞선다. 그런데도 몇몇 커플은 사이좋게 앉아 있는 걸 보니 참 대단하다 싶었다.

"하루는 기온 마츠리에 갈 거야?"

"아…… 별다른, 약속은 없어……."

그렇게 대답하자 츠구미는 "그렇구나—"라며 프라푸치노 빨대를 입에 물었다. 솔직히 말하자면 기온 마츠리에 가보고 싶었다.

지금까지의 나는 동네 마츠리에도 참가해 본 적이 없었다. 같은 반 아이들이 '같이 마츠리 가자!'라며 서로 떠들어대는 걸 그깟 건 흥미 없다는 얼굴로 듣고 있었다. 사실은 나도 친구와 함께 예쁜 유카타를 입고 사진도 찍고 링고아메를 먹으며 비일상적인 분위기를 즐겨보고 싶었는데.

예를 들어 삿짱이라면. 이럴 때 자연스럽게 '같이 가자'고 말할 수 있을 것이다. 대학에 들어간 지 3개월이 지난 지금도 내가 먼저 친구에게 같이 놀자고 말하는 게 어렵다. 거절하면 어쩌나 하는 공포가 머리를 스쳐 두 발에 힘이 잔뜩 들어가게 된다. 오늘 쇼핑도 츠구미가 먼저 가자고 해주었다.

그래도 역시 장밋빛 대학 생활을 원한다면. 내가 먼저 적극적으로 말을 걸어야 하는 건지도 모른다. 사가라가 이 자리에 있다면 먼저 가자고 말하라고 했을 것이다.

나는 용기를 내서 입을 열었다.

"저, 저기, 츠구미."

"아, 맞다. 삿짱 말인데, 히로키랑 같이 기온 마츠리에 갈라나. 히로키가 삿짱한테 같이 가자고 물어볼 거라고 하던데."

나는 애써 쥐어 짜낸 용기가 좌절당하자 하려던 말을 도로 삼켰다. 거의 다 녹은 프라푸치노를 홀짝이며 묻는다.

"뜬금없이 왜 호죠?"

"뭐랄까, 초읽기에 들어간 것 안 같나? 슬슬 사귈 각이 보인다."

나는 "앗" 하고 한 손으로 입을 막았다. 호죠와 삿짱이 친한 건 사실이지만 그런 사이는 아니라고 했는데. 혹시 나만 눈치채지 못한 건가?

츠구미는 충격을 받은 나를 보고 재빨리 덧붙였다.

"물론 삿짱한테 직접 들은 건 아니지만 왠지 그럴 것 같다 이거제."

"그, 그렇구나……."

삿짱과 호죠가 사귄다. 분명 두 사람은 잘 어울리고 멋진 커플이 될 것 같다. 그래도 충격을 받은 건 사실이다. 기뻐하고 싶은데 왠지 쓸쓸하다.

만약 삿짱이 호죠와 함께 기온 마츠리에 간다면 내가 가자고 했다간 폐가 될지도 모른다. 츠구미와 나미도 남자 친구가 있으니 괜한 말은 하지 않는 게 좋을지도…….

"저기, 하루. 나중에 아까 그 가게에 한 번 더 가도 되나? 결국 안 샀던 그 원피스, 도저히 못 잊겠다."

"으, 응! 좋아! 나도 블라우스, 한 번 더 보고 싶어!"

그 후에 츠구미와 둘이 쇼핑몰로 돌아간 나는 가격은 착하지 않지만 귀엽게 생긴 블라우스를 결국 사고 말았다. 한동안은 사가라를 본받아서 근검절약에 힘쓰도록 해야겠다. 아르바이트 근무 시간도 더 늘리기로 하자.

저녁까지 하는 아르바이트를 마치고 집으로 돌아오자마자 찌는 듯한 더위에 그대로 뻗어 버렸다.

창문을 닫아둔 방에는 한낮의 열기가 그대로 남아 있었다. 서둘러 창문을 열고 선풍기를 켠다. 낡은 선풍기가 털털털, 이상한 소리를 내며 돌기 시작한다.

이 선풍기는 아르바이트하는 가게의 선배에게 물려받았다. 많이 낡았지만 없는 것보다는 나을 거라고 미안해하며 말했지만 감사히 잘 사용하고 있다.

미지근한 바람을 쐬며 고개를 푹 숙였다.

내가 사는 다 쓰러져 가는 연립주택에도 에어컨이 있긴 하다. 슬슬 냉방을 해야 할 때라는 건 알고 있지, 만…… 매일 극한의 궁핍한 생활을 이어가는 내게 전기세는 무시하기 힘들다. 아르바이트비가 전부 전기세로 날아가는 건 사양이다.

8월까지는 어떻게든 참아보자고 생각하고 있는데 인터폰이 울렸다. 마지못해 일어나 문을 열었다.

"사가라, 안녕…… 헉, 에어컨 안 켰어?!"

그곳에는 예상대로 맨얼굴의 나나세가 서 있었다. 여름이 되어서인지, 요즘은 체육복이 아니라 반소매 티셔츠에 반바지를 입고 있다. 고등학교 때 체조복이다.

"오늘 최고 기온, 35도야…… 슬슬 에어컨을 켜는 게 좋을 것 같은데."

"전기세, 아깝잖아."

"열사병으로 쓰러지면 어쩌려고 그래…… 사가라, 저금은 하고 있어? 아르바이트만 하고 있잖아."

"……부모님께, 돈 안 받거든…… 집세랑 생활비, 다 내가 직접 내고 있어."

"앗, 그렇구나. 착하네."

"……그렇지도 않아."

"맞다, 고기 조림 먹을래? 좀 많이 만들었는데."

나나세는 그렇게 말하며 들고 있던 작은 냄비를 내밀었다. 고맙다는 말과 함께 냄비를 받아 든다.

그러고 보니 집밥을 안 먹은 지도 오래되었다. 당연히 감사하지만 너무 받기만 하는 것 같다. 이대로는 나나세만 일방적으로 손해다.

"……저기, 무리해서 나눠줄 필요는 없어……."

"아니, 전혀 무리하는 거 아냐. 게다가 사가라는 그냥 놔두면 우동밖에 안 먹잖아? 난 이웃 사람이 영양실조로 쓰러지는 꼴은 못 봐."

할 말이 없다. 어제도 삼시세끼를 내리 우동으로 해치웠다. 나도 나나세처럼 조금이라도 직접 해서 먹도록 해야 하나.

내가 고기 조림을 받아 든 후에도 나나세는 그 자리에 선 채 입을 우물거리고 있었다. 하고 싶은 말이 있나 보다. 기다리다 못한 나는 "무슨 일이야?"라고 물었다.

"있지…… 사가라, 기온 마츠리, 보러 가?"

"안 가."

즉시 대답했다. 흥미도 없고 무엇보다 아르바이트를 해야 한다.

기온 마츠리는 교토 사람들에게는 큰 이벤트라고 들었다. 7월이 되면 곳곳에서 기온 바야시가 울려 퍼진다. 창이 즐비하게 세워진 교토의 중심지는 물론 백화점과 마트, 심지어 편의점까지 기온 마츠리 분위기로 물들 정도다. 처음에는 풍류 있어서 좋다고 생각했지만 매일 같이 듣다 보니 점점 질리기 시작했다.

나고야 출신인 나는 기온 마츠리에 가본 적이 없다. TV 뉴스에서 본 게 전부지만 인파가 어마어마하다는 것만은 잘 알고 있다. 북적이는 인파를 보면서 당시의 나는 '도대체 누가 좋아서 저런 곳엘 가지?'라는 생각만 들었다. 동네 마츠리도 초등학생 때를 마지막으로 더 이상 안 가는데.

"나 기온 마츠리에 가고 싶은데……."

"흐음. 가면 되잖아."

"……사가라, 같이 안 갈래?"

하마터면 고기 조림이 든 냄비를 떨어뜨릴 뻔했다. 서둘러 가스레인지 위로 피난시킨다.

"……뭐, 뭐어?! 어, 어째서?"

잘 모르겠지만 남자와 여자가 여름 마츠리에 가는 건 둘이 함께 정식 식당이나 카페에 가는 것과는 그 의미가 다르다. 나더러 같이 가자니, 도대체 무슨 생각을 하는 거지?

"……내 대학 생활이 장밋빛으로 물들도록 협력하겠다고 했으면서……."

나나세는 토라진 것처럼 입술을 삐죽거린다. 또 그거냐, 하고 어이가 없어졌다.

"잘 들어봐. 나랑 같이 간다고 장밋빛이 되는 건 아니잖아. 스도한테 가자고 해."

나는 절대 사양이지만, 나나세가 동경하는 반짝반짝 빛나는 대학 생활은 친구나 남자 친구와 함께 기온 마츠리에 가는 것도 포함되어 있을 것이다. 같이 갈 남자 친구가 없으면 친구들한테 가자고 하면 된다.

하지만 나나세는 울상을 지으며 말했다.

"그치만 삿짱은 호죠랑 같이 갈지도 모르니까…… 괜히 폐가 될 수도 있잖아."

"본인한테 직접 들은 거야?"

나나세가 힘없이 "아니"라며 고개를 옆으로 흔든다.

"그럼, 직접 물어봐."

내 말을 들은 나나세는 고개를 숙인 채, 작게 대답했다.

"……나 그런 거 잘 못해. 친구한테 같이 놀러 가자고 하는 거."

저번에 나한테 같이 점심 먹자고 했을 때는 상당히 강제적이었던 것 같은데.

하지만 그건 내가 나나세의 본모습을 알고 있기 때문일 것이다. 나나세는 스도를 비롯한 다른 친구들이 싫어할까 봐 두려운 것이다. 외톨이였던 시절로 다시 돌아가는 것을 무엇보다 무서워하고 있다. 혼자만의 세상을 꿈꾸는 나와는 정반대다.

"……나나세. 다른 녀석들한테도 나한테 하는 것처럼 대하면 어떨까? 나한테는 거침없이 쑥쑥 다가오잖아."

"쑤, 쑥쑥?! 미, 미안…… 혹시 사가라한테도, 민폐였어?"

"……. ……나는 그렇다 치고."

지금까지 친구가 없었다는 게 믿기지 않을 만큼 나나세는 밝고 솔직하고 성실하다. 이런 사람이 같이 놀러 가자고 하는데 싫어할 사람은 오히려 적지 않을까.

"네가 같이 놀러 가자고 한다고 싫어할 녀석은 없을 거야."

"진짜? ……괜찮을까?"

일단 "아마도"라고 덧붙여둔다. 그러자 나나세는 눈을 가느스름하게 뜨며 "무책임하긴" 하고 웃었다.

"그래도…… 응, 네 말이 맞아. 너무 부담 가지지 않고 말해볼게!"

나나세는 그렇게 말한 후, 반바지 주머니에서 스마트폰을 꺼냈다. 슥슥 손가락을 움직이는가 싶더니 심호흡을 크게 한 다음, "에잇" 하는 소리와 함께 화면을 탭한다.

스마트폰 화면을 들여다보니 [다 함께 기온 마츠리에 가고 싶어]라는 메시지가 표시되어 있었다. 친구들의 LINE 단체방에 보낸 모양이다.

바로 읽음 표시가 뜨더니 반응이 왔다.

"갈래──!! 같이 가자!!"

스도다. 뒤이어 하트를 끌어안은 판다 스템프를 보내왔다.

고개를 든 나나세의 눈동자는 방금 전과는 180도 다르게 반짝반짝 빛나고 있었다.

"사, 사가라! 삿짱이, 기온 마츠리, 같이 가재! 다행이다! 이게 다 사가라 덕분이야!"

그러면서 나나세는 상당히 감격한 것처럼 내 두 손을 꽉 잡았다. 부드러운 손의 감촉에 심장이 쿵쿵 뛴다. 나나세는 딱딱하게 굳어 있는 내 손을 잡고 붕붕 흔들었다. 나보다 훨씬 작은 손인데 의외로 힘이 세다.

"사가라, 고마워!"

"아, 아니, 난…… 아무것도. 그, 그나저나, 이거 놔."

간신히 나나세의 손을 풀어내자 그제야 심장 고동이 제자리를 찾아간다.

역시 이 녀석은 지나치게 거리낌이 없다. 어떤 여자가 갑자기 남자 손을 잡냐고! 지금까지 친구가 없다 보니 타인과의 거리를 가늠하는 방법을 모르는 건가.

스마트폰 화면을 확인한 나나세는 내 동요 따윈 꿈에도 모른 채 "아! 츠구미랑 나미도 올 수 있대!"라고 들뜬 소리를 질렀다.

"에헤헤, 너무 기뻐. 어떤 유카타를 입을까."

유카타, 라는 단어에 움찔 반응했다. 나도 모르게 묻는다.

"……유카타, 입을 거야?"

"어? 응. 안 가져와서 사러 가야 할 것 같아."

그대로 유카타를 입은 나나세를 상상하고 말았다. 멍하게 있는 나를 봤는지, 나나세가 이상해하며 물었다.

"혹시 사가라…… 유카타 좋아해?"

"벼, 별로."

재빨리 그렇게 대답했지만, 나나세는 왠지 의기양양한 얼굴로 "흐음, 그렇구나"라며 고개를 끄덕였다.

ㅡㅡㅡ

기온 마츠리의 중심인 시조신마치 근처에, 내가 아르바이트하는 편의점이 있다. 평소에는 거기서 조금 떨어진 점포에서 일하지만, 오늘은 지원을 위해 왔다.

"기온 마츠리 분위기도 즐길 수 있고 좋잖아. 사가라, 열심히 하고 와!"

점장님은 그렇게 말하며 나를 보냈지만, 솔직히 전혀 즐기지 못하고 있다.

기온 마츠리의 요이야마는 상상했던 것보다 세 배는 더 혼잡했다. 창과 노점 사이를 메우는 것처럼 시커먼 인파가 꿈틀거리고 있다. 이 정도면 제대로 걷지도 못할 것이다. 보기만 해도 숨이 막힌다. 기온 바야시에 섞여 "치마키, 어떠세요?"라는 여자아이의 목소리가 울려 퍼진다.

늘 차가 오가는 카라스마도리가 지금은 보행자 천국이 되었다. 편의점 바로 앞에 설치된 노점에, 나는 땀범벅이 되어 서 있었다.

노점에서는 카라아게와 페트병에 든 음료수를 평소보다 조금 더 오른 가격에 판매하고 있다. 기온 마츠리에 편승하려는 교활한 전략이다.

그나저나 덥다. 여기 선 지 아직 1시간도 안 지났는데 에어컨을 켠 시원한 가게 안이 그리워졌다. 내 방에서도 에어컨을 안 켜고 참고 사는데 아르바이트하는 곳까지 더운 건 최악이다.

"저기요, 이것 좀 주세요."

그때 빨간 유카타를 입은 여자가 음료수를 사러 왔다.

천엔 짜리 지폐를 받고 거스름돈과 함께 페트병을 건넨다. 최소한의 서비스 정신을 발휘해서 "감사합니다"라며 머리를 숙였다.

여자는 미소를 지으며 동행으로 보이는 친구에게 돌아갔다. 유카타 옷깃 사이로 보이는 뒷덜미를 바라보면서, 나쁘지 않네, 라는 생각을 한다.

나나세에겐 그렇게 말했지만, 사실 나는 유카타를 상당히 좋아한다. 노출이 적은데도 불구하고 뭐라 설명하기 힘든 색기가 있어서 좋다. 유카타를 입은 여자는 30퍼센트는 더 예뻐 보인다는 게 내 생각이다.

인파 속으로 뛰어드는 건 질색이고, 가성비가 안 좋은 야시장 가게에 돈을 낼 생각도 없고, 어디를 가도 귀에 들어오는 기온바야시는 질렸지만, 기온 마츠리 자체를 부정할 생각은 없었다. 유카타를 입은 여자를 많이 볼 수 있는 건 꽤나 기쁘다.

시간은 어느덧 밤 9시 반. 지금쯤 나나세도 유카타를 입고 어딘가를 걷고 있을까.

──기온 마츠리, 너무 기대되는 거 있지! 호죠랑 키나미도 온대.

어제 학교에서 만났을 때, 나나세가 그런 말을 했었다. 그러고 보니 키나미는 나나세가 꽤 마음에 드는 눈치였다. 유카타를 입은 나나세를 보고 얼마나 신나게 떠들어대고 있을까. 왠지 분하기도 하고, 얄밉기도 한 감정이 휘몰아쳤다.

그때 호주머니에 넣어둔 스마트폰이 진동했다. 화면을 살짝 확인해 보니 알림란에 LINE 메시지 내용이 표시되어 있었다. 호죠가 보낸 거다.

[알바하느라 수고─][유카타 입은 나나세, 공유하겠음!]

뒤이어 [사진이 도착했습니다]라는 알림이 떴다. 도대체 무슨 생각인 걸까. 그런 사진을 보내주면 내가 좋아할 거라고 생각하는 건가. 그렇다면 아주 큰 오해다.

하지만 나는 무언가에 홀린 것처럼 LINE 앱을 열었다. 관심이 있는 건 아니지만 받은 이상 내용은 제대로 확인해야 한다는 게 내 생각이다.

호죠와의 톡방을 여니 메시지 밑에 유카타를 입은 나나세의 사진이 뜨지── 않았다. 아무리 기다려도 다운 중 상태에서 꼼짝도 하지 않는다.

……좀 더 힘내자, 내 스마트폰!

사람이 너무 많아서 전파 상태가 좋지 않은가 보다. 무엇보다 내가 계약한 저렴한 요금제는 통신 속도가 느리고 기종도 몇 세대 전이다. 제길, 슬슬 기종을 바꿔야 하나…….

허탕을 친 나는 힘없이 고개를 떨구었다. 그때 누가 등을 툭

쳤다.

"사가라, 수고 많데이!"

"……아, 수고 많으십니다."

아르바이트 가게의 선배인 이토가 카즈하이다. 나와 같은 대학의 경제학부에 다니는 두 살 많은 3학년 선배다. 활발한 인상에 짧은 보브 헤어를 한 미인으로 친절하고 배려심도 많다. 평소에는 나와 같은 점포에서 일하지만 오늘은 나처럼 지원병으로 차출되었다고 한다.

"1시간 휴식이다──. 더우니까 수분 섭취 잊지 말그래이."

오늘 근무는 장장 8시간에 이르기 때문에 중간에 1시간 휴식이 들어 있었다. 드디어 이 더위에서 탈출할 수 있다는 생각에 안도의 한숨을 쉰다.

"맞다, 사가라, 니 고향, 교토 아니제? 기온 마츠리, 구경 안해도 되겠나?"

"……네, 괜찮아요."

유감스럽지만 이 인파를 보는 것만으로도 배가 불렀다. 점포 뒤에 있는 백야드에서 쉬어야겠다며 발길을 돌린 그때.

내 시야로 유카타를 입은 여자의 뒷모습이 뛰어 들어왔다.

얼굴은 안 보였지만 예쁘다는 생각이 들었다. 무엇보다 자세가 좋다. 감색 바탕에 하얀 나팔꽃 무늬가 들어간 유카타로 빨간 오비는 허리 언저리에서 예쁘게 묶여 있다. 밤색 머리카락은 머리위에서 가지런히 묶었는데 끝부분에는 부드러운 웨이브가 들어가 있었다. 옷깃 사이로 보이는 목덜미는 가냘프고 놀랄 만큼 하얗다.

정신을 놓고 멍하게 보고 있는데 여자가 천천히 내 쪽을 돌아봤다. 눈과 눈이 마주친 순간, 붉은 입술을 끌어올리며 생긋 미소 짓는다.

그곳에 서 있는 건 기대를 저버리지 않는, 굉장한 미인이었다.

"앗, 사가라!"

이름이 불리자 정신이 들었다. 그녀는 얼굴 가득 미소를 지으며 손을 흔들고 있었다.

"깜짝 놀랐어. 이런 곳에서 뭐 하고 있어?"

유카타 미인의 정체는 나나세였다. 달그락, 달그락, 게타 소리를 내며 이쪽으로 달려온다. 살짝 고개를 기울이자 머리에 꽂은 꽃장식이 흔들린다.

"……아……아르바이트, 하고 있었어."

간신히 그렇게 대답했다. 목소리가 쉬어 있는 걸 깨닫고 침을 삼켰다. 어느새 목이 바짝 말라 있었다.

"……너야말로 혼자 뭐 하고 있냐?"

나나세의 주위에 스도나 호쿄의 모습은 보이지 않았다. 나나세는 울상을 지으며 웃었다.

"그게, 일행을 놓치고 말았어. 아까 간신히 연락이 닿아서 곧 합류할 거야. 음, 나기나타보코? 근처에 있겠대."

"아, 그래……."

"뭐꼬, 뭐꼬? 엄청 예쁜 아네. 혹시 사가라 여친이가?"

그때 이토가와 선배가 놀리기라도 하는 것처럼 옆구리를 쿡쿡 찔렀다. 나는 당황해서 "아, 아니에요" 하고 부정했다.

"사가라랑은 같은 스터디 그룹 멤버예요."

나나세는 기분 상한 기색 하나 없이 싹싹하게 대답했다. 이토 가와 선배는 우리 사이를 어떻게 해석했는지, 의미심장한 미소를 지었다.

"사가라, 마침 지금부터 휴식이니까 둘이 같이 마츠리 구경하 고 와도 된데이."

"진짜요? 괜찮으면 조금이라도 같이 구경하자!"

나나세는 기쁘게 말하며 가슴 앞에서 두 손을 모았다.

큰일날 소리. 유카타를 입은 나나세와 둘이 함께 걷는 모습을 누가 보기라도 했다간 이번에야말로 말도 안 되는 오해를 받게 될 것이다.

난 안 가──라고 말하려는데 이토가와 선배가 말했다.

"게다가 이렇게 예쁜 아가 혼자 다니면 작업 대상이 될 기다. 위험하지, 위험해. 기온 마츠리, 우습게 보면 클난데이."

"……으."

확실히 그럴지도 모른다. 지금도 조금 떨어진 곳에서 나나세를 힐끔힐끔 쳐다보는 남자 2인조의 모습이 보인다. ……아무래도 시원한 곳에서 휴식을 취하기는 그른 것 같다.

"……휴식 시간은 1시간이니까 스도 일행이 있는 곳까지 갔다 가 바로 돌아올 거야."

나나세의 표정이 환해지더니 "응!" 하고 고개를 끄덕였다. 나 는 각오를 다지고 나나세와 함께 인파 속으로 뛰어들었다.

360도, 어디를 봐도 사람·사람·사람. 사람의 벽에 가로막혀서 똑바로 걷는 것조차 여간 힘든 일이 아니었다. 안 그래도 찌는 듯이 더운데 군중 속 열기 때문에 숨까지 막히는 것 같다.

편의점이 있는 신마치도리에서 스도 일행이 있는 곳까지는 평소라면 10분도 걸리지 않는 거리다. 하지만 지금 같은 인파 속에서는 앞으로 가는 것조차 여의찮았다.

반보 뒤에서 걷는 나나세가 내 티셔츠 자락을 꽉 잡는 게 느껴졌다. 순간적으로 심장이 떨어지는 줄 알았다. 뒤를 돌아보니 나나세는 미안한 얼굴로 나를 보고 있었다.

"미안해. 또 잃어버릴까 봐……."

"……괜찮아."

나나세의 이마에는 땀이 송골송골 맺혀 있고 뺨은 평소보다 발그레했다. 아마 더위 탓일 것이다. 살짝 벌어진 입술 사이로. 하아, 하고 숨이 흘러나온다. 왠지 묘한 기분이 들기 시작했다.

내 시선을 알아차렸는지 나나세는 겸연쩍은 듯 괜히 앞머리를 만지작거렸다.

"저, 저기, 내 얼굴, 괜찮아? 화장, 지워지진 않았어? 속눈썹은 잘 붙어 있고?"

"……평소랑 똑같아."

나 자신을 타이르듯 대답했다. 나나세는 마음이 놓였는지 "다행이다"라고 중얼거린다.

"그나저나 이렇게 사람이 많을 줄은 몰랐어…… 앗! 링고아메

먹고 싶었는데! 사가라, 사도 돼?"

나나세는 들뜬 목소리로 말하며 내 옷자락을 꾹꾹 잡아당겼다. 나는 마지못해 그녀의 뒤를 따라 링고아메를 파는 노점으로 향했다.

"하나 주세요."

"자, 여기 있어요. 감사합니다─."

나무젓가락에 꽂은 링고아메는 하나에 500엔이었다. 완전 바가지 요금이잖아, 라고 생각했지만 링고아메를 받아 드는 나나세의 눈동자가 반짝반짝 빛나고 있어서 쓸데없는 말은 하지 않았다.

조금 떨어진 곳에 거대한 호코가 세워져 있는 게 보였다. 마츠리의 불빛이 비추는 밤은 비일상적인 분위기에 휩싸여 있었다. 옆에서 걷는 여자는 여전히 내 티셔츠 자락을 한 손으로 꼭 잡고 있다. 고작 그것만으로도 이렇게나 마음이 설레는 건 그녀가 평소와 다른 차림을 하고 있기 때문일까.

"링고아메, 처음 먹어봤어. 참 예쁘다고 생각했는데…… 이런 맛이었구나."

나나세가 나지막하게 중얼거렸다. 마츠리의 시끌벅적한 소리에 금방 지워질 것 같은 작은 목소리였다.

"난 우리 동네 마츠리조차 가본 적이 없어. 친구가, 없어서."

"……흐음."

"이렇게 유카타를 입고 친구랑 같이 마츠리에 올 수 있어서 얼마나 좋은지 몰라. 역시 용기 내보길 잘한 것 같아. 사가라, 고마워."

나는 아무 말도 하지 않았다. 나나세 역시 대답을 듣고 싶어서 한 말은 아니었을 것이다.

나나세가 링고아메를 다 먹었을 즈음, 나기나타보코에 도착했다. 밝은 하늘색 유카타를 입은 여자가 손을 붕붕 흔들고 있는 게 보인다. 아마 스도일 것이다. 옆에 있는 건 호죠다. 무사히 합류해서 다행이다. 이것으로 내 역할은 끝.

"그럼, 난 다시 아르바이트하러 간다. 다음에 봐."

"아, 사가라……자, 잠깐만."

"왜?"

"저, 그, 그게. 내, 내……."

나나세가 무슨 말인가 하려는 듯 입을 연 바로 그때였다.

"나나세—! 드디어 만났다!"

조금 떨어진 곳에서 남자의 목소리가 들린다. 인파를 헤치며 쏜살같이 다가온 사람은 키나미였다. 나나세는 조금 곤란한 얼굴로 티셔츠 자락을 잡은 손에 힘을 주었다.

"……왜 그래?"

"으, 음……"이라며 말을 우물거리는 나나세를 보고 내가 먼저 물었다.

"혹시 키나미가 불편해?"

나나세는 쓸쓸한 미소와 함께 "……조금" 하고 고개를 끄덕였다.

대충 그렇지 않을까 싶었다. 나나세에게 호감이 있는 키나미에게는 안 됐지만 조별 과제를 할 때도 비협조적이었다니 자업자득이다.

"꺄악."

키나미가 이쪽에 도착하기 전에 키가 큰 남자와 나나세가 쿵 하고 부딪쳤다.

괜찮냐고 묻기도 전에── 나나세가 먼저 내 품으로 힘껏 뛰어들었다. 새하얀 목덜미가 바로 눈앞에 보이자 심장이 터질 것 같다.

"나, 나나세."

내 품에 얼굴을 묻은 여자는 분명 땀을 흘리고 있는데도 믿을 수 없을 만큼 좋은 냄새가 났다. 갈 곳을 잃은 내 두 손은 어정쩡하게 허공을 헤맨다.

"무, 무슨 일인데 그래?"

"소, 속눈썹이."

"뭐?"

"속눈썹이, 떨어졌어⋯⋯."

나나세가 꺼져 들어가는 목소리로 말했다. 방금 키가 큰 남자와 부딪치는 바람에 눈꺼풀에 붙여둔 인조 속눈썹이 떨어진 모양이다. 어이가 없어서 한숨이 나왔다.

"속눈썹 떨어진 게 그렇게 큰일이냐⋯⋯."

"다, 당연하지! 있는 거랑 없는 건 천지 차이란 말이야! 어, 어떡하지! 지금 얼굴, 절대, 다른 사람에겐 못 보여줘. 절대!"

나나세의 어깨는 떨리고 있었다. 나야 이해가 안 되지만, 그녀에게는 눈꺼풀 위에 있는 속눈썹의 유무가 굉장히 심각하고 중요한 일인가 보다.

어떻게 할지 고민하는 사이에 키나미가 바로 앞까지 왔다. 나에게 안겨 있는 (것처럼 보이는) 나나세를 보더니 의아한 듯 미간을 찌푸린다.

"뭐야, 누군가 했더니 사가라네. 뭐 하고 있냐?"

그 목소리에는, 왜 너 같은 놈이 나나세와, 라는 감정이 실려 있었다.

"……우연히, 저기서 만났어."

"흐음. 나나세, 무슨 일 있어?"

"……몸이 좀, 안 좋다나 봐."

그렇게 대충 얼버무리자 키나미는 "진짜?"라며 걱정스럽게 물었다.

"나나세, 괜찮아? 어디 가서 좀 쉴래?"

키나미가 내 품에 얼굴을 묻고 있는 나나세를 향해 손을 내밀었다. 나나세의 어깨가 움찔거리더니 티셔츠를 잡은 손이 가늘게 떨렸다.

배려라곤 모르는 남자의 손이 그녀에게 닿기 전에 나는 그 손을 세게 쳐냈다.

"하아? 뭐 하는 짓이지?"

아니나 다를까, 갑작스러운 내 행동에 키나미는 발끈했다. 불만스러운 표정으로 이쪽을 노려본다. 하지만 나나세를 위해서도 물러설 순 없었다.

"……내가 데리고 갈게. 그래도 괜찮지, 나나세?"

나나세는 아무 말 없이 몇 번이나 고개를 끄덕였다. 자리를 떠날 때, 등 뒤에서 "뭐야"라는 불퉁한 목소리가 들렸다. 괜히 적만 더 늘린 셈이 되었지만, 어쩔 수 없다.

나는 사가라의 손에 이끌려 지하철 시조 역의 화장실로 왔다. 속눈썹을 다시 야무지게 붙이는 김에 지워진 파운데이션을 고쳐 바르고 블러셔와 립스틱도 새로 발랐다. 마침내 제대로 된 얼굴로 돌아오자 휴우 하고 안도의 한숨이 나왔다.

큰일날 뻔했다. 진짜 절체절명의 위기였다. 만약 다른 친구들이 그 모습을 봤다면, 하고 생각하니 소름이 돋았다.

사가라는 능숙한 대처로 그 자리를 벗어나 나를 데리고 와주었다. 나도 모르게 껴안았다는 데 생각이 미치자 얼굴이 화끈거린다. 그러고 보니 사가라는 아르바이트 휴식 중이었다. 빨리 돌아가야지.

서둘러 화장실에서 나오니 사가라는 기둥에 기댄 채 멍하게 있었다. 유카타 입은 여자가 지나가자 그쪽으로 시선을 주는 모습을 보니 왠지 기분이 안 좋았다.

――사가라, 유카타 좋아해?

――벼, 별로.

사가라는 유카타 입은 여자의 모습을 좋아하는 게 분명했다. 그의 「별로」가 예스와 동의어라는 건 나도 슬슬 눈치채고 있었다.

한 번 더 콤팩트 거울로 얼굴을 체크하고 유카타의 오비가 흐트러지진 않았는지 확인한다. 그런 다음 그의 이름을 크게 불렀다.

"사가라!"

그제야 사가라가 이쪽을 쳐다본다. 짧은 순간. 눈부신 것이라도 본 것처럼 눈을 가느스름하게 뜬다. 나는 유카타 옷자락을 조심하며 그를 향해 달려갔다.

"미안해. 사가라 덕분에 살았어. 하마터면 내 대학 생활이 여기서 끝날 뻔했지 뭐야…… 고마워."

"호들갑은."

사가라는 어이없다는 듯 어깨를 으쓱이더니 "그럼, 이번엔 진짜 간다" 하고 말했다. 뒤돌아 걷기 시작하는 그의 티셔츠를 나도 모르게 잡았다.

귀찮아하며 돌아보는 사가라를 향해 "저기, 하나만 더" 하고 묻는다.

"나, 유카타, 잘 어울려? ……예, 예뻐?"

오늘 우연히 만났을 때부터 계속 물어보고 싶었다.

유카타를 고를 때도, 헤어 세트를 할 때도, 사가라는 어떤 걸 좋아할지 무의식적으로 고민했었다. 다른 친구들은 다 예쁘다고 칭찬해 줬지만── 사가라는 어떻게 생각하는지 꼭 알고 싶었다.

기도하는 심정으로 대답을 기다린다. 사가라의 얼굴은 순식간에 무뚝뚝하게 변했다.

"별로."

나는 알고 있다. 사가라의 「별로」는 예스와 동의어다.

알기 어려운 것 같으면서도 알기 쉬운 그의 반응에 나는 소리 높여 웃었다.

장마도 끝난 7월 하순, 대학 1학기 시험의 계절이 찾아왔다.

"사가라, 요즘 안색이 안 좋아."

평소처럼 저녁을 나눠주러 온 나나세는 걱정스럽게 말했다. 히야시츄카를 산더미처럼 담은 그릇을 받으면서 나는 "평소랑 똑같아"라고 대답했다. 나나세는 "그런가……"라며 고개를 갸웃거렸다.

익숙해진다는 게 얼마나 무서운 것인지, 나나세가 저녁밥을 나눠주는 것도 이제는 일상적인 풍경 중 하나가 되어 있었다. 그렇다고 감사하는 마음을 잊은 건 절대 아니다.

"……이거, 고마워. 잘 먹을게."

"아냐! 대충 만든 거라 미안해."

나나세는 그렇게 말했지만 절대 대충 만든 게 아니었다. 가지런하게 자른 오이와 햄, 달걀에 먹음직스러운 참깨 소스가 뿌려져 있다. 나는 간장 소스보다는 참깨 소스를 더 좋아한다.

시험 기간 중에도 나나세는 꼬박꼬박 식사 준비를 하는 것 같았다. 이 미칠 듯이 더운 시기에 시원한 히야시츄카는 눈물이 나도록 고마웠다. 마트에서 저렴한 가격에 대량으로 구매한 소면도 바닥을 보이고 있어서 어떻게 할까 고민하던 참이었다.

"요즘 매일 아르바이트하지? 시험 전인데 괜찮아?"

나나세의 물음에 나는 "그럭저럭"이라고 애매하게 대답했다.

나는 평소에도 성실하게 수업을 듣고 있어서 출결과 관련해서

는 아무 문제도 없다. 리포트 과제도 이미 다 제출했다. 남은 건
필기시험뿐이다.

대부분의 학생은 시험 전에는 가능한 한 아르바이트를 삼가고
공부를 한다고 한다. 카페에서 아르바이트를 시작한 나나세도 최
근엔 시프트를 별로 넣지 않았다고 했다.

하지만 나는 그럴 수 없다. 아르바이트 시프트를 줄인다는 건
급여가 줄어든다는 뜻이고, 매달 간신히 살고 있는 내게는 사활
이 걸린 문제였다.

그래서 나는 시험 전임에도 불구하고 매일 아르바이트를 하고
있었다. 안 그래도 시험 전이라 일손이 부족하던 참인데 잘 됐다
며 점장님은 굉장히 고마워했다.

그렇지만 공부를 안 할 수도 없는 노릇이다. 학점을 안 따는 건
상상도 할 수 없는 일이고 장래를 위해서도 좋은 성적을 얻고 싶
었다. 수업을 땡땡이칠 생각은 조금도 없다 보니 결과적으로 수
면 시간을 줄이는 수밖에 없었다.

……뭐, 어차피 쪄 죽을 것처럼 더운 이 집에서는 제대로 자기
도 힘들지만.

"다크 서클이 심한데, 혹시 별로 못 자는 거야?"

"……잘 수가 있어야지. 너무 더워서……."

나는 여태까지 집에 에어컨도 안 켜고 쭉 참고 지내고 있었다.
이 정도면 남은 여름도 선풍기 하나로 버틸 수 있지 않을까? 나
나세는 어이없다는 얼굴로 살짝 어깨를 으쓱였다.

"이제 그만 포기하고 에어컨 좀 켜…… 그러다 몸 상할지도

몰라."

하지만 나는 완강하게 고개를 옆으로 흔들었다.

"아니, 괜찮아. 아직 버틸 수 있어."

"사가라는 이상한 부분에서 고집을 부리더라…… 도대체 뭐랑 싸우는 거야?"

굳이 말하자면, 나 자신.

"어쨌든 빨리 집으로 돌아가. 너도 공부해야 되잖아."

그러면서 등을 떠밀자 나나세는 마지못해 뒤돌아섰다.

"……저기, 사가라. 혹시라도 무슨 일 있으면 바로 말해. 우린 이웃이니까."

"괜찮아. 너한테 폐 끼칠 일은 없을 거야."

"내, 내 말은 그게 아니라!"

아직 더 무슨 말인가 하려는 나나세를 반강제적으로 집 밖으로 내보낸다.

문이 닫히자 갑자기 피로가 확 밀려왔다. 오늘도 곧 있으면 아르바이트하러 가야 하니까 히야시츄카를 먹고 잠깐 눈이라도 붙여야겠다.

맴맴맴, 시끄러운 유지매미 소리를 들으며 대학 도서관으로 향하는 길을 걷고 있었다. 라탄 가방에서 타올 손수건을 꺼내 이마에 맺힌 땀을 닦는다. 하는 김에 콤팩트 거울로 화장이 지워지진 않았는지 확인했다.

　7월도 종반. 전기 시험이 코앞으로 다가오자 갑자기 교내에 사람들이 많아진 것 같은 느낌이 든다.

　다들 강의에는 나오지 않으면서 학점만큼은 약삭빠르게 챙기려 든다. 허둥지둥 시험 범위를 확인하거나 다른 사람에게 빌린 수업 노트를 복사하느라 바쁘다. 나도 몇몇 지인에게 '노트 복사하게 좀 빌려줘'라는 부탁을 받았다. 딱히 상관은 없지만 평소에 수업을 잘 들었으면 이제 와서 조급하게 굴 필요는 없을 텐데.

　전기 시험을 일주일 앞둔 지금, 나 역시 시험공부를 하느라 정신이 없었다. 오늘도 지금부터 시원하고 조용한 도서관에서 공부할 예정이다. 목표는 성적 최고 평가. 수업은 당연히 무지각, 무결석이고, 리포트 과제도 완벽하게 마무리지어서 제출했다. 빈틈이라곤 찾아볼 수 없다.

　그러고 보니 사가라는 시험 전에도 매일 아르바이트를 하는 것 같던데 공부는 제대로 하고 있을까. 최근 안색도 안 좋고 학교에서 스치고 지나갈 때도 유난히 피곤해 보였다. 어쩌면 더위를 타는 건지도 모른다.

　너한테 폐 끼칠 일은 없을 거야, 라는 사가라의 말이 떠오르자 그런 뜻이 아닌데, 하는 생각에 속이 답답해졌다.

　아무리 친해진 것 같아도 사가라는 근본적인 부분에서 내게 마음을 열어주지 않고 있는 것 같은 느낌이 든다. 일정한 선을 넘으려고 하면 재빨리 거리를 두는 느낌.

　──나는 내 세계에 아무도 들이고 싶지 않아. 골치 아픈 인간

관계에 내가 가진 리소스를 할당하는 건 딱 질색이거든. 그래서 어떻게든 다른 사람들과 어울리는 건 피하고 싶어.

그때는 성격이 좀 삐뚤어졌구나 하고 생각했지만. 어쩌면 사가라의 나 홀로 주의는 좀 더 뿌리 깊은 것이 아닐까.

그런 생각을 하는 동안 도서관에 도착했다. 도서관 앞에는 대여섯 명의 남녀가 모여 있었다. 그중 한 명, 키가 큰 남자가 나를 보더니 싱긋 웃으며 손을 흔들었다. 호죠다. 나 역시 살짝 손을 흔들어 보이자 호죠는 이쪽으로 달려왔다.

"여어. 나나세. 도서관에서 공부?"

"으, 응. 호죠는?"

"서클 녀석들이랑 잡담하던 중. 미칠 듯이 더워서 다른 곳으로 옮길까 하던 참이지."

호죠와 같이 있던 사람들은 풋살 서클의 멤버들인가 보다. 그는 다른 학부에도 아는 사람이 많고 남녀 가리지 않고 친구도 많다. 삿짱 말로는 죽을 만큼 인기가 많다고 한다. 호죠의 대학 생활은 분명 장밋빛이겠지.

"나나세, 지금 시간 좀 있나?"

"에, 괘, 괜찮긴 한데……."

"그라믄 아이스크림 먹으러 안 갈래? 내가 사줄게."

느닷없는 제안에 나는 당황했다. 호죠와 아는 사이이긴 하지만 단둘이 얘기한 적은 거의 없다. 도대체 무슨 생각인 걸까.

내가 어쩔 줄 몰라 하는 사이에 호죠는 "가자"라며 교내 편의점으로 걸어갔다. 나는 서둘러 그 뒤를 따라갔다.

편의점에서 아이스크림을 산 우리는 그대로 카페 코너에 있는 벤치에 나란히 앉았다. 100엔짜리 비스킷 샌드 아이스크림을 고른 나를 보고 호죠는 "나나세, 와 그래 겸손혀? 더 비싼 거 골라도 된다"라며 웃었다.

"저, 저기, 혹시 나한테 부탁할 일이라도 있어?"

"오, 눈치 빠르네."

그렇게 말한 호죠는 입술 끝을 씩 끌어올리며 웃었다. 어쩌면 호죠도 내 노트를 복사하고 싶은 건지도 모른다. 굳이 이런 거 안 사줘도 얼마든지 빌려줄 수 있는데.

하지만 호죠가 말한 부탁은 내가 상상하지 못한 것이었다.

"사키한테 이번 여름방학 때 같이 놀러 가자고 할 생각인데."

"아, 그렇구나."

호죠와 삿짱은 정말 사이가 좋다. 특히 요즘은 둘이 함께 있는 모습이 자주 보였다. 나는 용기를 내서 예전부터 신경 쓰였던 질문을 했다.

"혹시…… 호죠, 삿짱 좋아해?"

"어, 좋아한다."

호죠는 쑥스러워하는 기색 하나 없이 당당하게 말했다. 오오, 멋져!

"그런데 저번에 기온 마츠리에 같이 가자고 했을 때도 결국 '다 같이' 가자고 하더라고. 그래서 혹시 사키가 나를 경계하고 있는 건가 싶어서."

"그, 글쎄? 삿짱은 호죠랑 둘이 있는 게 싫어서 그런 건 아닐 거야."

그러고 보니 내가 삿짱에게 같이 가자고 하는 바람에 호죠는 삿짱과 기온 마츠리 데이트를 못한 셈이 된다. 으으, 미안. 이제 와서 죄책감이 가슴을 푹 찔렀다.

"그래도 역시 갑자기 단둘이 있는 건 좀 부담스러울 수도 있지. 그래서 말인데."

호죠는 오른손으로 피스 사인을 만들더니 나를 향해 내밀었다.

"나나세. 더블 데이트 안 할래?"

나는 "뭐?" 하고 눈을 동그랗게 떴다.

"사키도 처음부터 나나세도 같이 간다고 하면 안심할 거 아이가. 뭐, 그라다가 적당한 타이밍에 개별 행동하면 되는 기고."

"자, 잠깐만. 난…… 데이트할 사람, 이 없어."

간신히 호죠의 제안을 이해한 나는 서둘러 그의 말을 막았다. 호죠는 깜짝 놀라 고개를 기울였다.

"아니, 있다 아이가."

"사, 사가라랑은, 그런 사이가 아냐!"

"내는 사가라 이름은 꺼내지도 않았는데?"

유들유들한 호죠의 말에 그만 말문이 막혔다. 호죠는 그런 나를 보고 살짝 짓궂은 미소를 지었다. 상큼한 얼굴을 하고 있지만 사실은 보통내기가 아닐지도 모른다.

"뭐, 그건 별로 문제가 안 된다. 아무나 상관없으니까 적당히 가자고 해라."

"……그런데 왜 하필 나야?"

호죠는 발이 넓어서 굳이 나한테 부탁하지 않아도 더블 데이트를 해줄 친구는 얼마든지 있을 텐데.

내 물음에 호죠는 이쪽을 가만히 쳐다봤다. 상대방의 본질을 꿰뚫어 보는 것 같은 눈이다. 내 맨얼굴까지 간파당할 것만 같아서 왠지 마음이 불편했다.

"나나세는 누가 누구를 좋아하니 어쩌니 하면서 주절주절 떠들고 다니는 타입은 아이다 아이가. 내가 그런 감 하나는 좋거든."

"……그, 그건……당연히 말하지 않을 거야."

"뭐, 어쨌든 그만큼 신뢰하고 있다는 기다. 싫으면 거절해도 되지만, 벌써 아이스크림을 먹었네? 내가 사준 거."

……네, 먹었습니다.

게다가 신뢰한다는 말까지 들었는데 거절할 순 없다. 호죠와는 그 정도로 친한 사이는 아니지만 내가 힘이 된다면 할 수 있는 일은 해주고 싶다. 기온 마츠리 데이트를 무산시킨 데 대한 속죄도 겸해서.

"……응. 알았어."

"진짜제? 고맙데이. 그라믄 시험 끝나고……여름방학 때 하자. 나중에 내가 연락할게."

호죠는 웃으면서 손을 팔랑팔랑 흔들고 간다.

나는 그 뒷모습을 보면서 어떻게 할지 생각에 잠겼다. 호죠는 아무나 상관없다고 했지만 내 머리에 떠오른 건 결국 사가라의 얼굴이었다.

밤 9시까지 노동을 한 후, 입을 크게 벌리고 하품을 한다. 백야드로 잠깐 나온 이토가와 선배가 나를 발견하고 말을 건넨다.

"오, 사가라. 많이 졸린가 보다?"

다시 나오려는 하품을 억지로 눌러 참으며 "네" 하고 대답했다.

어제는 아침까지 아르바이트를 하느라 한숨도 못 자고 그대로 학교에 갔다. 오늘 시프트는 오후 4시부터 밤 9시까지라서 지금 집에 가면 공부할 시간은 있다. 하지만 죽을 듯이 피곤하다. 수면 부족 때문인지 머리도 아픈 것 같다.

"사가라, 시험 기간인데도 매일 시프트 넣던데 공부는 하고 있나? 사회경제학 노트라면 가지고 있는데 빌려주까?"

"괜찮습니다. 필기는 다 했거든요."

"그래. 하긴 니는 성실하니까."

"다들 하는 거예요."

"그런데 영 안색이 안 좋다. 진짜 괜찮나?"

……그러고 보니 나나세한테도 비슷한 말을 들었지.

벽에 걸린 거울로 얼굴을 확인한다. 그런 말을 들어서 그런지 창백한 것 같기도 하지만 원래부터 썩 건강해 보이는 얼굴은 아니었다.

"늘 이렇지 않았어요?"

"듣고 보니 그런 것 같기도 하고…… 글쎄, 애매허네."

"그럼, 전 이만 가볼게요."

"어, 수고 많았데이. 조심해서 들어가고 잠도 좀 자라."

이토가와 선배의 배웅을 받으며 편의점 뒷문을 통해 밖으로 나가자마자 후덥지근한 공기가 온몸을 감싼다. 밤인데도 기온은 통내려갈 기미가 안 보였다. 오늘도 열대야인가 하는 생각에 벌써부터 기운이 쫙 빠진다.

터덜터덜, 간신히 집에 도착했다. 납덩이처럼 무거운 발을 질질 끌면서 계단을 오른 다음, 열쇠를 꺼내 문을 연다. 운동화를 벗어 던지고 일단 물부터 마시려고 주방에 섰는데—힘이 쫙 빠지면서 비틀거렸다. 가스레인지 위에 올려둔 냄비가 떨어지면서 와장창 하는 큰 소리가 난다. 나는 그대로 바닥에 쓰러졌다.

……아—……큰일났네.

몸을 일으키려는데 빙글빙글 현기증이 났다. 몸에서 열이 나면서 힘이 들어가지 않았다. 몸 구석구석이 한계를 맞아 SOS를 외치고 있다는 것을 알 수 있었다. '교토의 대학생, 자취방에서 사망'이라는 뉴스 타이틀이 머릿속에 떠올랐다.

시험을 앞둔 지금 몸 상태가 이렇다니. 아니, 이대로는 시험이 문제가 아닐 수도 있다. 바닥에 떨어진 스마트폰으로 손을 뻗었지만 아슬아슬하게 닿지 않았다. 이대로 죽는 건가—— 그런 생각이 머리를 스친 바로 그때.

딩동, 하고 인터폰이 울렸다. 일어날 기력은 없다. 그대로 내버려두니 문 너머에서 목소리가 들렸다.

"사가라? 큰 소리가 나던데 괜찮아?"

나나세의 목소리다. 나는 대답도 못 하고 "으으" 하는 신음만 흘렸다. "들어갈게!"라는 목소리와 함께 문이 열리고 외등이 실내를 비춘다. 그와 동시에 비명과도 같은 목소리가 울려 퍼졌다.

"사, 사가라!"

나나세가 달려와 내 몸을 흔들었다. 눈이 마주치자 안심했는지 "다행이야, 살아 있어"라고 중얼거렸다. 두꺼운 안경 렌즈 너머에 있는 눈이 눈물로 글썽이는 게 보인다.

"구급차 부를까?"

"……그럴 정도는 아니야."

그러자 나나세는 "그렇다니 다행이야"라고 중얼거리며 내 손을 꽉 잡았다. 작고 서늘한 손에 감싸인 순간, 나도 모르게 마음이 놓였다.

"미안하지만 에어컨 좀 켤게."

나나세는 내가 고개를 끄덕이는 것을 확인한 후에 에어컨 스위치를 누르고 선풍기를 돌렸다. 먼지 섞인 냄새와 함께 시원한 바람이 나온다. 이불을 척척 갠 나나세는 젖은 수건을 가져왔다.

"수건으로 몸을 닦은 후에 옷도 갈아입어. 내가 도와줄까?"

"괘, 괜찮아! 내가 할 수 있어……."

그런 일을, 나나세에게 시킬 순 없다. 몸은 축 처지고 무거웠지만 간신히 상체를 일으켰다. 내가 옷을 갈아입는 동안 나나세는 집으로 돌아가 얼음주머니와 이온 음료를 가지고 왔다.

"일단 이것부터 마셔."

페트병을 받아서 이온 음료를 목구멍으로 흘려 넣는다. 시원한

고 달달한 액체가 조금씩 배 속으로 가라앉기 시작했다. 얼음주머니를 목 아래 두고 이불 위에 눕자 조금씩 편해졌다.

"신세를, 졌네……고마워."

다 쉰 목소리로 말하자 나나세는 눈을 가느스름하게 뜨며 미소 지었다.

"신세는 무슨 신세. 그치만 사가라가 죽은 줄 알고 깜짝 놀랐어."

"……미안."

"게다가 힘들 때는 서로 도와야지. 사가라도 바퀴벌레를 잡아 줬잖아."

듣고 보니 그런 일도 있었다. 나나세의 맨얼굴을 처음 본 날이다. 그 후로 벌써 2개월 가까이 지났다.

"그것 말고도 얼마나 신세를 많이 지고 있는데."

나나세가 손을 뻗어 내 이마를 살짝 짚는다. 내 체온이 높아서 그런지, 서늘하게 느껴져서 딱 좋다.

"조금 뜨겁네. 열사병인지도 몰라. 그리고 과로."

"……나, 땀나는데."

"신경 쓰지 마. 머리맡에 이온 음료 두고 갈게. 그리고 내일 어떤지 다시 보러 올 거야. 문은 잘 잠그고 있어. 그럼, 잘 자."

그렇게 말하고 나나세는 집에서 나갔다. 나는 이불 위에 누운 채 멍하게 생각한다.

혼자 산다는 건 참 힘든 일이구나.

집으로 들어온 나나세의 얼굴을 본 순간, 진심으로 안도했다. 그녀가 가버린 지금은 왠지 조금 불안하다. 꼭 잡아주던 손의 감촉을 다시 떠올려본다.

……정신 차려. 그렇게 약해빠져서 어쩌자는 거야. 고등학교를 졸업한 후부터 누구에게도 기대지 않고 혼자 살아가기로 결심했잖아.

이불에 누워 있자 슬금슬금 졸음이 밀려왔다. 한순간 시험 생각이 머리를 스쳤지만, 지금은 아픈 몸을 치료하는 게 먼저다. 눈을 감자마자 그대로 잠이 들었다.

딩동, 하는 인터폰 소리에 눈을 떴다.

창밖은 이미 해가 떠서 얇은 커튼 너머로 햇빛이 느껴진다. 머리 아래 둔 얼음주머니는 이미 미지근해져 있었다. 이불 위에서 벌떡 몸을 일으킨다.

몸은 여전히 늘어졌지만 머리는 개운했다. 에어컨 덕분에 오랜만에 푹 잔 것 같다. 역시 문명의 이기는 대단하다. 앞으로는 무식하게 버티지 말자.

문을 열자 완벽하게 화장을 한 나나세가 서 있었다. 손에는 작은 냄비를 들고 있다.

"잘 잤어? 기분은 어때?"

"완전 괜찮아."

"다행이다. 죽을 좀 만들었는데 같이 먹을까 하고."

나나세는 집 안으로 들어오더니 그릇을 꺼내 죽을 담았다. 맛있는 국물 냄새가 난다.

입에 넣자마자 내가 생각했던 것보다 더 공복이었다는 사실을 깨달았다. 눈 깜짝할 사이에 한 그릇 다 비웠다. 그 모습을 본 나나세는 그제야 마음이 놓이는지 숨을 내쉬었다.

"괜찮은 것 같아서 정말 다행이야."

두 그릇째 죽을 먹으면서 말없이 고개를 끄덕였다. 지금 상태라면 수업과 아르바이트 모두 갈 수 있을 것 같다. 그나저나 이번에는 정말 나나세에게 크게 신세를 졌다.

"……미안해. 진짜 네 덕분에 살았어."

만약 나나세가 없었다면 난 정말 죽었을지도 모른다. 이런 상태로 잘도 혼자 살아가니 어쩌니 떠들었다니. 앞으로는 건강 관리에 더 신경 쓰도록 해야겠다.

"이 은혜는 꼭 갚을게."

"신경 안 써도 돼. 피차일반이라고 했잖아."

"아니, 난 전혀…… 아무것도 한 게 없는데."

누가 더 신세를 많이 졌는지 저울에 올려보면 분명 나나세 쪽으로 기울 것이다. 은혜도 모른 채 이대로 있을 수는 없다.

"내가 할 수 있는 일이라면, 최선을…… 다 할게. 그러니까 뭐든 말만 해."

그러자 뭔가 생각난 것처럼 나나세의 눈이 커다래졌다. 무릎 위에 놓인 두 손을 꼼지락거리더니 다소 말하기 어려운 듯 입을 연다.

"……그럼, 하나만, 부탁해도 돼?"

"알았어. 좋아."

이번만큼은 무슨 부탁이든 기꺼이 들어줄 생각이다.

각오를 다지고 기다리고 있자 나나세가 내 두 손을 덥석 잡았다. 나를 보는 커다란 눈동자에는 절실한 빛이 깃들어 있다.

"……사가라, 여름방학 때, 나랑 데이트 안 할래?!"

"……뭐, 뭐어?!"

예상 밖의 「부탁」에 얼빠진 소리를 질렀다. 나나세는 진지 그 자체인 표정으로 내 얼굴을 뚫어져라 보고 있다.

예상대로 되지 않는 내 여름방학이 시작되려 하고 있었다.

시험도 무사히 끝나고 여름방학이 시작된 지 일주일이 지났다.

나나세에게 「묻지도 따지지도 말고 데이트해 줘」라는 부탁을 받은 나는 일부러 아르바이트까지 쉬면서 흔들리는 시영 버스에 몸을 싣고 있었다. 목적지는 우메코지에 있는 교토 수족관이다.

옆에 앉아 있는 나나세를 곁눈질로 슬쩍 살펴본다. 오늘 나나세는 발목 정도까지 오는 원피스에 동그랗게 위로 말아 올린 헤어스타일을 하고 있었다. 여름방학이라서 그런지 학교에서 볼 때와는 분위기가 조금 다른 것 같다.

"저기, 나나세……."

완벽하게 화장한 나나세가 "응?" 하고 미소 지었다. 결국 나는 아무것도 물어볼 엄두가 안 나서 "아무것도 아냐"라며 창밖으로 시선을 돌렸다. 입 밖으로 꺼내지 못했던 질문을 머릿속에서 반복한다.

왜 나한테 데이트하자고 한 거야?

일반적으로 데이트라는 건 사귀는 사이 또는 그에 준하는 사이인 사람들이 함께 외출하는 것으로 알고 있다. 그렇다는 건 설마 나나세는 나를…… 아니다. 나는 애당초 다른 사람과 관계를 맺을 생각도, 애인을 만들 생각도 없는데…….

라는 생각을 하다가, 착각도 정도가 있지, 라며 자숙했다. 장밋빛 대학 생활을 꿈꾸며 「멋진 남자 친구」가 있었으면 좋겠다고 외치는 나나세가 나 같은 남자를 좋아할 리가 없다. 나는 멋진 것과는 거리가 먼 사람이니까.

그렇게 혼자 고민하는 동안 버스가 멈췄다. "도착했어. 내리자"라고 말한 나나세의 뒤를 따라 버스에서 내렸다.

교토 수족관 앞에는 우메지로 공원이라는 큰 공원이 있다. 이렇게 무더운 날씨에도 광장은 놀러 나온 가족들과 학생 그룹, 커플들로 시끌벅적했다. 수족관 입구에 낯익은 남녀가 서 있는 게 보인다.

"앗, 하루코—! 이쪽이야, 이쪽!""

우리를 향해 손을 흔든 사람은 스도였다. 그녀의 옆에 서 있는 미남은 호죠다. ……뭐지, 이 상황은?

설명 좀 해 보라는 얼굴로 나나세를 보자 그녀는 면목 없다는 듯 "미안해"라고 중얼거렸다. 호죠는 나를 보고 의미심장한 미소를 짓고 있다. 그걸 보자 어떤 상황인지 대충 짐작이 갔다.

이유는 모르겠지만, 아마 나나세는 호죠에게 나를 데리고 오라는 부탁을 받았을 것이다. ……그렇다면 전혀 데이트가 아니잖

아. 괜히 사람 헷갈리게 말해서는.

"자, 들어가자. 티켓은 미리 사뒀으니까 돈은 나중에 주라."

"하루코, 하루코! 큰도롱뇽이랑 사진 찍자!"

유난히 기분이 좋아 보이는 스도가 나나세의 손을 잡고 뛰어간다. 홀로 남은 나를 향해 미남은 싱긋 상큼한 미소를 지어 보였다. 주위 여자들에게 던졌다간 사망자가 속출할 것 같은 미소다.

반짝반짝 윤이 나는 수조 안에서 거대한 가오리가 미끄러지듯 헤엄치고 있다. 그 주위에는 작은 정어리들이 무리를 이루고 있었다. 수족관 안은 어두컴컴하다 보니 수조만 파르스름하게 떠올라 있었다. 맛있겠다는 생각을 하며 보고 있자 호죠가 말을 걸어왔다. 비스듬하게 내린 앞머리가 살짝 흔들린다.

"니 그거 아나? 가오리는 꼬리에 독이 있다는 거."

……왜 나는 여름방학에 꽃미남과 함께 수족관에 있는 걸까.

불만 가득한 내 표정을 본 호죠는 "그런 얼굴 하지 마레이"라며 내 등을 툭 쳤다.

나나세와 스도는 조금 떨어진 곳에서 신나게 수조 사진을 찍고 있었다. 여자들은 사진 찍는 걸 참 좋아하는구나, 라고 생각하며 그 모습을 보고 있자 호죠가 입을 열었다.

"나나세, 역시 사가라를 데리고 왔네. 내는 아무나 상관없다고 했는데."

"역시는 또 뭐야."

"미안, 나 때문에 끌려오게 해서."

"…이번 일, 역시 네가 그랬을 줄 알았어."

그러자 호죠는 의외라는 듯 눈을 깜빡거렸다.

"어라, 나나세한테 사정 못 들었나? 비밀로 해달라고 말하긴 했지만 니한테는 말해도 되는데."

"……아무것도 묻지 말고 데이트 해달라는 부탁을 받았어."

여전히 무뚝뚝한 얼굴로 그렇게 대답하자 호죠의 얼굴에는 싱글거리는 미소가 떠올랐다.

"흐음, 그래, 그랬단 말이제. 즉 니는 나나세랑 단둘인 줄 알았다 이거네? 우리까지 같이 있어서 미안."

놀리는 듯한 말투에 화가 났지만, 단둘인 줄 알았던 건 사실이라 아무 말도 할 수 없었다. 나는 호죠를 살짝 노려보며 물었다.

"무슨 사정인데?"

여기까지 왔으니 들을 권리 정도는 있다고 생각한다. 아르바이트를 쉰 건 말할 것도 없고 여기까지 오는 교통비와 수족관 입장료까지 들었다.

내 물음에 호죠는 아무렇지도 않게 대답했다.

"내가 나나세한테 부탁한 기다. 사키를 좋아하니까 좀 도와달라고."

"……뭐, 진짜?"

전혀 눈치채지 못했다. 무의식적으로 스도를 본다. 이 녀석 정도 되면 나나세의 도움이 없어도 어떤 여자든 쉽게 함락시킬 수 있을 것 같은데. 스도가 그 정도로 만만찮은 여자라는 건가.

"뭐, 그렇게 된 거니까 적당한 타이밍을 봐서 둘만 있게 해주면 감사하겠습다──."

"그런 거면 처음부터 둘이 가면 되잖아."

"갑자기 그라믄 경계할 게 뻔하다 아이가. 게다가 너희 둘이랑도 같이 놀고 싶었는데 잘 됐지 뭐."

호죠는 그렇게 말하곤 상큼한 미소를 지었다. 나나세는 그렇다 쳐도 나처럼 재미없는 남자랑 노는 게 뭐가 그리 좋다는 건지. 호죠가 무슨 생각을 하고 있는지 도무지 모르겠다.

나나세와 스도는 둘이서 한바탕 사진을 신나게 찍더니 우리를 향해 크게 손을 흔들었다.

"히로키랑 사가라도 같이 사진 찍자──!"

나는 됐다고 거절하기 전에 호죠에게 연행되었다. 강제로 수조 앞에 세워지자 "그럼, 찍는다──"라며 스도가 스마트폰 셔터를 눌렀다. 어떤 표정을 지으며 좋을지 몰라서 아무 표정 없이 가만히 있었다. 나는 사진을 찍히는 걸 별로 좋아하지 않는다.

나처럼 패션에 관심이 없는 문외한도 알 수 있을 정도로 세 사람은 근사하고 세련된 차림을 하고 있었다. 평소처럼 검은색 티셔츠를 입은 나만 이 멤버 속에서 혼자 튀었다.

……역시 아무리 생각해도 난 방해만 되는 것 같은데. 차라리 키나미가 더 낫지 않았을까?

"있지, 넷이 같이 찍은 사진, 인스타에 올려도 돼?"

"싫어. 초상권 침해로 고소할 거야."

죽어라 거부하는 나를 보고 스도는 "좀생이!"라며 입술을 삐죽거렸다.

작은 원형 수조 안에서 반투명한 해파리가 퐁퐁 기묘하게 움직이자 실 같은 촉수가 물속에서 흔들린다.

나는 여태까지 한 번도 수족관에 와본 적이 없다 보니 해파리를 가까이에서 보는 건 처음이었다. 이렇게 보고 있으니 꽤 흥미롭다. 내장이 훤히 다 보이는 점도 마음에 든다. 심장 같은 게 가만히 움직이고 있는 게 보였다. 나도 모르게 넋이 나가서 해파리를 뚫어져라 관찰했다.

"사가라."

나를 부르는 소리에 뒤를 돌아보니 나나세가 서 있었다.

"호죠와 스도는?"

"저쪽에 심해어 코너에 있어. 사가라가 해파리를 너무 진지하게 보고 있어서 재촉하기 미안하다면서. 해파리 좋아해?"

"별로."

"귀엽지? 난 작고 동글동글한 걸 좋아하거든."

보고 있으면 재미있는 건 사실이지만 이게 귀엽다고……? 굳이 따지자면 그로테스크한 외견이라고 생각하는데. 내장도 다 보이고. 역시 나와 나나세는 미적 감각이 다른 것 같다.

나나세를 슬쩍 쳐다본 후, 다시 해파리로 시선을 돌렸다.

"호죠한테 들었어. 그 녀석과 스도의 데이트를 위해 이용당한 거라면서?"

내 말을 들은 나나세는 다소 어이없다는 투로 말했다.

"무슨 표현이 그래…… 호죠는 그렇게 나쁜 사람이 아니야."

© Yukiko Tadan

"……왜 하필 나야?"

나나세가 "어?" 하고 고개를 기울였다. 콘택트렌즈를 낀 커다란 눈동자는 수조의 파란 빛에 반사되어 기묘한 빛을 내며 반짝이고 있다.

"누가 봐도 나 혼자만 겉돌고 있잖아. 이럴 때는 나 말고……다른 녀석한테 부탁해."

"그렇지 않아! 내가 원해서 사가라를 고른 거야."

나나세는 단호하게 대답했다. 소위 말하는 남자사람친구가 없어서 그런 것뿐, 깊은 뜻은 없겠지만 왠지 괜히 겸연쩍은 기분이 들었다.

나나세는 목소리 톤을 살짝 낮춰서 말을 이어갔다.

"있지, 슬슬 둘이 있게 해주는 게 좋지 않을까?"

나나세의 말에 심해어 수조 앞에 있는 두 사람을 향해 시선을 던졌다.

호죠가 스도에게 무슨 말인가 하자 스도는 어깨를 들썩이며 웃고 있었다. 스도를 바라보는 호죠의 시선은 나와 나나세를 보는 시선과는 확연히 달랐다.

"호죠, 진짜 삿짱을 좋아하는구나."

"그런 것 같네. 나는 잘 모르겠지만."

"이대로 빠지는 건 좀 노골적인가…… 삿짱한테 뭐라고 설명하지?"

"나 점심 안 먹어서 배고파."

소곤소곤 대화를 나누고 있자 스도가 이쪽을 향해 빙글 돌아섰다. 그리고 잘 들리는 목소리로 부른다.

"나나! 이제 곧 돌고래 쇼를 한다는데 보러 안 갈까가?"

스도가 계속 오라며 손을 흔들어서 우리는 어쩔 수 없이 두 사람이 있는 곳으로 걸음을 옮겼다. 사실은 해파리를 조금 더 보고 싶었지만 어쩔 수 없다.

넷이 함께 돌고래 쇼를 본 우리는 수족관 안을 한 바퀴 쭉 돈 후, 관내에 있는 카페로 이동했다. 큰도롱뇽 고기만두를 주문한 나나세와 스도는 "귀여워~!"라며 한창 들떠 있다. 난 아이스커피만 주문했다.

"수족관, 중학교 때 후론 처음 온 건데 너무 재밌데이—"

스도가 만족스럽게 말하자 호죠는 "그렇다니 잘 됐다."라며 웃었다.

"나는 수족관에 처음 와봐."

아무 생각 없이 중얼거렸다. 그 말을 들은 나나세가 의외라는 듯 말했다.

"에? 초등학교 소풍 때 나고야항 수족관에 안 갔어?"

"안 갔어. 메이지무라에는 갔지만."

"아—, 옛날 생각난다."

우리 둘의 대화를 들은 호죠는 이제야 알겠다는 것처럼 말했다.

"아, 둘이 같은 고향 출신이었나? 그래서 사이가 좋은 기가?"

딱히 사이가 좋은 건 아니지만 지금 그런 말을 했다간 괜히 더 골치 아파질 것 같아서 그냥 가만히 있었다.

"그러고 보니 고등학교도 똑같다고 안 했나?"

스도의 말에 나나세는 "뭐, 그런 셈이지"라며 애매하게 고개를 끄덕였다. 나나세 입장에서는 고교 시절에 대한 화제는 별로 달갑지 않을 터였다.

"둘이 고등학교 때부터 친했나?"

호죠의 질문을 받은 나나세의 시선이 허공을 헤맨다. 너무 노골적인 반응이다. 보다 못한 나는 커피잔을 테이블 위에 내려놓고 입을 열었다.

"전혀. 존재는 알고 있었지만 접점은 하나도 없었어."

"그래? 하루코는 고등학교 때 어땠노? 그때도 예뻤제?"

스도가 천진난만하게 묻자 나나세의 어깨가 움찔 떨렸다. 나는 아주 살짝이지만 목소리 볼륨을 키우고 단호하게 대답했다.

"지금이랑 똑같아. 하나도 안 변했어."

옆에 있는 나나세가 한순간 이쪽을 보더니 미안한 듯 눈을 내리깔았다.

……바보야, 아무렇지도 않게 행동해! 괜히 이상하게 생각하면 어떡할 거야?

내심 조마조마하고 있자 호죠가 "그럼, 다음은 어디로 갈까?"라며 화제를 전환했다. 스도도 더 이상 캐묻지 않아서 나는 가슴을 쓸어내렸다.

수족관을 나가기 전에 스도가 "잠깐 화장실에 다녀올게"라며 자리를 떴다. 그 틈에 나는 호죠를 향해 말했다.

"그럼, 우린 돌아갈게."

"엥? 모처럼 나왔는데 좀 더 놀다 가지?"

"이 정도면 충분하잖아. 나나세, 가자."

나나세가 "어디로?"라며 어리둥절해한다. 이 자식, 설마 원래 목적을 잊은 건가.

"뭐 하러 온 건지 잊었어? 호죠와 스도를 단둘이 있게 해줘야지."

"아, 맞다! 그럼 호죠, 잘 해봐! 파이팅!"

그제야 생각이 난 모양인 나나세가 가슴 앞에서 주먹을 쥐어 보인다. 호죠는 "고마워~"라며 한 손을 팔랑팔랑 흔들었다.

수족관을 나와 버스 정류장으로 걸어간다. 나나세는 스도가 신경 쓰이는지 계속 뒤를 돌아봤다.

"괜찮을까? 일단 나중에 삿짱한테 톡해야겠어."

"진짜 싫으면 알아서 돌아가겠지."

"삿짱도 싫어하진 않을 거야. 아마도……."

나나세는 양산을 펼치며 말했다. 나야 솔직히 그 두 사람이 어떻게 되든 상관없지만, 나까지 말려드는 건 절대 사양이다. 그럴 바에는 얼른 사귀었으면 좋겠다.

"호죠는 잘 생겼고 삿짱은 예쁘고, 너무 잘 어울리는 것 같아."

"……뭐, 그렇겠지."

그때 문득 떠올랐다. 예전에 호죠에게 '나나세와 잘 어울린다'는 말을 들은 적이 있었다.

나는 옆에서 걷는 나나세를 슬쩍 쳐다보았다. 어디를 어떻게 봐도 나와는 어울리지 않는 미인이다. 우리가 어울린다니, 죽어라 발버둥 쳐도 불가능한 일이다.

그렇게 한동안 걷다 보니 버스 정류장에 도착했다. 우리가 탈 버스는 5분 후에 올 예정이었지만 교토의 버스가 제시간에 오는 경우는 한 번도 본 적이 없다. 태양열에 달궈진 벤치는 화상을 입을 정도로 뜨거워서 앉아 있는 것 자체가 고역이었다.

"너무 덥지? 목도 말라."

나나세는 그렇게 말하더니 버스 정류장 옆에 있는 자판기에서 음료수를 샀다. 여름에 어울리는 상큼한 레몬 소다. 나도 뭔가 살까 싶었지만 동전이 없어서 포기했다.

나나세는 페트병을 입에 대고 조심스럽게 두 모금 정도 마셨다. 병 입구에 연분홍색 립스틱이 묻어 있는 게 보이자 왠지 묘한 기분이 들었다.

"……사가라, 아까는 미안했어."

그때 나나세가 말했다. 시끄러운 매미 소리에 지워질 것 같은 음량이다. 검정 양산이 그녀의 옆 얼굴에 그림자를 드리우고 있었다.

내가 왜 사과를 받는 건지 이해가 되지 않아 "뭐가?"라고 물었다.

"나 때문에 괜히 거짓말을 했잖아. 내가 고등학교 때랑 하나도 변하지 않았다고."

"아——…… 뭐, 그런 걸 신경 쓰고 그러냐."

안 그래도 나나세에게는 신세를 진 입장이고, 애초에 거짓말 좀 한 걸로 상처를 받거나 하진 않는다. 그 정도로 나나세의 평온을 지킬 수 있다면 싸게 먹히는 셈이다. ……게다가.

"……완전 거짓말도 아니고."

나나세는 변했다. 그렇지만 변하지 않은 부분도 분명 있다. 곧게 쭉 뻗은 등이나 성실한 자세 등. 그런 점은 고등학교 때와 똑같았다.

나는 아스팔트를 걷어차는 스니커 앞코를 노려보면서 천천히 말을 이어간다.

"넌 지금도 그때도 성실하게 열심히 살잖아."

"……그런, 가."

"뭐라고 할까, 그, 최선을 다하는 벡터가 조금 변했을 뿐…… 근본적인 부분은 그대로라고 생각해."

고개를 들자 나나세는 이쪽을 뚫어져라 보며 내 이야기를 듣고 있었다. 이윽고 눈꼬리가 아래로 향하며 미소를 짓는다. 왠지 맨얼굴을 방불케 하는 미소였다.

"고마워."

"……고맙다는 말을 들을 일은 아니고."

그렇게 대답하자 나나세는 내 얼굴을 가만히 살폈다. 그러더니 한 걸음 거리를 좁혀온 나나세가 "에잇" 하고 내 뺨에 페트병을 댄다.

"으앗. 뭐, 뭐야."

"사가라, 얼굴이 빨개. ……또 열사병?"

뺨에 닿은 레몬 소다는 깜짝 놀랄 정도로 차가웠다. 그제야 나는 내 얼굴이 말도 안 되게 뜨겁다는 사실을 깨달았다.

교토 수족관에 다녀온 며칠 후. 평소처럼 나나세가 저녁을 나눠주러 왔다. 우리 집 문을 연 순간, 나나세는 깜짝 놀라 눈이 커다래졌다.

"헉, 더워! 사가라, 또 에어컨 안 켰어?!"

왠지 나무라는 듯한 말투에 나는 머쓱하게 머리를 긁적였다.

오늘은 더위도 한풀 꺾이고 앞으로 세 시간만 더 있으면 아르바이트를 하러 가야 하기 때문에 조금만 참을 생각이었다.

"……사가라, 얼마 전에 쓰러졌던 거, 벌써 잊었어?"

그러면서 찌릿 노려보자 아무 말도 할 수가 없었다. 그때 나나세에게 크게 신세를 진 건 사실이니 어쩔 수 없다.

"……미안. 에어컨 켤게."

체념하고 그렇게 말하자 나나세는 좋은 아이디어라도 생각났는지 "맞다!"하고 외쳤다. 꽤 기쁜 모양인지 가슴 앞에서 두 손까지 꼭 모은다.

"우리 집에서 같이 먹지 않을래? 에어컨을 켜둬서 시원해."

말도 안 되는 제안에 나는 "뭐?!"라는 소리가 저절로 나왔다. 예전부터 거리에 대한 감각이 이상한 여자라는 생각은 했지만 나나세의 위기관리 능력은 도대체 어떻게 되어 있는 걸까.

"너, 너, 너 말이야…… 그, 그렇게 쉽게 남자를 집에 들이면 안 되는 거 몰라?"

"쉽게 말한 건 아니야. 나도 다른 남자한테는 안 그래."

천진난만하게 웃는 나나세를 보자 나는 어깨를 살짝 으쓱였다.

역시 얼른 남자 친구를 만드는 게 좋을 것 같은데. 이대로 가다간 점점 다른 남자가 접근하지 못하게 될 거라고.

"게다가 얼마 전에 여기서 같이 죽도 먹었잖아. 아르바이트하러 가기 전까지 시원한 우리 집에 있다가 가. 자, 얼른."

그렇게까지 말한다면 괜찮지 않을까 (어떻게 되든), 라는 생각이 들기 시작했다. 나나세에게 다른 뜻이 있는 건 절대 아니고 나 역시 쓸데없는 마음을 먹을 생각은 없다. 절대, 결단코. 조금도.

"자, 어서 들어와."

나는 못 이기는 척 나나세의 집으로 발을 들여놓았다. 이곳에 오는 건 바퀴벌레 퇴치 사건 이후 두 번째다.

나나세의 방은 시원하고 기분 좋은 에어컨 바람에 감싸여 있었다. 구석구석까지 깔끔하게 청소가 되어 있고 왠지 좋은 냄새도 나는 것 같다. 방의 대부분이 어마어마하게 큰 옷장에 점령당해 있는 건 여전해서 내 방보다 좁게 느껴졌다. 크기는 똑같을 텐데 말이다.

"오늘은 함박스테이크를 만들었어! 소스도 내가 직접 만든 거야."

그렇게 말하며 나나세는 함박스테이크가 담긴 접시와 하얀 쌀밥을 담은 공기를 낮은 테이블 위에 내려놓았다. 내가 테이블 앞에 앉자 "좁아서 미안"이라며 바로 옆에 앉는다. 물건이 많아서 마주 보고 앉을 공간이 없기 때문이다. 거리가 가까워서 조금 동요했지만 아무렇지도 않은 척했다.

"……잘 먹겠습니다."

젓가락으로 자른 함박스테이크를 입으로 가져간다. 입안에서 풍부한 육즙이 터져 나오자 나도 모르게 앓는 소리가 새어 나왔다. 직접 만들었다는 데미그라 소스도 맛있다. 나나세는 역시 요리를 잘한다.

내가 "너무 맛있어"라고 하자 나나세는 휴우 하고 안도의 한숨을 내쉬었다.

"정말? 사실 저번에 만들었을 때는 살짝 타는 바람에 실패했거든. 오늘은 성공해서 다행이야."

나나세도 실패할 때가 다 있나? 라고 생각했다가 그럴 만도 하다는 데 생각이 미쳤다. 나나세는 굉장한 노력가다. 현재 그녀의 요리 실력은 분명 숨은 노력의 결과일 것이다.

밥공기가 하나밖에 없는지 나나세는 국그릇에 밥을 담아 먹고 있었다. 나한테 양보했다고 생각하니 조금 미안해졌다. 난 어떤 그릇에 먹든 상관없는데.

아무 말 없이 먹고 있자 나나세가 불쑥 중얼거렸다.

"……나 다음 주에 본가에 갈 생각이야."

그렇게 말하는 나나세의 옆얼굴에선 감출 수 없는 우울이 배어나고 있었다. 쌀밥을 삼킨 후, "흐음" 하고 적당히 맞장구를 친다.

"이제 곧 오봉이니 슬슬 돌아오래."

이대로 우리 본가에 대한 화제로 넘어가면 골치 아픈데, 라고 생각했지만 나나세는 그 부분은 언급하지 않았다. 함박스테이크를 우물우물 씹어 삼킨 후, 하아, 하고 작게 한숨을 쉰다.

"……별로 돌아가고 싶지 않아."

"왜?"

"······고향에, 돌아가면····· 싫어도, 옛날의 내가 생각나거든."

나나세에게 고향은 볼품없는 자신을 마주해야 하는 장소인 셈이다. 나와 종류는 완전히 다르지만, 본가로 향하는 걸음이 무겁게 느껴지는 기분은 잘 알 것 같았다.

"······아마 아무도 안 마주칠 거야. 뭐, 괜찮겠지. 응. 아무도 나를 기억하지 못할 텐데 뭐."

나나세는 마치 자신을 타이르는 것처럼 중얼거렸다. 그런 다음 나를 향해 생긋 웃을 때는 방금 전의 근심은 사라지고 없었다.

"아, 사가라. 한 그릇 더 먹을래? 내가 담아줄게."

미소를 띤 나나세가 내 밥그릇을 받아 든다. 그 바람에 어깨끼리 살짝 부딪치자 심장도 덩달아 살짝 뛰었다.

8월 중반, 나는 나고야에 있는 본가로 돌아갔다.

황금연휴에도 집에 가지 않았으니 고향에 돌아오는 건 고등학교 졸업 이후로 처음이다. 어쩌면 아는 사람과 마주칠지도 모른다. 현재의 나를 보더라도 아무도 못 알아보겠지만 괜히 마음이 불안했다.

부모님께는 감사히 생각하고 있다. 집을 나와 혼자 사는 것도 허락해 주었고, 고등학교 졸업 후에 몰라보게 변한 것도 용인해 주었다. "하루코도 이제 대학생이니까" 하고 웃으면서.

그런데도 고향으로 가는 게 내키지 않았던 것은 이곳에 있으면 싫어도 텅 빈 껍데기 같던 시절의 내가 떠오르기 때문이다.

"어서 오렴. 먼 길 오느라 피곤하지?"

집으로 돌아가자 엄마가 따뜻하게 맞아주었다. 아빠는 아직 퇴근 전인 모양이다. 나는 "다녀왔어"라며 미소를 지었다.

"신칸센이 편하긴 한데 너무 비싸서 말이야. 그치만 킨테츠도 괜찮았어."

"빨리 돌아올 수 있고, 좋잖니. 식사 준비는 아직이니까 옷 갈아입고 편하게 있어."

엄마의 말에 슈트케이스를 끌어안고 방으로 향했다.

오랜만에 들어가는 내 방은 몇 개월 전과 조금도 달라지지 않았다. 그런데도 왠지 다른 사람의 방 같기도 했다. 서랍장에서 적당한 티셔츠와 반바지를 꺼내서 갈아입고 침대 위에 벌렁 드러누웠다.

······사가라는 어쩌고 있을까?

여름방학이 된 후로, 그는 줄곧 바쁜 것 같았다. 여전히 아르바이트만 하고 있는지 늘 새벽에 귀가하는 눈치였다.

내가 없어도 밥은 잘 챙겨 먹고 있을까. 어차피 우동만 먹고 있겠지. 그러다 또 건강 상하는 일은 없어야 할 텐데.

······그러고 보니 사가라는 본가에 안 돌아가나?

문득 떠오른 생각에 침대에서 일어나 책장에서 고등학교 졸업 앨범을 꺼냈다. 사실 앨범을 받고 나서 한 번도 펼쳐본 적이 없다. 이 두꺼운 앨범 속에 내 추억은 하나도 없기 때문이다.

진한 녹색 표지에 금색으로 화려하게 「나고야 시립 코우료우 고교」라고 각인된 앨범을 펼쳤다.

　나는 3학년 4반이었다. 세 가닥으로 땋은 검은 머리에 평범하고 볼품없는 여학생이 그곳에 있었다. 감색 블레저에 빨간 넥타이를 매고 커터 셔츠의 단추를 제일 위까지 채우고 있다. 그 모습은 학생 수첩에 그려져 있는 「교복을 바르게 입는 법」 그 자체다.

　그 뒤에 이어지는, 학교 행사와 동아리 활동 페이지에도 내 모습은 없다. 간신히 등장하는 건 도서 위원회의 단체 사진이었다.

　이어서 3학년 5반 페이지를 펼친다. 의외로 사가라는 바로 찾을 수 있었다. 지금과 거의 변한 게 없지만 머리카락이 조금 짧다. 사진을 찍는 게 싫은지, 표정은 딱딱하게 굳어 있었다. 그러다 그 밑에 적힌 이름을 보고, 어라? 하고 생각했다.

　이이지마 소우헤이. 그곳에 있는 건 분명 사가라이지만 사가라가 아니었다.

　생각해 보니 성이 바뀌었다는 말을 했던 것 같다. 부모님의 이혼이나 사별 때문인가? 지나친 억측도 실례인 것 같아서 머리를 붕붕 흔들어 생각을 멈췄다.

　……이젠 꽤 친해졌다고 생각했는데, 난 아직 사가라에 대해 아무것도 모르는구나.

　새삼 그 사실을 깨닫자 왠지 쓸쓸해졌다. 졸업 앨범을 원래 자리에 꽂아두고 다시 침대에 누웠다.

지난주에 나나세가 본가로 돌아갔다.

이웃이 없는 동안 나는 열심히 아르바이트와 공부를 했다. 오랜만에 맞이하는 고독을 온몸으로 만끽했지만, 옆집의 TV 드라마 소리와 빨래를 걸 때 흥얼거리는 어설픈 콧노래가 들리지 않자 왠지 허전한 기분이 들었다.

저렴한 가격에 파는 우동을 먹을 때마다 '좀 더 영양가 있는 걸로 먹어!'라는 나나세의 목소리가 머릿속에 울려 퍼지는 것 같았다. 나나세가 저녁을 가져다 주지 않자 내 식생활은 악화일로를 걷고 있었다. 아무래도 직접 요리를 해서 나나세가 없어도 괜찮다는 것을 증명해야 할 것 같다.

마트에서 파와 치쿠와를 사온 후, 한 번도 사용하지 않은 식칼과 도마를 선반 구석에서 끄집어냈다. 덜덜 떨면서 치쿠와와 파를 썬다. 겨우 다 썰었나 했더니 파가 전부 다 붙어 있는 게 보였다. 아무래도 나는 요리에는 영 소질이 없는 것 같다. 혀를 차면서 다시 썰었다.

프라이팬에 파와 치쿠와를 넣고 30엔짜리 우동을 넣어서 볶은 다음 마무리로 간장을 뿌렸다. 이보다 더 간단할 수는 없는 야키우동 완성이다. 나나세가 만든 것에는 한참 못 미치지만 아예 못 먹을 정도는 아니다.

우동을 다 먹은 후, 접시와 도마, 식칼과 프라이팬을 씻었다. 요리하는 건 그나마 괜찮지만 뒷정리가 여간 귀찮은 게 아니다. 이런 일을 매일 하고 있는 나나세는 정말 대단하구나, 하고 새삼 감탄했다. 앞으로는 좀 더 감사하게 생각하도록 하자.

설거지를 마친 후, 아르바이트 전까지 잠깐 누워 있는데 누군가 계단을 올라오는 소리가 났다. 발소리와 함께 여행용 캐리어 바퀴가 콩콩 부딪치는 소리가 울려 퍼진다.

얼마 지나지 않아 옆집의 문을 여는 소리와 누구에게랄 것 없이 "다녀왔습니다"라고 인사하는 목소리가 들렸다. 나나세가 돌아온 것이다.

그대로 눈을 감고 있자 집의 인터폰이 울렸다. 자리에서 일어나 문을 연다.

"아, 사가라. 오랜만."

나나세다. 아직 화장을 지우지 않았는지 반짝반짝 모드다.

나나세는 오랜만이라고 했지만, 과연 그렇게 오래 안 만났던가. 나나세가 고향으로 돌아가고 나서 아직 일주일 정도밖에 안 지났을 텐데.

하지만 생글생글 웃는 나나세를 보고 있자니 역시 꽤 오랜만일지도 모른다는 생각이 들었다.

"본가에 가 있는 동안 고잔노오쿠리비가 끝나버렸어. 꼭 보고 싶었는데."

"……아, 그러고 보니 뭔가 하는 것 같더라."

"사가라, 봤어? 우리 연립주택 근처에서도 보이지?"

"아니, 아르바이트하는 곳."

그렇게 대답하며 하품을 꾹 참는다. 어젯밤에도 아르바이트를 하느라 거의 못 잤다.

"미안. 혹시 자려던 참이야?"

"……아니, 괜찮아."

내 대답을 들은 나나세는 "이거, 선물이야"라며 종이 쇼핑백을 내밀었다. 종이 쇼핑백에는 낯익은 로고가 그려져 있었다. 나고야에 있는 유명한 가게의 우이로우다.

"같은 고향 출신에게 우이로우를 선물하는 사람이 어디 있냐?"

"나고야에 살다 보면 의외로 잘 안 먹지 않아?"

듣고 보니 나나세의 말이 맞다. 실제로 먹어본 적은 손에 꼽을 정도다. 감사히 먹도록 하자.

그나저나 고향에 가기 전에는 꽤 우울해 보이던데 결국 괜찮았던 걸까. 나는 단어 선택에 신중을 기하며 물었다.

"……저—, 어땠어? 본가…….."

"응, 느긋하게 잘 지내다 왔어. 고향 친구들도 한 명도 안 마주쳤고. 엄마가 해준 밥도 오랜만에 먹어서 너무 좋았어. 가족 셋이 함께 성묘도 가고 돌아오는 길에 할머니 댁에 들러서…… 아, 우리 할머니는 미카와에 살고 계신데…….."

나나세가 신나게 떠드는 이야기를 나는 아무 말 없이 듣고 있었다.

아무래도 그녀의 가정 환경은 아주 양호한 것 같다. 다정한 부모님의 사랑을 듬뿍 받고 있으며 나나세 또한 그런 부모님을 소중히 생각하고 있을 것이다. 흔하게 볼 수 있는, 사랑이 넘치는 화목한 가정이라는 게 어떤 것인지 나로선 상상해 보는 것 말고는 알 도리가 없다.

할머니와의 추억 이야기를 한바탕 떠들어댄 나나세가 문득 말을 멈췄다. 그러더니 무슨 말인가 하고 싶은 것처럼 입을 우물거렸다. 하는 수 없이 "뭔데?"라고 물었다.

"……사가라는 본가에 안 가봐도 돼?"

나나세의 물음에 나는 한순간 숨을 삼켰다. 재빨리 입술을 적신 후, 대답한다.

"……별로 안 가고 싶어."

"……어째서?"

나나세가 우리 집에 대해 묻는 건 처음 있는 일이었다. 여태까지는 이야기하고 싶어 하지 않는 분위기를 알아챘는지, 능숙하게 화제를 피해줬는데.

"너랑은 상관없잖아. 신경 꺼."

생각했던 것보다 더 가시 돋친 말이 튀어 나갔다. 얼른 정신을 차렸지만 이미 늦었다. 노골적인 분노의 화살 세례를 받은 나나세는 눈을 휘둥그레 뜨더니 그 자리에서 한 발 뒤로 물러났다.

"미…… 미안해."

앗, 아니야, 잠깐 기다려. 변명하고 싶은데 말이 잘 나오지 않았다.

"……그, 그럼 난 이만 가볼게. 잘 있어."

서둘러 말을 마친 나나세는 긴 치마를 나부끼며 우리 집을 뒤로 했다.

아무리 다른 사람이 건드리는 게 싫은 일이라 해도 상관없다는 말은 너무 과했다. 아니, 과하진 않나? 나나세와 상관없는 건 사실이니 딱히 문제 될 건 없을 것 같은데. 난 틀린 말은 한마디도 하지 않았다. 애당초 왜 내가 이런 일로 고민해야 하는 건지 모르겠다. 제길, 이래서 인간관계는 거추장스럽다.

……역시 다른 사람과 어울리지 않는 게 최고다.

나는 다다미 바닥 위에 눕자마자 가슴 속에 부글부글 끓어오르는 답답한 감정을 지워버리려는 듯 눈을 감았다.

방으로 돌아온 나는 구석진 곳에 무릎을 감싸고 앉아서 조용히 반성했다.

──너랑은 상관없잖아. 신경 꺼.

아까 본 사가라는 온몸으로 나를 거부하고 있었다. 내가 다른 사람들에게 진짜 모습이 알려지는 게 싫은 것처럼 사가라도 아무에게도 말하고 싶지 않은 부분이 있는 것이다. 나 같은 게 무턱대고 들어가도 되는 곳이 아니었다.

나는 지금까지 사가라에게 응석만 부리고 있었던 건지도 모른다.

다른 친구에게는 '나를 싫어하면 어떡하지'라는 생각에 주저하게 되는 일도 참 신기하게 사가라에게는 얼마든지 말할 수 있었다. 있는 그대로의 나를 보여줄 수 있는 사람은 사가라뿐이었다. 그는 늘 귀찮은 표정을 지으면서도 나를 도와주었다.

……그렇지만. 결국 나를 싫어하게 된 걸까…….

그런 내가 한심해서 풀이 죽어 있는데 테이블 위에 놔둔 스마트폰이 진동했다. 키나미가 보낸 LINE 메시지가 도착했다.

〈나나세, 벌써 돌아왔어?〉

키나미는 여름방학이 된 후로 가끔 연락을 해온다. 특별한 것 없는 내용뿐이었지만 왠지 먼저 거절하긴 힘들어서 마지못해 연락을 주고받는 상태다.

바로 답장을 할지 망설였지만 울적한 기분을 달래고 싶어서 〈오늘 돌아왔어〉라고 답장을 보냈다.

〈내일 시간 있어? 영화 보러 안 갈래?〉

그 밑에 URL이 첨부되어 있었다. 열어 보니 디즈니 애니메이션의 실사판 리메이크였다. 원작은 어렸을 때 DVD를 반복해서 본 기억이 있는, 무척이나 좋아하는 작품이다.

어떻게 할지 고민이 됐다. 남자에게 단둘이 놀러 가자는 제안을 받은 건 처음이다. 아니, 괜히 내가 의식하는 것뿐, 키나미는 단둘이 갈 생각이 아닌지도 모른다. 내일은 아르바이트도 없고 삿짱이나 다른 친구들도 있다면 기분 전환 삼아 가보는 것도 괜찮을 것 같다.

확실하게 대답하지 않고 〈재미있겠네〉라고 보내자 바로 답장이 왔다.

〈나나세, 한큐 타지? 카와라마치에서 만날까?〉

간다, 안 간다, 말도 하지 않았는데 벌써 약속 장소까지 정해졌다. 당황하고 있자 〈티켓 2장 예매했어! 2시부터 시작하는 거!〉라는 메시지까지 날아왔다. 상당히 강압적이다. 아아, 어떡하지.

나는 스마트폰을 들고 고개를 푹 숙였다. 키나미에게는 미안하지만 별로 내키지 않았다. 우울한 기분에 휩싸인 채, "난 바보야" 하고 작게 혼잣말을 했다.

"재미있었어—! 어렸을 때 본 거라 어떤 이야기인지 하나도 기억 안 났는데 보다 보니까 이런 얘기였구나 하고 생각이 나더라고."

영화관을 나온 우리는 근처에 있는 카페로 이동했다. 키나미는 아이스커피를, 나는 따뜻한 코코아를 마시고 있다.

영화관은 냉방이 너무 세서 몸이 완전히 얼어붙었다. 여기도 바로 위에 에어컨이 있어서 찬바람을 바로 맞는 바람에 춥다. 연보라색 블라우스 소매 밖으로 드러난 팔을 문지르면서 카디건을 가지고 올 걸 그랬다며 후회했다.

카키색 티셔츠에 반바지를 입은 키나미는 신나게 영화에 대한 감상을 늘어놓고 있었다. 나는 바로 그 맞은편에 앉아서 고개를 끄덕이며 듣고 있다. 키나미와 단둘인데 괜찮을지 걱정했지만 수다스러운 키나미의 말에 적당히 맞장구만 쳐주면 되기 때문에 생각보다 긴장되진 않았다.

전면 유리로 되어 있는 카페 안은 즐거운 대화로 가득했는데 사이좋은 커플의 모습도 간간이 보였다. 나와 키나미도 그렇게 보일까, 하고 멍하게 생각한다.

"나나세, 사가라랑 친하지?"

"에, 에엣?!"

뜬금없이 사가라의 이름이 나와서 깜짝 놀랐다. 키나미는 탐색하는 듯한 시선으로 이쪽을 보고 있다.

"둘이 사귀는 거야?"

"아, 아니야."

내가 고개를 옆으로 흔들자 "그렇구나! 다행이다!" 하고 키나미는 기쁘게 웃었다.

"아니면 다른 사귀는 사람 있어? 좋아하는 사람은?"

"어, 없는데."

키나미는 아이스커피를 빨대로 휙휙 휘저으며 가벼운 투로 말했다.

"그럼, 나랑 사귀자."

내 표정은 미소를 지은 상태 그대로 굳어 버렸다. 어떻게 하지? 하고 시선을 이리저리 방황하다가 뜨거운 김이 올라오는 코코아를 가만히 쳐다본다.

……이거, 고백이지? 그렇다면 나, 태어나서 처음으로 남자에게 고백을 받은 거야. 장밋빛 대학 생활에 멋진 남자 친구는 필수.

키나미는 매사 적당히 하려는 면은 있지만 밝고 재미있는 남자다. 얼굴도 나쁘지 않다. 카페 문을 자연스럽게 열어주는 등 매너도 좋았다. 객관적으로 봐도 내겐 아까울 정도로 괜찮은 남자다. 고등학교 때의 나였다면 키나미에게 고백을 받을 일은 절대 없었을 것이다. 키나미와 사귀면 장밋빛 대학 생활에 한 발 더 가까워질지도 모른다.

나는 작게 숨을 들이마신 후 대답했다.

"미안하지만 키나미와는 못 사귈 것 같아."

바로 앞에 있는 키나미의 얼굴이 한순간 슬픔으로 일그러졌지만, 그래도 금방 다시 웃어 주었다.

"그렇구나. 나야말로 미안."

끈질기게 이유를 묻지도 않았다. 역시 좋은 사람이다.

……그런데. 왜 지금 사가라의 얼굴이 떠오르는 걸까.

늘 생글생글 웃고 있는 키나미와 달리 사가라는 늘 무뚝뚝한 얼굴을 하고 있다. 다정한 건 사실이지만 그 표현 방법은 서투르고 어딘가 삐뚤어져 있는 느낌이다. 보폭도 맞춰주지 않아서 늘 종종걸음으로 뒤를 쫓아가야만 한다.

그런데도 나는 왜인지 사가라의 옆에 있으면 숨쉬기가 편했다.

나는 한 번 더 "미안해"라고 말한 후, 완전히 식어서 미지근해진 코코아를 입으로 가져갔다. 유난히 달달한 코코아가 목구멍에 들러붙는 바람에 왠지 가슴이 답답하게 느껴졌다.

커튼 사이로 비치는 햇살에 눈이 부셔서 잠에서 깨어났다.

8월이 끝나면서 무시무시한 더위가 살짝 누그러진 것은 기뻐할 일이다. 하지만 여름이 끝나면 겨울 걱정을 해야 한다. 교토는 겨울도 춥다고 들었다. 분지 지형이라서 열기와 냉기가 잘 빠져나가지 않는다고 한다. 여름은 덥고 겨울은 춥다니, 이런 법이 어디 있냐고. 최악이잖아.

머리맡에 둔 휴대전화로 시간을 확인했다. 낮 12시다. 오늘은 오후 5시부터 아르바이트가 있다. 일단 배부터 채우자.

뭔가 먹을 게 없을까 생각하고 있는데 방 한쪽 구석에 내버려 둔 종이 쇼핑백이 눈에 들어왔다. 느릿느릿 일어나 쇼핑백 안에 든 것을 꺼낸다. 이웃에게 받은 우이로우였다.

점심은 이걸로 때우자. 결국 또 나나세가 주는 음식을 받아 버렸군, 하고 생각하자 괜히 허무해졌다.

미안해, 라고 하던 나나세의 떨리던 목소리가 생각난다. 죄책감이 가슴을 콕콕 찔렀다.

그 후로 나나세와는 한 번도 마주치지 않았다. 옆집에서는 아무 소리도 안 나는 걸 보니 지금은 어디 외출이라도 한 모양이다. 우이로우의 비닐 포장지를 벗겨서 덥석 물었다.

——사가라는 본가에 안 가봐도 돼?

……안 가는 게 아니라 가고 싶지 않은 거다. 도서관에 죽치고 있던 그 시절부터 쭉.

집 밖에서는 애매미 우는 소리가 들렸다. 미지근한 선풍기 바람이 땀이 맺힌 피부를 어루만진다. 나나세의 슬픈 표정은 눈꺼풀 안쪽에 들러붙은 채 사라질 생각을 하지 않았다.

"……라, 사가라."

누가 어깨를 두드리자 퍼뜩 정신이 들었다. 이토가와 선배가 내 얼굴 앞에서 가볍게 손을 흔들고 있다.

……아뿔싸. 아르바이트 중인데도 반쯤 정신을 놓고 있었다. 이미 밤 9시, 슬슬 끝날 시간이다.

"괜찮냐? 계산은 맞고?"

"아…… 네. 맞아……."

요, 라고 말하다가 동전이 든 케이스를 엎어 버리고 말았다. 이토가와 선배는 "아이고——" 하고 씁쓸하게 웃으며 나를 도와 동전을 주웠다.

이토가와 선배에게 사과하면서 간신히 동전을 다 주워서 다시 케이스에 담았다. 힘없이 다시 계산을 하고 있는데 이토가와 선배가 걱정스럽게 말했다.

"늘 야무지고 똑똑한 사가라가 무슨 일이지? 무슨 일 있나?"

"아……아뇨, 그냥 좀. 저기……."

"아, 여자 친구랑 싸움이라도 했구나?"

"여, 여자 친구는 아니에요! 그냥 옆집에 사는……."

쓸데없는 말까지 하는 바람에 서둘러 입을 다물었다. 이토가와 선배는 웃으면서 "혹시 기온 마츠리 때 만난 그 예쁜 애?"라고 물었다. 나는 주저하면서도 고개를 끄덕였다.

"……싸웠다기보다는 제가 좀…… 아무도 건드리지 말았으면 하는 부분을 그 애가 건드리는 바람에 말을 좀 심하게 했어요. 그래도 슬프게 만든 건 마찬가지지만……."

이토가와 선배는 음, 음, 하고 고개를 주억거리며 내 말을 듣고 있었다. 왠지 모르겠지만 이 사람에게는 고민을 털어놓고 싶어지는 차분함과 포용력이 있었다.

"화해하고 싶으면 사과하면 되는 거 아이가?"

지극히 당연한 정론이다. 나는 고개를 숙인 채 "뭐, 그렇긴 하죠"라고 대답했다.

"아, 그라믄 달달한 거라도 사주면 어떻겠나?"

"달달한 거?"

의외의 말에 손을 멈추고 고개를 든다. 이토가와 선배는 진지한 얼굴로 말을 이어간다.

"그래, 달달한 거. 내도 남자 친구하고 자주 싸우는데 보통 아이스크림 정도면 화해해 준다."

이토가와 선배는 고등학교 때부터 사귀고 있는 애인과 동거 중이라고 했다. 여자 마음이라고는 하나도 모르는 내겐 귀한 조언이다.

"그라고 보니까 초콜릿을 좋아하드라."

"네? 어떻게, 그런 걸……."

이토가와 선배가 어떻게 그런 걸 알고 있는 걸까. 고개를 갸웃거리는 나를 보고 선배는 말했다.

"아, 가끔 니가 없을 때 오는데 작은 초콜릿을 자주 사간다카이."

이런 거, 라고 하면서 이토가와 선배는 계산대 옆에 있는 초콜릿 과자를 가리켰다.

이곳은 우리 연립주택에서 제일 가까운 편의점이니 나나세가 자주 오는 게 이상한 일은 아니다. 그렇다 해도 나나세가 초콜릿을 좋아하는 줄은 몰랐다.

가만히 생각해 보니 나는 나나세에 대해 아무것도 모른다. 무엇을 좋아하는지, 또는 싫어하는지, 아예 알려고도 하지 않았다.

"아, 돈은 다 맞네. 됐다. 그만 퇴근해라이."

이토가와 선배에게 머리 숙여 인사한 후, 백야드로 가서 옷을 갈아입었다. 그대로 밖으로 나가려다가── 잠깐 고민하고 나서 다시 가게로 돌아갔다.

과자가 죽 늘어선 매대를 노려보면서 진지하게 물색한다. 한참 고민한 끝에 버섯 모양을 본떠서 만든 초콜릿 과자를 들고 계산대로 향했다.

집으로 돌아가니 옆집에 불이 켜진 게 보였다. 작게 숨을 들이 쉰 다음 딩동, 하고 인터폰을 눌렀다. 잠시 후, 고개를 내민 맨얼굴의 나나세는 흘러내린 안경을 허둥지둥 밀어 올렸다.

"사, 사가라?"

말없이 편의점 봉지를 떠안기자 나나세는 의아해하며 안을 들여다본다. "과자네"라며 환하게 웃는 얼굴을 보니 마음이 놓였다.

"이거, 나 주는 거야? 갑자기 왜?"

"……그냥, 산 거야."

제대로 된 대답이 아니었지만 나나세는 더 이상 캐묻지 않았다. "고마워"라며 편의점 봉지를 소중하게 끌어안았다. 저러다 초콜릿이 녹진 않을지 걱정이 되었다.

나는 고개를 숙인 채, 뺨을 긁적이며 재빨리 말했다.

"저번엔, 미안했어."

나나세는 눈을 동그랗게 뜨더니 당황한 것처럼 눈썹을 늘어뜨리며 눈을 깜빡였다.

"……아냐. 나야말로 무례한 질문을 해서 미안해."

"아니야. 내가 흥분해서 그런 거야. 그냥 화풀이였어."

그러자 나나세는 오른손을 천천히 내밀었다.

"그럼. ……화해, 하는 거다?"

나나세가 내민 작은 손을 머뭇거리며 마주 잡는다. 나나세의 손은 따뜻했다. 아니면 내 손이 차가운 걸까. 지금처럼 다른 사람의 손을 잡지 않으면 알지 못했을 사실이다.

이렇게 누군가와 싸우고 화해하는 게 얼마 만인지 모르겠다.

누군가와 깊은 관계를 맺고 상처를 받는 것도 상처를 주는 것도 싫다. 그래도 나는 어느새 나나세 때문에 이런저런 고민을 하게 되었다. 서투르고 노력가이며 아슬아슬할 정도로 성실한 이 여자는 어느 틈에 내 마음속에 자리를 잡고 있었던 모양이다.

그리고 나는. 그 사실이 싫지만은 않다는 생각이 들기 시작했다.

"……나나세, 초콜릿 좋아해?"

"응, 엄청 좋아해. 그치만 사실 버섯보다는 죽순이 더 좋아."

"진짜? 이렇게 안 맞아서야."

"사가라, 이거 같이 먹자. 이런 시간에 혼자 다 먹으면 살쪄."

나나세는 그렇게 말하며 헤엣 하고 웃었다. 화장을 하지 않은 나나세는 웃으면 눈이 없어진다. 그런 얼굴도 이젠 완전히 익숙해졌다.

우리 둘 사이를 지나간 시원한 밤바람이 여름의 마지막을 고하고 있었다.

거짓말쟁이 입술은

사랑에 무너진다

usotsuki lip ha koi de kuzureru.

제3장

사랑이 시작되는 가을

여름 방학이 끝나고 다시 수업이 시작된 지도 일주일이 다 되어 간다.

나는 여전히 매일 같이 공부와 아르바이트를 하는, 장밋빛과는 거리가 먼 대학 생활을 보내고 있지만—— 당초에 바랐던 고독하고 쾌적한 생활과는 조금 달랐다.

"밥은 더 있으니까 얼마든지 먹어!"

내 옆에서 나나세가 말했다. 가을이 되면서 팥죽색 고등학교 체육복이 부활했다.

최근엔 시간이 맞으면 나나세와 둘이 함께 저녁을 먹는 일이 잦아졌다. 처음에는 '에어컨을 켠 방에서 같이 먹는 게 전기세도 절약된다'라는 이유였지만 시원해진 지금도 그런 생활은 계속 이어지고 있었다. 일방적으로 얻어먹는 것도 미안해서 나도 나나세에게 식비를 내게 되었다.

오늘 나나세가 만들어준 건 돼지고기 생강 볶음이다. 잘게 썬 맛있는 양배추를 먹고 있자니 저번에 직접 썬 파가 떠올라 조금 한심해졌다. 역시 나도 요리를 좀 배워야 할까.

"그러고 보니 이제 곧 문화제야."

나나세의 말에 나는 "아——" 하고 맞장구를 쳤다.

우리 대학의 문화제는 11월 초에 사흘 동안 열린다. 외부 사람들도 많이 찾아오는, 제법 규모가 큰 축제라고 한다. 문화계 동아리나 서클에 소속되어 있는 사람들은 특히 문화제 준비에 기합을 잔뜩 넣는 모양이었다.

"우리 스터디 그룹도 가게를 한대. 하나에 300엔 하는 야키토리를 팔 거라고 들었어."

"호오. 너무 안전하게 가는 거 같은데……."

"난 동아리나 서클에 가입하지 않았잖아. 그래서 문화제에 참여할 수 있다고 생각하니까 너무 기쁘고 기대돼!"

가슴 앞에서 두 손을 모은 나나세의 눈동자가 반짝인다. 장밋빛 대학 생활을 목표로 하는 그녀에게는 더할 나위 없는 이벤트인 셈이다.

뭐, 나와는 상관없지만. 돈 한 푼 안 되는 행사에 필요 이상으로 끼어들 생각은 없었다. 같은 노동이라면 아르바이트를 하는게 더 돈이 된다.

"애당초 하나에 300엔이라니…… 팔리긴 해? 가격 책정을 어떻게 한 거지?"

"축제니까 보통 그 정도 하지 않아? 거기에 링고 아메도 500엔이었고……."

어차피 업소용 마트에서 구입한 냉동 야키토리에 소스를 발라서 굽는 게 전부다. 원가를 생각하니 오싹 소름이 돋았다. 나라면절대 안 사 먹는다.

"여자들은 유카타를 입고 팔자는 이야기도 나왔는데…… 11월에 유카타는 춥다는 의견이 많아서 없었던 걸로 됐어. 좀 입고 싶긴 했는데."

그래, 안 입구나, 유카타.

나는 내심 조금, 대충, 그럭저럭, 실망했다. 유카타를 입은 나나세가 파는 야키토리에는 300엔의 가치가 있을지도 모른다. 그런 멍청한 생각을 진지하게 했다.

"내일 점심시간에 연구실에서 문화제 관련 회의를 한대. 사가라도 꼭 와!"

"음—, 귀찮은데……."

그만 본심이 나왔다. 영 내켜 하지 않는 나를 나나세는 빤히 쳐다봤다.

"나는, 사가라가 오면, 참 기쁠 것 같아."

……하긴 그렇긴 하다. 서클이나 동아리 활동도 하지 않는 내가 아무것도 안 돕고 있으면 주위의 빈축을 사게 될 수도 있다. 우리 스터디 그룹은 조별 과제가 많다 보니 앞으로를 생각하면 호감도가 너무 떨어지는 것도 별로 좋지 않다. 아르바이트는 밤부터니까 얼굴 정도는 비추는 게 좋을 것 같았다.

"……알았어. 갈게."

"진짜지?! 야호!"

나나세는 홍얼홍얼, 서툰 콧노래를 불렀다. 무슨 노래인가 하고 들어보니 동네 마트의 테마송이었다. 이건 또 뭐야, 하고 몰래 웃음을 터뜨렸다.

다음 날, 문화제 관련 논의를 위해 연구실에 모인 건 나와 나나세까지 포함해서 7명 정도였다. 호쿄와 스도의 모습은 보이지 않았다. 각자 서클에 간 것이리라.

연구실 한가운데서 벌어지는 논의를 조금 떨어진 곳에서 바라본다. "사가라는 당일에 판매를 맡아줘."라는 나나세의 부탁에 마지못해 승낙했다.

"자, 휴식 좀 하자, 휴식—. 대충 다 정해졌으니까 그래도 괜찮지?"

두 시간 정도 지났을 무렵, 키나미가 그렇게 말하며 볼펜을 내던졌다.

누가 책상 위에 과자 봉지를 펼쳐 놓자 그것을 집어먹으며 시끌시끌 잡담이 시작됐다. 빨간 상자를 든 나나세가 내 옆으로 와서 앉았다.

"자, 사가라도 먹어."

고맙다고 말하며 받은 다음 초콜릿이 발린 프레즐을 바삭바삭 씹어 먹었다. 오랜만에 먹으니 제법 맛있다.

"맞다, 슬슬 교내 미인 대회 신청 받는 모양이더라."

"아, 그러고 보니 포스터 붙은 거 봤다. 혹시 내가 아는 사람이 응모 좀 안 할라나."

잡담의 화제가 누군가 꺼낸 이야기로 옮겨갔다.

우리 학교에도 다른 대부분의 학교와 마찬가지로 교내 미인 대회가 있다. 그래봤자 그리 대단한 건 아니고 학원제의 일환으로 열리는, 놀이에 가까운 행사다. 예선은 온라인 투표로 진행되고 예선을 통과하면 학원제 당일에 열리는 본선에 참가할 수 있다고 한다.

"아, 나나세, 응모해 보지?"

키나미가 말한 순간, 나나세는 하마터면 마시던 차를 내뿜을 뻔했다.

"무슨…… 엣?! 못해, 못해, 난 절대 못해!"

나나세는 필사적으로 거부했다. 하지만 키나미는 끈질기게 물고 늘어졌다.

"에이, 나나세는 예뻐서 높은 순위까지 올라갈 거라니까!"

"온라인으로 응모할 수 있다고 했지? 사진 찍어서 프로필 올려봐."

어느새 다른 녀석들까지 가세했다. 나는 시치미를 뚝 뗀 얼굴로 가만히 있었다. 그러자 곤혹스러운 얼굴을 한 나나세가 책상 밑으로 내 점퍼 자락을 잡아당겼다. 깜짝 놀라 쳐다보니 도움을 구하는 것 같은 시선으로 나를 쳐다본다.

"나 어떡해, 사가라……."

작은 목소리로 소곤소곤 속삭인다. 나는 주위를 신경 쓰면서도 "뭐가?"라고 대답했다. 나나세가 거리를 더 좁혀오자 나도 모르게 가슴이 두근거렸다.

"나, 난 미인 대회 같은 데는 절대 못 나가. 내가 나가다니, 이상하잖아."

"뭐가 이상해?"

"그, 그치만…… 사, 사가라는 알잖아…… 내, 맨얼굴."

나나세가 미안하다는 듯 말했다. 뭐야, 그런 걸 신경 쓰고 있었던 거야?

"하나도 안 이상해. 뭐 어때, 한번 나가봐."

맨얼굴이 어떻든 화장을 한 나나세는 틀림없는 미인이니 미인 대회에 나가도 아무 문제도 없다. 전혀 이상하지 않다는 게 내 생각이다. 장밋빛 대학 생활을 원한다면 미인 대회에 나가보는 것도 괜찮다.

"이상하지, 않아?"

나나세는 깜짝 놀라며 눈을 커다랗게 떴다. 그때 키나미가 스마트폰을 들고 이쪽으로 왔다. 우리 둘의 거리가 묘하게 가까운 걸 봤는지, 조금 의아한 표정을 짓고 있다.

"뭐야? 비밀 얘기 중?"

"……아무것도 아니야."

"그러냐? 자, 나나세, 찍는다? 이쪽 봐!"

키나미가 카메라를 들이대자 나나세는 체념한 듯 어색한 미소를 지었다. 찰칵찰칵 셔터를 누른 키나미는 화면을 보며 고개를 갸웃거렸다.

"뭔가 좀 애매해. 나나세, 사진 찍히는 게 영 어색해. 좀 더 자연스럽게 웃어 봐."

"으으……그, 그렇게 말해도……."

나나세의 표정이 굳어졌다. 이런 면에서 보면 나나세는 아직 인싸녀와는 거리가 멀었다. 원래는 눈에 띄는 게 영 어색한 타입인지도 모른다.

"음, 빛의 문제인가? 사가라, 그쪽에서 좀 찍어봐."

"어? 아, 응."

느닷없는 말에 나는 마지못해 나나세를 향해 스마트폰 카메라를 들었다. 내 쪽을 보는 나나세가 수줍게 얼굴을 붉혔다.

"사, 사가라가 찍는 거야……? 저기, 화, 화장 좀 고치고 와도 돼?"

"아니, 그대로도 충분해. 웃어."

그러자 나나세는 수줍게 웃었다. 그대로 스마트폰 셔터를 누른다.

"앗, 자, 잠깐만! 나 방금 이상한 표정 지었어!"

나나세는 당황해서 외쳤지만 전혀 이상한 표정이 아니었다. 오히려 꽤 잘 찍혔다고 생각한다. 내 뒤에서 스마트폰을 들여다본 키나미가 "오!" 하고 외쳤다.

"잘 나왔네! 엄청 자연스럽게 웃고 있잖아! 사가라, 굿잡!"

어쩐 일로 칭찬을 받았다. 난 그냥 아무 생각 없이 셔터만 눌렀을 뿐인데.

"그럼 이걸로 응모하자!"

"아, 저, 저기."

나나세가 어쩔 줄 몰라 하고 있는 사이에 키나미가 내 스마트폰을 빼앗아서 재빨리 응모해 버렸다. "땡큐—"라며 다시 던진 스마트폰을 허둥지둥 받는다. 야, 위험하잖아. 받은 스마트폰 화면에는 자연스러운 표정으로 미소 짓는, 의문의 여지 없는 미인의 사진이 떠 있었다. ……역시 내가 봐도 잘 찍었군.

회의가 끝났을 즈음엔 이미 해가 완전히 저물어 있었다.

"……하아. 꼼짝없이 미인 대회에 나가게 생겼어."

옆에서 걷는 나나세가 어깨를 축 늘어뜨렸다. 어쩌다 보니 함께 돌아가게 되었지만, 같은 연립주택에 살고 있으니 어쩔 수 없다.

"장밋빛에 한 걸음 더 가까워졌으니 잘 된 것 아닌가?"

"그건, 그럴 수도 있지만……."

"나가고 싶지 않았어?"

"……잘 모르겠어. 나가고 싶지 않다기보다는…… 왠지, 미안해서."

주차장에 도착했지만 아직 이야기가 끝나지 않아서 그 자리에 멈춰 섰다. 나나세는 자전거 안장에 기대어 어깨를 축 늘어뜨렸다.

"어떡하지…… 이건, 완전 사기야……."

"사기?"

"그치만 난, 진짜 미인이 아니라………… 화장으로 가려서 다른 사람들을 속이고 있는 것뿐인걸. 그런데 미인 대회에 응모하다니…… 들키면 다들 난리도 아닐 텐데."

나나세는 슬프게 고개를 떨구었다. 지금 내 눈앞에 있는 여자는 반짝반짝 빛나는 완벽한 미인이다. 그야 맨얼굴과 비교하면 사기라는 말을 들어도 이상하지 않을 수도 있다.

하지만 나는 나나세가 다른 사람들을 속이고 있는 거라고 생각하진 않았다.

"나는 그렇게 생각하지 않아."

나나세는 나를 보며 눈을 깜빡거렸다. 저녁노을에 반사된 나나세의 눈동자는 신비로운 색으로 물들어 있어서 가만히 보고 있자니 묘한 기분이 들기 시작했다.

"어째서?"

나답지 않은 말을 했나? 하고 후회했지만, 다음 말을 재촉하는 시선의 압박에 져서 결국 띄엄띄엄 말하기 시작했다.

"현재의 나나세가, 그, 일반적으로 봐서, 미인……인 건. 네가, 노력해서 그런 거잖아."

"……."

"그런 의미에서 보면, 아무것도 안 해도 미인인 사람보다 훨씬, 대단한 거야. 그러니 다른 사람에게 비난받을 일은 아니…… 라고, 생각해."

나나세는 여전히 아무 말 없이, 나를 똑바로 쳐다보고 있었다. 아무리 기다려도 아무 말도 없자 내가 뭔가 이상한 말이라도 했나 싶어 불안해진다.

이윽고 노을에 물든 나나세가 헤엣, 하고 웃었다.

"……사가라는 참 다정한 사람이야."

눈과 눈이 마주친 순간, 숨이 멎을 것 같았다.

지금 이 순간의 나나세를 사진에 담을 수 있다면 미인 대회 정도는 쉽게 우승할 수 있지 않을까. 그런 생각이 들 정도로 사랑스러운 미소였다.

그 후로 2주가 지나. 문화제까지 앞으로 일주일이 남았다.

공부를 하던 나는 샤프펜슬을 움직이던 손을 멈추고 테이블 위에 놓인 스마트폰을 들었다. 화면으로 손가락을 밀어뜨려서 검색 사이트의 탑 페이지를 열었다. 잘 모르는 단어의 뜻을 찾기 위해서다.

스마트폰은 아주 편리한 기기지만, 집중력을 갉아먹는 게 단점이다.

다다미 바닥 위에서 뒹굴뒹굴하고 있자 문득 미인 대회의 투표 기간이 시작되었다는 생각이 났다. 검색란에 [릿세이칸 대학 미인 대회]라고 입력하자 검색 결과 제일 위에 우리 학교의 미인 대회 투표 사이트가 나왔다.

페이지를 열자 [WEB 투표 접수 중]이라는 문구가 뜬다. 후보란을 보니 여자들의 얼굴 사진과 프로필이 쭉 늘어서 있었다. 다짜고짜 부정할 생각은 없지만, 외모로 여성의 우열을 가리는 건 시대착오적이라고 생각한다.

화면을 스크롤하자 금방 낯익은 여자의 얼굴이 나타났다.

옆집에서는 "왜 몰라주는 거야" "말로 하지 않으면 불안하단 말이야"라며 말다툼을 하는 남자와 여자의 목소리가 새어 나온다. 나나세는 요즘 수요일 밤 10시에 하는 연애 드라마에 푹 빠져 있어서 매주 이 시간만 되면 이런 쓸데없는 대화를 듣게 된다. 그 덕분에 줄거리를 거의 다 파악했을 정도다.

주인공들은 사소한 일로 오해하고 서로 상처를 줘서 헤어졌나 싶으면 결국 다시 서로에게 돌아가곤 했다. 나나세는 "너무 애달프고 가슴이 막 두근거려!"라며 열변을 토했지만 나는 통 모르겠다. 왜 연애 같은 무익한 일에 에너지를 쏟는 걸까.

스마트폰 속 나나세는 뺨을 붉히며 사랑스러운 미소를 짓고 있었다. 누구나 반할 미인이지만 지금 옆집에서 진지하게 드라마를 보고 있는 건 체육복 차림의 수수한 여자다.

사진 밑에는 이름과 간단한 프로필이 적혀 있었다. 나나세 하루코, 5월 3일 출생. 황소자리이자 A형. 취미는 공부와 쇼핑. 특기는 역대 천황의 이름 외우기. 좋아하는 타입은 다정하고 성실한 사람. 모토는 근엄실직(謹嚴實直).

……우와, 완전 나나세답잖아.

왠지 모르게 '답다'는 생각이 들어서 소리 죽여 웃었다. 댄스에 핫요가, 꽃꽂이 같은 취미가 줄지어 있는 프로필과 비교하면 조금 튀는 건 부정할 수 없다.

후보 일람에서 사진을 탭하자 투표창이 나왔다. 다중투표는 불가능한 시스템이다. 탑 페이지에는 이렇게 적혀 있었다.

[당신이 제일 멋지다고 생각하는 사람에게 투표해 주세요!]

죽 늘어선 사진을 보면서 생각했다. 이 중에서 제일 예쁜 여자를 고르라는 건 어려운 질문이다. 미(美)라는 것에는 주관이 뒤섞이기 마련이라 절대적인 평가치는 존재하지 않기 때문이다.

……하지만 제일 멋지다고 생각하는 여자를 고르라고 하면—답을 정하는 건 그리 어려운 일이 아니다.

나는 검지로 나나세의 사진을 탭했다. 화면에 떠오른 [투표해 주셔서 감사합니다!]라는 문구를 본 순간, 스마트폰을 멀찍이 던져 버렸다. 스마트폰은 툭 하는 소리를 내면서 다다미 바닥에 떨어졌다.

"……내가 지금 뭐 하는 거야…….."

옆집에서는 여가수가 부르는 발라드가 흐르고 있었다. 드라마가 끝날 시간인가 보다.

지금쯤 TV 속에선 남자와 여자가 포옹이라도 하고 있을 것이다. "내겐 네가 세상에서 제일 예뻐"라고 남자가 말한다.

바보 같아, 라며 나는 코웃음쳤다.

━━━━━━━━━━━━

"꺄악―! 어떡해, 저기 좀 봐."

"와아, 너무 귀여워!"

나를 발견한 두 여자가 고함을 지르며 달려왔다. 호죠 같은 미남이라면 또 몰라도 내 인생에서는 두 번 다시 못 볼 광경이다.

"얼른 손이라도 흔들어줘."

키나미의 재촉에 어색하게 팔을 흔들어 본다. "귀여워!"라는 새된 비명이 터졌다.

"저기, 사진 좀 찍어도 될까요?"

"당연히 괜찮죠!"

나 대신 키나미가 대답했다. 여자들은 내 양옆에 서더니 팔짱을 끼었다. 감촉을 느낄 수 없다는 게 조금 아쉽다. 떠날 때는 "판다야, 잘 있어"라며 번갈아 내 머리를 쓰다듬고 갔다. 솔직히 기분 나쁘진 않다.

"자, 자 누님들, 야키토리는 어떠세요? 지금 잔디 광장에서 절찬리에 판매 중입니다—!"

오늘은 우리 학교—릿세이칸 대학의 문화제 첫날이다.

캠퍼스 여기저기 노점이 늘어서 있고 "맛있답니다" "저렴하게 팔고 있어요" "귀여운 아이도 있어요"라는 목소리가 오가고 있다. 문화제에는 우리 학교 학생들만 있는 게 아니다. 어린아이를 데리고 온 부모와 교복 차림의 고등학생 무리는 말할 것도 없고 샌들을 신은 중년 남자도 있었다.

그렇게 시끌벅적한 가운데 어떻게 된 일인지 나는 판다 인형 옷과 탈을 쓴 채 호객 행위를 하고 있었다.

때는 2시간 전으로 거슬러 올라간다. 야키토리 가게에서 판매를 맡게 된 나는 반쯤 나나세에게 끌려서 아침 7시부터 연구실에 와 있었다.

누가 가지고 왔는지, 연구실 구석에는 판다 인형옷과 탈이 놓여 있었는데, 그것을 본 순간부터 왠지 불길한 느낌이 들었다. 그리고 그 예감은 적중했다.

판다 탈을 집어 든 스도가 소리 높여 선언한다.

"남자들 좀 모여봐—! 가위바위보를 해서 진 사람이 이걸 쓰고 손님을 끌어모으는 거야!"

……설마, 농담이지?

참 신기하게도 나는 이럴 때는 꼭 운이 없다. 중요한 순간에는 늘 안 좋은 패를 뽑는 타입이다. 중학교 때, 청소 구역 담당을 정하는 가위바위보를 할 때도 늘 져서 화장실 청소를 했었다.

다른 방법으로 정하자고 이의를 제기하기도 전에 스도는 오른손을 들고 외쳤다.

"자, 시작한다—! 가위, 바위……."

보. 나는 바위를 냈다. 나머지 애들은 다 보다.

"네, 사가라 혼자 탈락. 자, 부탁한다."

그러면서 스도는 판다 탈을 나한테 떠안겼다. 반사적으로 받고 나서 "어, 어이!"라며 항의의 목소리를 높인다.

"잠깐만. 아니, 야키토리를 파는데 뜬금없이 판다는 뭐야. 이상하잖아."

"지금 그게 중요하냐? 이럴 때는 눈에 띄는 게 무조건 좋은 거라고! 속 좁은 남자는 인기 없다?"

제길, 스도한테는 도저히 이길 수가 없다. 애초에 나는 인기 따위 바라지도 않는데. 아무 대꾸도 못하고 있자 보다 못한 호죠가 도움의 손길을 내밀었다.

"사가라, 그렇게 하기 싫으면 내가 대신 할게."

정말 좋은 녀석이다. 잘 생겼는데 성격까지 좋다니, 이건 해도 해도 너무하다. 알고 보니 무좀 같은 약점이라도 있어야지, 안 그러면 세상의 균형이 무너진다고.

그럼, 부탁 좀 하자, 라고 말하려는데, 여자들의 성난 고함 소리가 울려 퍼졌다.

"안 돼! 호죠의 얼굴을 숨기다니, 그건 절대 안 돼!"

여자들은 우왕좌왕하는 사이에 나를 에워싸고 서슬 퍼런 기세로 다그쳤다.

"사가라, 잘할 수 있지? 사가라의 판다 모습, 얼마나 보고 싶은데 그래ㅡ!"

"괜찮아, 괜찮아! 아무 말 없이 어슬렁거리고 다니기만 해도 충분해!"

이럴 때 여자들이 보여주는 결탁은 그야말로 어마어마하다. 그 기세에 밀린 나는 결국 강제적으로 판다 옷에 탈까지 쓰게 되었다. 이 세상은 부조리 그 자체다.

"아하하! 완전 환상적이다! 너무 안 어울린데이!"

스도는 나를 기리키며 폭소했다. 억지로 입혀놓고 그 태도는 뭐냐.

인형탈 속에서 부루퉁해 있자 나나세가 환한 표정을 지으며 이쪽으로 달려왔다. 생글생글 기쁘게 웃으며 악의라고는 조금도 느껴지지 않는 목소리로 말한다.

"와아, 사가라, 너무 귀여워! 나중에 같이 사진 찍자!"

……그, 그럼, 어쩔 수 없지. 오늘 하루만 참자.

그리하여 나는 팔자에도 없는 판다 인형탈에 옷까지 챙겨 입고 호객 행위를 하게 되었다.

말이 호객 행위이지, 내가 하는 일이라고는 간판을 들고 어슬렁거리는 게 전부다. 말을 하는 건 옆에 있는 키나미뿐. 이 녀석이 왜 나와 함께 가겠다고 했는지 의아했지만, 나를 앞세워 여자들과 말하고 싶은 것뿐이라는 걸 어렴풋이 깨달았다. 그 증거로 아까부터 젊은 여자에게만 말을 걸고 있었다.

"자, 사가라."

강의실 건물 뒤에서 휴식을 취하고 있는데 키나미가 생수병을
내밀었다.

"마셔. 그거 쓰고 있으니까 엄청 덥지?"

확실히 덥긴 하다. 11월이 되면서 주위에 다니는 사람들은 가
을옷을 입고 시원한 얼굴을 하고 있는데 나 혼자 인형탈에 인형
옷까지 입고 땀을 뻘뻘 흘리고 있었다.

주위에 아무도 없는 것을 확인한 다음, 인형탈을 벗었다. 벗자
마자 숨쉬기가 편해져서 그제야 한숨 돌릴 수 있었다. 키나미는
페트병 뚜껑을 열어서 건네줬다. 의외로 센스도 있는 녀석이다.
페트병을 기울여 목구멍으로 물을 흘려 넣었다.

……아ー, 이제 살 것 같다.

시원한 바람이 땀이 맺힌 뺨을 어루만지자 기분이 좋다. 부족
했던 산소를 체내로 흡수하는 것처럼 숨을 크게 들이쉬고 있는데
갑자기 키나미가 입을 열었다.

"저기, 키나미. 나나세 말인데."

……또냐, 라는 생각과 함께 지긋지긋해진다.

최근에는 예전에 비해 나나세와 함께 있는 시간이 더 늘어나면
서 말도 안 되는 오해를 받는 일도 늘어났다. 확실히 부정해야겠
다고 마음먹고 있는데 키나미는 예상 밖의 말을 꺼냈다.

"너한테만 하는 말인데, 사실 나, 여름방학 때 나나세한테 고백
했다ー."

나도 모르게 마시던 물을 내뿜었다. 이 자식, 뜬금없이 무슨 소리지?

"······고, 백······ 어? 네가? 나나세한테?"

키나미는 동요하는 나는 아랑곳하지 않은 채 느긋하게 "으아, 더럽잖아"라며 웃었다.

키나미가 나나세에게 호감을 품고 있다는 건 진작에 알고 있었지만 설마 고백까지 했을 줄은 몰랐다. 나나세도 그런 기색은 조금도 보이지 않았다.

"······사, 사귀고, 있어?"

장밋빛 대학 생활을 꿈꾸는 나나세에게 키나미처럼 밝고 세련된 남자는 이상적인 연인에 가깝다. 나나세는 예전에 키나미가 불편하다고 했지만── 마음이 변해서 내가 모르는 사이에 사귀게 되었다 해도 전혀 이상하지 않았다.

"아니, 차였어."

키나미는 태연하게 대답했다. 아, 그래? 다행이다. 나도 모르게 안도의 한숨을 쉬었다가 아니지, 왜 내가 안심하지? 라며 마음속으로 나 자신을 타박했다.

"잘 될 줄 알았는데 말이지──."

키나미는 그렇게 말했지만 별로 충격을 받은 것 같지는 않았다. 여름방학이라고 해도 벌써 2개월 전이니 이미 마음 정리를 끝냈을지도 모른다.

"나나세, 혹시 좋아하는 사람 있어?"

"나야 모르지."

"넌 나나세랑 친하잖아."

"······난 몰라."

진짜 몰랐기 때문에 솔직하게 대답했다. 키나미는 "그렇구나"
하고 아쉬워하며 말했다.

"그나저나 나나세, 진짜 대단하지 않냐? 미인 대회 예선 통과
라니."

"······그러게."

"사가라, 넌 누구한테 투표했냐?"

그 문제에 대해서는 묵비권을 행사하자. 대답은 하지 않고 "휴
식 끝."이라고 말한 후, 다시 인형탈을 뒤집어썼다.

문화제 첫째 날, 정오가 조금 지난 시각. 나와 삿짱은 둘이 함
께 손님을 부르고 있었다.

포장마차에서는 맛있는 냄새가 풍겨왔다. 업소용 마트에서 사
온 냉동 야키토리를 해동해서 소스를 발라 굽기만 하면 되기 때
문에 딱히 힘든 일은 없다. 사가라 왈 「거저 먹는 장사」다. 입지
좋은 잔디 광장 한가운데 자리 잡고 있어서 제법 손님들로 북적
거렸다.

"스도, 나나세, 한가하면 저기 가서 구경 좀 하고 온나."

같은 스터디 그룹의 토리이가 야키토리를 구우면서 말했다. 토
리이는 오로지 성이 주는 임팩트 때문에 야키토리 조리를 담당하

게 되었다고 한다. 하지만 불평 한마디 없이 생글생글 웃으면서 야키토리를 굽고 있다.

"가는 김에 손님도 좀 데리고 오고. 사가라랑, 키나미, 이 자슥들, 돌아올 생각을 안 한다 아이가. 분명히 땡땡이치고 있을 기다."

토리이의 말을 듣자 판다 인형옷과 탈을 쓴 사가라의 모습이 떠올라서 웃음이 터져 나왔다. 그 무뚝뚝한 사가라가 인형탈 속에서 어떤 얼굴을 하고 있을지 상상하는 것만으로도 재미있다. 나중에 꼭 같이 사진 찍어야지.

"오케이, 내만 믿어라! 무슨 일 있으면 연락하고!"

"고마워, 토리이. 잘 부탁해."

"오냐, 다녀들 온나."

우리는 토리이의 배웅을 받으며 나란히 걸음을 옮겼다.

하늘은 투명하리만치 맑아서 울긋불긋 물든 나무들과 이루는 대조가 너무 아름다웠다. 길가에는 노점들이 빽빽하게 자리 잡고 있고 분수대 앞에서는 댄스 서클이 브레이크 댄스 공연을 하고 있었다.

잔디 광장에 있는 무대에서는 퀴즈 대회의 결승이 열리고 있었다. 답을 맞추지 못한 사람의 머리 위로 대량의 물이 쏟아지자 주위에서 웃음이 터져 나왔다. 도대체 어떤 시스템인 걸까.

여기저기서 즐거운 웃음소리가 들려온다. 시끌벅적한 비일상이 주는 분위기에 두근두근 가슴이 설렌다.

"하루코, 즐거워 보이네."

"응, 너무 즐거워!"

고등학교 문화제는 다른 사람들에게 방해가 되지 않도록 한쪽 구석에서 준비만 했고 당일엔 쭉 도서관에 틀어박혀서 공부만 했다. 이렇게 축제에 적극적으로 참여하는 것은 처음이다.

나도 모르게 깡충깡충 뛰듯이 걷자 삿짱은 "내는 하루코의 그런 점이 좋데이"라며 웃었다.

"저녁에 열리는 미인 대회도 엄청 기대된다! 예선 통과라니, 역시 하루코!"

삿짱이 그렇게 말하며 자랑스럽게 웃었다. 갑자기 잊고 있던 사실이 떠오르자 위가 콕콕 쑤셨다.

나는 기적적으로 미인 대회의 예선을 통과했다. 오늘 저녁에 본선이 열리기 때문에 무대에 서야 한다.

어쩌다 이렇게 되어 버린 걸까. 내가 세련된 자연 미인들의 상대가 될 리 없다. 그나마 내가 잘한다고 할 수 있는 건 주위 사람들을 속이는 화장 실력뿐이다. 이것만큼은 꽤 자신이 있다.

"진짜 친구로서 을마나 자랑스러운지 모른데이! 역시 우리 하루코가 제일 예쁘다!"

삿짱은 나의 예선 통과를 나보다 더 기뻐했다. 예전부터 생각한 건데, 삿짱은 내 외모를 과대평가하는 경향이 있는 것 같았다. 이런 게 바로 콩깍지가 씌었다는 걸까? 그렇다면 너무 기쁘지만.

……그래도 나는 너무 좋아하는 내 친구, 삿짱을 속이고 있는 셈이다.

그때 우리와 스치고 지나간 두 여자가 나를 향해 힐끔힐끔 시선을 던졌다. 의아해하며 그쪽을 쳐다보니 쿡쿡 하고 웃는 소리가 들렸다. 왠지 안 좋은 느낌이 들었다.

"……나나세 ……미인 대회에 나간다더라."

"……우와, 아주 신났네……."

"……별것도. 아니면서……."

속닥속닥 오가는 대화 내용이 듣기 싫어도 들렸다. 나와 같은 경제학부 소속이다. 예전에 갔던 교류회에서 같은 테이블에 앉았던 적이 있다.

……응. 역시 그렇지. 그 정도는 나도 알아.

살짝 들렸던 '별것도 아니다'라는 말이 작은 가시가 되어 콕 박혔다. 필사적으로 쥐어 짜내려던 자신감이 힘없이 쪼그라드는 게 느껴졌다.

"방금 머라고 했노? 할 말이 있으면 똑바로 하면 될 거 아이가?!"

삿짱이 큰 소리로 말하자 그 둘은 서둘러 자리를 떠났다. 고개 숙인 내 등을 삿짱이 격려하듯 두드렸다.

"저런 말은 신경 쓰지 마라. 아, 타코야키 안 먹을기가? 히로키한테 무료 티켓 받았다."

"으, 응! 먹을래!"

나와 삿짱은 2호관 옆에 있는 타코야키 가게로 향했다. 호쿄가 소속되어 있는 풋살 서클에서 하는 가게다.

호쿄는 커다란 입간판을 들고 옆에 있는 여자와 무슨 말인가 하고 있었다. 그러다가 삿짱을 발견하자 대화를 중단하고 기쁘게 눈을 반짝였다.

"오, 사키! 잘 왔다."

"내 왔데이. 타코야키 쫌 도. 공짜로."

"어쩔 수 없지. 미인들은 공짜니까. 사토시, 타코야키 큰 걸로 하나 도."

그러면서 호죠는 투명한 푸드팩에 든 타코야키를 내밀었다. 꾹 꾹 눌러 담은 타코야키 위에는 김이 뿌려져 있고 가츠오부시가 살랑살랑 흔들리고 있었다.

"고마워, 호죠."

"아이다. 그쪽 일을 못 도와줘서 오히려 내가 미안하제."

"미안해야지. 사가라는 판다 차림까지 하고 있는데."

"내일은 내가 하께, 판다."

"네가 얼굴을 가리면 어쩌자는 기고. 니 유일한 장점 아이가."

"바보가? 인형탈을 벗었더니 꽃미남, 이라는 갭이 더 좋은 거 모르나?"

투닥거리는 두 사람을 바라보고 있자니 역시 잘 어울린다는 생각이 들었다. 그러고 보니 두 사람, 안 사귀는 건가? 삿짱에게 남자 친구가 생기면 조금 쓸쓸하긴 하겠지만.

그 후에도 우리는 여기저기 노점을 돌아다니다가 타피오카 주스를 샀다. 가끔 미안해하며 "잔디 광장 앞에서 야키토리를 팔고 있어요"라고 말하는 것도 잊지 않았다.

방금 스쳐 지나간 작은 여자아이가 "아까 그 판다 너무 귀엽더라"라고 말하는 소리가 들려서 나도 모르게 걸음을 멈췄다. 그와 동시에 삿짱이 "아" 하고 소리를 높였다.

"하루코, 저기 봐, 사가라 발견."

"에, 어디?"

삿짱이 가리킨 곳을 보니 거대한 판다가 교복을 입은 여고생들에게 둘러싸여 있었다.

그중 한 명이 장난스럽게 판다를 끌어안았다. 기분 탓인지, 판다는 헤벌쭉해 있는 것처럼 보였다. 물론 얼굴은 하나도 안 보이지만.

……흐음. 꽤나 즐거워 보이네.

"말 안 걸어봐도 되나?"

"……됐어! 바쁜 것 같은데 그냥 가."

그렇게 말하고 타피오카 주스를 쭉 빨았다. 컵 바닥에 가라앉아 있는 타피오카를 먹는 게 너무 힘들어서 괜히 초조해졌다.

"아, 하루코. 이제 곧 체육관 앞에서 댄스 서클 공연이 시작된데이. 나미가 나온다고 했으니까 보러 가자."

나는 "응" 하는 대답과 함께 타피오카 컵을 꽉 구겨서 쓰레기통에 던져 넣었다. 가능한 한 판다가 있는 쪽이 안 보이게 등을 돌린 채 걸음을 서둘렀다.

계속 돌아다니기를 거의 반나절. 나는 판다 인형옷 속에서 거의 녹초가 되어 있었다.

인형옷에 탈까지 쓰고 걷기만 해도 금방 피로해진다는 사실을 처음 알았다. 날은 덥지 시야는 좁지, 이젠 손가락 하나 움직일

힘도 없다. 지금까지 인형탈 아르바이트를 해 본 적은 없는데 아마 앞으로도 없을 것 같다.

문화제 매직에 들뜬 건지, 키나미는 처음 보는 여자와 의기투합해서 둘이 함께 어디론가 가버렸다. 방치된 나는 간판을 든 채 어슬렁거리는 야생 판다. 이젠 돌아가도 되지 않을까?

목적도 없이 방황하고 있던 바로 그때, 분수대 앞을 서둘러 걸어가는 나나세의 모습이 보였다.

아까 낮에 스도와 함께 있는 걸 봤을 때는 기분이 좋은지 폴짝폴짝 뛰기까지 하더니 지금은 왠지 표정이 굳어 있었다. 자세히 보니 오른손과 오른발이 같이 나가고 있다. 저 녀석, 괜찮은가?

"나나세."

인형탈 때문에 불분명한 목소리가 나왔다. 이쪽을 본 나나세는 마치 미아라도 된 것처럼 불안한 표정을 짓고 있었다.

"혼자야? 스도는 어디 가고?"

"……이제 곧 미인 대회가 시작돼서 준비하러 가는 중이야."

벌써 시간이 그렇게 되었나. 나는 1호관의 대형 시계를 올려다봤다. 시간은 오후 3시 30분. 나가세가 출전하는 미인 대회는 오후 4시에 시작한다.

"지금 가서 옷을 갈아입고 화장도 고치고 올 거야. 어느 정도는 봐줄 수 있는 얼굴을 하고 와야 하니까…… ."

나나세는 그렇게 말하더니 어깨를 축 늘어뜨렸다. 긴장하고 있는 게 분명했다. 꽉 쥔 주먹이 살짝 떨리고 있고 기분 탓인지 얼굴도 새파랗다.

"……괜찮아?"

내가 묻자 나나세는 "응" 하고 어색하게 웃었다. 아니, 웃었다기보다는 한쪽 뺨이 경련했다고 보는 게 더 맞다. 별로 괜찮아 보이지 않는다. 하지만 나는 이럴 때 필요한 적절한 격려의 말 같은 건 모르는 사람이다.

무슨 말을 하면 좋을지 몰라서 가만히 있자 나나세가 머뭇머뭇 입을 열었다.

"……저기, 사가라. 부탁 하나 해도 돼?"

"일단 들어보고."

"……예, 예쁘다고, 말해주면, 안 될까……?!"

나나세의 뜬금없는 요구에 그만 아연실색했다. 무슨 뜻인지 이해가 안 된다.

"……왜?"

"아, 아무것도 묻지 마! 나도 쓸데없는 말이라는 건 잘 알고 있으니까!"

나나세는 두 손으로 뺨을 누르더니 흥분해서 외쳤다. 정서 불안정이다.

"그, 그치만, 말의 힘이라고 하나?! 지, 직접, 예쁘다는 말을 들으면, 안심이 된다고 할까…… 조금이나마 자신감이 생기는 것 같아!"

"그래도 이해가 안 돼. 그런 말은…… 평소에 스도도 그렇고, 자주 하는 말이잖아."

스도가 나나세를 예쁘다고 칭찬하는 말을 자주 들었다. 키나미도 마찬가지다. 내가 굳이 말하지 않아도 나나세에게 예쁘다고 해주는 사람은 얼마든지 있다.

긴 속눈썹을 내리깐 나나세가 가슴 앞에서 두 손을 꼼지락거리며 중얼거렸다.

"그치만. 내 맨얼굴을 하는 사람은 사가라 밖에 없으니까……."

……아아. 그런 뜻이구나.

요컨대 나나세는 화장하지 않은 자신을 긍정해 주는 말을 들음으로써 자신감을 얻으려 하고 있는 것이다. 확실히 나만 할 수 있는 일이긴 하다. 그런 거라면 협조하지 못할 것도 없다. 그냥 말만 해주면 되는 거니 딱히 힘든 일도 아니다.

나는 짧게 숨을 들이마셨다.

"예──."

나나세가 기대에 찬 눈으로 나를 가만히 바라보고 있었다. 말이 목구멍에 걸린 채, 아무리 기다려도 나올 생각을 안 한다. 겨우 두 자밖에 안 되는 말을 하는 게 왜 이리도 어려운 걸까.

"…………예, 예뻐."

간신히 쥐어 짜낸 목소리는 못 들어줄 정도로 갈라져 있었다. 내 의지와는 상관없이 뺨이 뜨거워진다. 판다 인형탈을 쓰고 있어서 천만다행이라고 마음속으로 생각했다.

나나세는 털이 복슬복슬한 내 두 손을 잡더니 실눈을 뜨고 웃었다.

"고마워, 사가라. 왠지 잘할 수 있을 것 같은 느낌이 들어."

"……그래."

©Yukiko Tadano

"그럼, 다녀올게."

나나세는 그렇게 말하더니 자신의 뺨을 툭 하고 쳤다. 그리고는 등을 쭉 펴고 걸었다.

혼자 남겨진 나는 달아오른 뺨을 식히느라 필사적이었다. 온몸에서 이상한 땀이 솟구치기 시작했다. ……이래서 안 하던 짓을 하면 안 된다니까.

그 자리에서 멍하게 서 있자 키나미가 돌아왔다.

"어라, 사가라. 왜 우두커니 서 있냐?"

"……아 ……아니. 그냥."

평정을 가장하며 대답하자 키나미가 손목에 찬 스마트워치로 시선을 떨어뜨린다.

"벌써 시간이 이렇게 됐네. 사가라, 그만 돌아갈래? 밤부터 아르바이트 있다고 했잖아."

내가 아침에 했던 말을 일단은 기억하고 있는 모양이다. 생각보다 더 배려할 줄 아는 녀석이다. 오늘 반나절 동안 같이 다니면서 알게 된 건데, 내성적인 내게도 격의 없이 말을 걸어주는 모습을 보니 친구가 많은 이유를 알 것도 같았다.

그러고 보니 학교에서 다른 사람과 이렇게 오래 같이 있었던 건 처음이다. 오늘 아침도 마찬가지다. 스터디 그룹 아이들과 그렇게 대화를 나눈 건 처음 있는 일이었다.

……쾌적하고 고독했던 내 대학 생활에 들어온 건 이제 나나세한 명만이 아닐지도 모른다.

왠지 묘한 위화감이 들었다. 정체를 알 수 없는 무언가가 슬금

슬금 다가오고 있는 듯한 느낌.

"그러고 보니 이제 곧 미인 대회 시작이네. 나나세는 노슬리브 드레스를 입는다고 하던데! 나나세는 평소에 거의 노출을 안 하니까 이번이 나나세의 팔뚝을 볼 수 있는 절호의 기회! 꼭 봐야지!"

들떠서 외치는 키나미에게 경멸 어린 시선을 던진다. 키나미는 그런 시선은 아랑곳하지 않고 물었다.

"사가라, 어쩔 거야?"

잠깐 고민에 잠겼다. 인형옷을 입고 돌아다니느라 상당히 피곤한 건 사실이다. 오늘도 심야 아르바이트가 있어서 마음 같아서는 한시라도 빨리 집에 가서 자고 싶었다.

……분명 그래야 하는데.

아까 본 나나세의 얼굴이 떠올랐다. 매달리듯 나를 바라보던, 불안으로 가득한 눈동자. 내가 있어봤자 아무 의미도 없겠지만 이대로 집에 가서 잘 생각은 들지 않았다.

"……갈게."

그렇게 대답하자 키나미는 "흐음" 하고 의미심장한 미소를 지었다. 뭐야, 그 얼굴은. 나는 딱히 팔뚝이 보고 싶어서 그런 건 아니라고.

본방 15분 전. 미인 대회 대기실에서 나 혼자 긴장해서 죽을 것 같았다.

대회가 열리는 잔디 광장의 무대 옆에 대기실로 사용하는 임시 텐트가 설치되어 있었다. 안에는 사람 수만큼의 전신 거울과 로커. 대여한 하늘색 드레스로 갈아입고 숄을 걸친다. 그리고 전신 거울 앞에서 헤어와 화장을 고쳤다.

　오른쪽을 봐도 미인, 왼쪽을 봐도 미인. 정면에는 화장으로 가린 수수한 여자.

　이곳에서 나 혼자만 따로 놀고 있었다. 다른 아이들은 친근하게 잡담을 나누고 있었지만, 나는 화제에 끼지도 못하고 있다. 외톨이였던 고등학교 때 기억이 되살아났다.

　이 자리에 있는 사람들은 모두 타고난, 자연 미인이다. 나 같은 가짜가 있을 곳이 아니다.

　지금이라도 기권하면 안 될까. 하지만 내 출전을 나보다 더 기뻐해 준 친구들이 실망할지도 모른다. ……친구들이 실망하는 건 더 싫다.

　각오를 다진 나는 뺨을 찰싹 때린 후, 거울에 비치는 나를 노려보았다.

　……현재의 나나세가 일반적으로 봐서 미인인 건 네가 노력해서 그런 거잖아.

　……그런 의미에서 보면, 아무것도 안 해도 미인인 사람보다 훨씬 대단한 거야. 그러니 다른 사람에게 비난받을 일은 아니라고 생각해.

　응, 괜찮아. 나를 제대로 봐주는 사람…… 인정해 주는 사람이 있어.

"본방 10분 전입니다ㅡ. 출전하시는 분들은 무대로 와주세요!"

스태프의 목소리가 대기실에 울려 퍼졌다. 아까 들은 「예뻐」라는 말을 몰래 가슴에 품고 무대를 향해 걸어갔다.

"자, 올해도 돌아왔습니다ㅡ! 지금 가장 빛나는 미스 캠퍼스는 누구일까! 미스 릿세이칸 선발 대회! 사회는 실행 위원인 저, 요시카와가 맡게 되었습니다!"

낭랑하고 낮은 목소리가 스피커를 통해 울려 퍼졌다. 미인 대회는 예상보다 더 성황을 이뤄서 잔디 광장에는 수많은 사람이 모여 있었다.

"그럼, 멋지게 예선을 통과한 6명의 미인들을 모셔보겠습니다!"

와아, 하는 뜨거운 환호성이 공기를 뒤흔들었다. 떨리는 다리를 필사적으로 다독여서 어색하게 걸음을 뗀다. 나머지 5명은 아주 익숙한 모습으로, 마치 레드카펫 위를 걷는 슈퍼모델 같은 워킹을 선보이고 있었다. 이렇게 긴장한 사람은 나밖에 없을지도 모른다. 마른침을 삼키고 지정된 위치에 섰다.

"하루코ㅡ! 파이팅ㅡ!"

광장의 제일 앞줄에 소리 높여 응원하는 삿짱이 보였다. 옆에는 호죠도 있다. 자세히 보니 같은 스터디 그룹 친구들과 츠구미, 나미도 온 것 같았다. 중압감에 심장이 터질 것 같다.

나는 무의식적으로 사가라의 모습을 찾고 있었다. 무대 제일 앞줄 끝에 판다가 보였다. 의외로 가까운 곳에 있는 걸 보니 조금이나마 마음이 진정됐다.

"그럼, 순서대로 자기소개와 어필하는 시간을 가져보도록 하겠습니다! 참가 번호 1번부터 순서대로 나와주세요!"

"키요하라 스즈카, 문학부 3학년입니다! 타카라즈카 톱스타와 비슷한 이름이라는 말을 자주 듣지만 사실 특기는 유치원 때부터 하고 있는 발레입니다."

잘 들리는 목소리로 또박또박 말한 그녀가 무대 위에서 멋진 아라베스크 포즈를 취하자 와아 하고 커다란 박수가 일었다.

어, 어떡하지. 저런 건 절대 못 하는데……. 내 특기는 '역대 천황의 이름 외우기'인데…… 으으. 너무 평범해.

두 번째 후보는 간사이 사투리를 사용하는 허스키 보이스로 유명 탤런트 흉내 내기를 선보였다. 세 번째 후보는 "어필 포인트는 이 태양처럼 빛나는 미소랍니다!"라는 당당한 태도로 웃음을 유도했다. 네 번째와 다섯 번째로 나온 후보들이 순서대로 자기 어필을 한다. 하나 같이 다 예쁘고 개성이 강하며 내면에서부터 자신감이 넘치는 아름다움으로 가득했다.

그리고 마침내 내 차례가 되었다.

"그럼 마지막입니다! 나나세 씨, 나와주세요!"

이름이 불리자 몸이 우뚝 굳었다. 어떻게든 스스로를 다독이며 턱을 당겨 앞을 똑바로 보면서 입을 열었다.

"……겨, 경제학부, 1학년, 나나세 하루코입니다! ……음, 특기는……."

바로 앞에서 관중들이 나를 보고 있다는 사실을 실감하게 되자 머리가 어질어질해졌다. 지금까지의 평범한 인생에서 이렇게 많은 사람의 주목을 받은 적은 한 번도 없었다.

　머리가 하얘지면서 역대 천황의 이름 따윈 하나도 생각나지 않았다. 전신의 피가 차갑게 식고 목에서는 떨리는 숨소리만 새어 나올 뿐이다.

　"왜 그러시죠?"

　얼어붙은 나를 본 사회자는 의아해하는 모습이다. 큰일이다, 무슨 말이라도 해야 해.

　숨을 크게 들이마신 후, "그게"라면서 다시 입을 뗀 순간이었다.

　──촤아앗!

　갑자기 위에서 대량의 물이 쏟아졌다. 그 물을 고스란히 뒤집어쓴 나는 반사적으로 두 손으로 얼굴을 가리고 뒤로 돌았다.

　……어, 뭐지?! 도대체 무슨 일이 일어난 거지?

　갑자기 일어난 해프닝에 장내가 소란스러워졌다. "앗?! 이, 이게 무슨 일이죠?!"라는 사회자의 당황한 목소리가 울려 퍼졌다. 그때 무대 옆에서 스태프의 목소리가 들렸다.

　"야! 퀴즈 대회 세트, 정리 안 한 거야?"

　"죄, 죄송합니다! 어라, 이상하네…….."

　그제야 어떻게 된 상황인지 알 수 있었다. 퀴즈 대회의 벌칙 게임인 양동이에 담긴 물이 내 위로 쏟아진 것이다.

　수온 때문인지, 기온 때문인지, 생각보다 차갑게 느껴지진 않았다. 몸에서는 물이 뚝뚝 떨어지고 있다. 머리와 옷 모두 다 젖어서 몸에 찰싹 달라붙어 있었다. 아, 속눈썹이 떨어졌어. 아이라인도 다 지워지고 쌍꺼풀 테이프도 떨어졌겠지.

쿵쿵, 심장 소리가 유난히 크게 들렸다. 지금 고개를 들면 내 맨얼굴이── 평범하고 별 볼 일 없는, 진짜 얼굴이 그대로 드러날 것이다.

……만약 진짜 나를 알게 되면, 다들 나를 떠나버릴까.

"나, 나나세 씨! 괜찮으세요?"

당황한 사회자가 내 어깨를 잡았다.

하지 마, 됐어, 그냥 내버려둬.

나는 고개를 들지도 못한 채, 고개만 붕붕 옆으로 흔들었다. 아아, 이제, 모든 게 다 끝났어──.

"나나세!!"

그때 누군가 내 이름을 불렀다.

미인 대회가 열리는 잔디 광장의 무대는 많은 사람들로 인해 발 디딜 틈조차 없었다. 생각보다 더 큰 이벤트였구나, 하고 주위의 열기에 살짝 압도된다.

유난히 주위의 시선이 느껴진다 싶었더니 판다 인형옷과 탈을 벗는다는 걸 깜빡했다. 괜히 마음이 불편했지만 연구실로 돌아가서 옷을 갈아입을 시간은 없다.

"사가라, 이쪽이야, 이쪽."

인파를 헤치며 키나미가 손짓하는 쪽으로 향했다. 어느새 무대 바로 앞줄까지 와 있었다. 왠지 의욕이 넘치는 것 같아서 살짝 부끄러워졌다. 하다못해 제일 끝에 있기라도 하자.

"어이, 이렇게 코앞까지 올 필요는 없잖아⋯⋯."

"가까이서 보고 싶으니까 그렇지! 너도 나나세 응원이나 잘하고 있어!"

"따, 딱히 응원하러 온 건⋯⋯."

그때 등에 툭 하고 뭔가 부딪치는 것 같은 충격이 느껴졌다. 뒤를 돌아보니 낯익은 여자 두 명이 서 있었다.

"아, 죄송해요."

여자는 건성으로 사과한 후, 무대 뒤로 살금살금 뛰어갔다. 미인 대회 스태프인가, 하고 멍하게 생각하고 있는데 무대 위에 눈부신 스포트라이트가 켜졌다.

"자, 올해도 돌아왔습니다—! 지금 가장 빛나는 미스 캠퍼스는 누구일까! 미스 릿세이칸 선발 대회!"

미인 대회 사회자는 당연히 우리 학교 학생이겠지만 프로처럼 유창한 언변의 소유자였다. 와아 하는 환호성이 울려 퍼지는 가운데 예선을 통과한 5명이 무대에 등장했다. 제일 마지막으로 걸어온 나나세는 입술을 꾹 다문 채 앞을 보고 있었다.

긴장한 얼굴을 한 나나세는 무언가를 찾는 것처럼 관객석으로 시선을 주고 있다. 제일 앞줄에 있는 우리를 보자 아주 조금이지만 표정이 누그러지는 느낌이 들었다.

⋯⋯파이팅.

나도 모르게 마음속으로 중얼거렸다.

내 옆에서 야유를 퍼붓고 있던 키나미가 핫 하고 감탄을 흘렸다.

"그나저나 역시 결승에 나오는 사람들은 죄다 미인이네ᅳ. 1번은 얼마 전에 저녁에 하는 정보 프로그램에 나온 거 봤어!"

그렇구나, 햇병아리 탤런트인 학생도 섞여 있구나. 키나미의 말대로 하나같이 상당한 미모의 소유자들이다.

하지만 내 눈에는 등을 쭉 펴고 있는 나나세 밖에 들어오지 않았다. 평범한 맨얼굴을 화장으로 가린, 성실하고 열심히 노력하는 여자.

순서대로 자기 어필을 하고 마지막으로 나나세의 차례가 되었다. 사회자의 재촉에 마이크 앞에 선다.

"⋯⋯겨, 경제학부, 1학년, 나나세 하루코입니다! ⋯⋯음, 특기는⋯⋯."

스포트라이트를 받은 얼굴은 딱딱하게 굳었고 새파랗게 질려 있기까지 했다. 헤엣 하고 웃는 평소의 나나세를 떠올리자 진짜 나나세는 이렇지 않다는 말이 목구멍까지 차올랐다.

내 앞에서만 보여주는 그녀의 맨얼굴은 좀 더ᅳ

촤아앗!

갑자기 나나세의 머리 위로 폭포수 같은 물이 쏟아졌다.

순식간에 장내가 소란스러워진다. "이것도 연출이야?"라고 말하는 목소리도 들렸다. 무대 위의 참가자들과 사회자도 동요한 기색을 감추지 못하고 있다. 무대 옆이 별안간 분주해졌다.

머리에 물을 뒤집어쓴 나나세는 두 손으로 얼굴을 가린 채 고개를 숙이고 있었다.

"아앗, 어떡하지. 나나세, 괜찮은가?"

내 옆에 있는 키나미가 걱정스럽게 말했다. 당황한 사회자가 나나세의 어깨를 잡았다.

"나, 나나세 씨! 괜찮으세요?"

나나세는 얼굴을 가린 채 고개를 흔들었다. 아마 이 자리에서 나나세가 얼굴을 들지 못하는 이유를 아는 사람은 나밖에 없을 것이다.

──진짜 내 모습을 보여줬다가 다들 떠날까 봐, 무서워.

정신을 차리고 보니 나는 무대를 향해 달리고 있었다.

"나나세!"

내 목소리를 들은 나나세가 고개를 들었다. 다른 사람들이 나나세의 얼굴을 보기 전에 판다 인형탈을 벗어서 푹 씌워주었다.

그때 무대 뒤에 아까 본 두 여자가 서 있는 게 보였다. 나와 눈이 마주치자 눈에 띄게 당황했다. 그러더니 허둥지둥 도망쳐 버렸다.

……물이 쏟아진 원인을 알 것 같았다. 하지만 지금은 저 녀석들을 신경 쓸 틈이 없다.

"가자."

나나세의 손목을 잡고 억지로 끌어당겨 무대에서 내려갔다. 아마 지금 이 자리에 있는 거의 모두가 나를 주목하고 있을 것이다. 눈에 띄는 건 싫지만 어쩔 수 없다.

"어…… 어떻게 된 일일까요! 갑자기 들이닥친 판다가 나나세 씨를 데리고 가버렸습니다! 이, 이것도 연출인지?! 뭐, 아니라고?!"

사회자가 하는 말을 등 뒤로 들으며 말없이 성큼성큼 걸었다.

마치 모세가 바다를 가르는 것처럼 관중들은 재빨리 길을 터줬다.

"사가, 라."

웅얼거리는 듯한 나나세의 목소리가 들렸다. 지나가는 사람들이 판다 인형탈을 쓴 여자의 손을 잡아끄는 나를 수상하게 쳐다봤다. "뭐 하는 거지?"라며 쿡쿡 웃는 소리도 들렸다. 시끄러워 죽겠네. 구경이라도 났냐?

나는 일단 짐을 놔둔 연구실로 향했다. 문을 열어 안을 살펴보니 다행히 아무도 없었다. 나나세와 함께 안으로 들어간 후, 손을 뒤로 돌려 문을 잠근다.

"나나세, 괜찮아?"

아무런 대답도 없다. 판다 인형탈을 두 손으로 누른 채, 그 자리에 못 박힌 듯 서 있었다. 긴 머리에서 물방울이 뚝뚝 떨어져 연구실 바닥을 적신다.

탈을 벗기려고 손을 뻗자 나나세는 싫다는 듯 머리를 흔들었다.

"……시, 싫어. 내 얼굴 보지 마. 화장, 다 지워졌단 말이야."

어이가 없었다. 이 자식, 이제 와서 무슨 말을 하는 거지?

"네 맨얼굴은 수도 없이 봤어."

"……그래도 지금은 싫어. 그게, 나, 나…… 예쁘지, 않단 말이야."

"……뭐?"

"부탁이니까, 보지 마……."

나나세는 떨리는 목소리로 간청하듯 말했다. 미안하지만 그 부탁은 들어줄 수 없다. 저항하는 나나세의 손을 치우고 반쯤 강제적으로 판다 인형탈을 들어 올렸다.

흠뻑 젖은 나나세는 화장이 완전히 다 지워져 있었다. 눈꺼풀 끝에 붙어 있던 인조 속눈썹도 어딘가로 사라지고 없다. 반짝반짝 펄이 빛나는 눈꺼풀도, 발그레하게 물든 뺨도, 장밋빛 입술도 흔적조차 찾을 수 없었다. 이젠 익숙해질 대로 익숙한 수수한 맨얼굴이다.

그래도 나는 지금 내 앞에 있는 여자가 조금 전까지 화려한 무대 위에 서 있던 그 어떤 미인보다 더 매력적이라고 생각했다.

"예뻐."

입 밖으로 나온 말은 그 순간을 모면하기 위한 게 아니었다. 그 어떤 거짓도 섞이지 않은 진심이었다.

내 말을 들은 나나세의 눈이 커다래졌다. 입술을 떨며 "거짓말"이라고 중얼거린다.

"거짓말 아냐. 화장을 하든 말든 나나세는 나나세잖아."

내가 단호하게 말하자 나나세는 고개를 숙이더니 두 손으로 얼굴을 덮었다. 설마 울린 건가, 하는 생각에 불안이 밀려든다.

"……미, 미안. 혹시, 울어?"

얼굴을 덮은 나나세의 손목을 잡고 천천히 내렸다. 그녀의 얼굴을 본 순간, 안도의 한숨이 흘러 나왔다. 나나세는 울기는커녕 웃고 있었다.

"……뭐야. 웃고 있잖아."

"……미안해."

"뭐가 그렇게 재미있냐?"

이미 날은 저물어 서쪽에서 비치는 노을이 둘밖에 없는 연구실을 오렌지색으로 물들인다. 문화제의 시끌벅적한 소리는 이제 멀리서 들리고, 그 대신 재즈 연구회가 연주하는 문라이트 세레나데가 희미하게 들렸다.

"아니. ……기뻐서 그래."

나나세는 그렇게 말하더니 에헷 하고 눈가를 누그러뜨리며 웃었다.

그녀의 얼굴을 본 순간, 나는 그제야 깨달았다. 깨닫고 말았다.

……내가 그렇게 원했던 고독이 위협받고 있는 것은 이 녀석 때문이다. 나나세와 함께 있으면 나는 더 이상 나로 있을 수 없어진다.

"……사가라, 저기, 나 말이야."

거기서 말을 멈춘 나나세가 입술을 꾹 다물었다. 그녀가 무슨 말을 하려고 했는지, 그 다음 말이 무엇인지, 나는 물어보지 못했다.

태어나서 지금까지 19년 동안, 연애는 나와는 거리가 먼 것이었다.

조금 멋지다고 생각하는 남자가 없었던 건 아니지만 사랑이란 걸 할 정도로 친해질 기회도 없었고 별로 관심도 없었다. 설사 그럴 마음이 들었더라도 별 볼 일 없는 나를 돌아봐 주지도 않았을 것이다.

대학에 들어간 후에도 순정 만화나 TV 드라마의 여주인공이 사랑에 빠져서 정신을 못 차리는 모습을 볼 때마다 왜 좀 더 이성적으로 행동하지 못하는 걸까, 하고 이상하게 생각했을 정도다.

하지만 지금은 그녀들의 심정을 이해하고도 남는다. 사랑은 사람을 바보로 만든다. 나는 지금, 산더미처럼 쌓인 카라아게를 앞에 두고 어찌할 바를 모르고 있는 상태다.

……이거, 누가 봐도 너무 많이 만들었잖아. 스모 선수 합숙소도 아니고.

만들기 귀찮은 카라아게를 왜 이렇게 많이 만든 걸까. 사가라가 좋아하는 음식이기 때문이다. 왜 굳이 이렇게 많이 만든 걸까.

내가 사가라를 좋아하기 때문이다.

"하아——……."

그날 일을 떠올리자 심장이 터질 것 같았다. 판다 인형탈 너머로 본, 내 손을 잡고 걸어가는 사가라의 뒷모습은 내 기억 속에서 반짝반짝 빛나고 있다. 그때 본 사가라는 마치 순정 만화에 나오는 남자 주인공 같았다. 머릿속에서 30퍼센트 정도 보정을 하긴 했지만.

——예뻐.

그 말을 들은 순간, 줄곧 내 마음속에 있었던 연심을 그제야 깨달았다. 서투르지만 다정하고, 늘 나를 격려하고 나를 지켜봐 주는 사람. 처음부터 내가 사랑할 사람은 사가라 말고는 없었다.

안절부절, 어쩔 줄 몰라 하다가 결국 그 자리에 웅크리고 앉아서 무릎을 끌어안았다. 사가라에 대한 마음을 자각한 후, 나는 어딘가 좀 이상해졌다. 괜히 마음이 몽글몽글한 게, 늘 몇 센티미터 정도는 둥둥 떠 있는 것 같은 느낌이 들었다.

그때 이웃 사람이 귀가하는 소리가 들리자 벌떡 일어났다. 카라아게를 접시 한가득 담아서 집을 나선다. 앞머리를 살짝 가다듬고 나서 인터폰을 눌렀다.

고개를 쏙 내민 사가라는 내 얼굴을 보더니 의외라는 표정을 지었다.

"화장은 왜 했어? 어디 외출해?"

······아니, 너를 만나는 것 말고 다른 일정은 없어.

나는 집에 돌아온 후에도 화장을 지우지 않고 사가라가 돌아오기만을 기다리고 있었다. 오히려 살짝 화장을 고치기까지 했다. 사가라에게 조금이라도 예쁘게 보이고 싶었다. 사가라는 내 맨얼굴을 알고 있으니 쓸데없는 노력인지도 모르지만.

나는 웃음으로 얼버무린 후, "자, 이걸 만들었어"라며 카라아게를 내밀었다. 사가라는 "헉, 뭐가 이렇게 많아?"라며 눈이 휘둥그레진다.

"그게, 어, 조, 조금 많이 만들어서······다 못 먹을 것 같아?"

"······아니, 먹을 수 있어. 고마워."

사가라는 그렇게 말하고 카라아게를 받아주었다. 그대로 평소처럼 사라가의 집으로 들어가려다—— 우뚝 걸음을 멈췄다.

최근에는 내가 만든 음식을 가져다줄 때면 늘 둘이 함께 저녁을 먹었다. 오늘도 그러는 것이 자연스러운 흐름이다.

하지만 새삼 냉정하게 생각해 보니, 좋아하는 사람의 집에서, 좋아하는 사람과 단둘이, 함께 밥을 먹는 건 엄청난 상황이었다. 카라아게가 입으로 들어가는지 코로 들어가는지도 모를 게 뻔하다.

"······같이 안 먹을 거야?"

"나, 난······ 오, 오늘은 내 방에서 먹을게! 그럼, 내일 봐!"

그렇게 말하고 재빨리 집으로 돌아왔다. 문이 닫히자마자 쿠션에 얼굴을 묻는다.

······아아, 역시 좋아해! 그냥 스웨트 셔츠를 입었을 뿐인데도 너무 멋있어!

소리 없는 비명을 지르며 혼자 방바닥 위를 굴렀다. 누가 보면 미친 사람인 줄 알 것이다.

······좋아하는 사람이 옆집에 살고 있다니, 굉장해······.

얇은 벽 너머에 사가라가 있다고 생각하니 왠지 마음이 진정되지 않았다. 지금쯤 사가라는 카라아게를 먹고 있을까. 벽에 귀를 대고 들어볼까 하다가 그건 이래저래 바람직하지 않은 것 같아서 관두었다.

"하루코. 미인 대회 후에 괜찮았어? 감기에 걸리진 않았고?"

문화제로부터 일주일이 지난 점심시간. 3호관 식당에서 점심을 먹고 있는데 갑자기 나미가 말했다. 나는 웃으며 "응, 완전 건강해!"라고 대답했다.

그 해프닝 이후, 미인 대회는 나를 제외하고 진행되었고 우승자는 문학부의 키요하라 씨가 되었다. 나는 주최측의 정중한 사과를 받았고 사과의 의미로 받은 교토의 명과 아자리모찌를 맛있게 먹었다.

나는 전혀 신경 쓰지 않았지만 삿짱은 나 대신 격노했다. 지금도 분노가 가라앉지 않는지 "아무리 그래도 너무한 거 아이가—"라며 불퉁한 표정을 짓고 있다.

"무대 위에서 여자를 흠뻑 젖게 만들다니, 있을 수 없는 일이다. 그런데 사가라는 왜 나왔다드노? 갑자기 하루코를 데리고 갔다 아이가."

"아—, 좀 유명해진 것 같더라. 미인 대회의 판다맨."

「미인 대회에서 물을 뒤집어쓴 여자를 데리고 간 판다남」의 존재는 교내에서 제법 유명세를 타고 있었다. 사가라는 눈에 띄는 것을 무엇보다 싫어하다 보니 뒤에서 소곤거리는 게 진심으로 지긋지긋한 눈치였다. 다 나 때문이라 생각하니 미안할 뿐이다.

"그, 그건…… 내가 무대에서 어쩔 줄 몰라 하고 있으니까 와준 거야. 사가라는 늘 나를 지켜봐 주고…… 도와주니까."

막상 말하고 보니 새삼 또 반한 기분이다. 아아, 정말 멋졌어……. 눈 깜짝할 사이에 망상의 세계로 넘어간 나를 보고 삿짱이 물었다.

"하루코…… 역시 사가라 좋아하제?"

완전히 간파당하자 순식간에 얼굴이 달아올랐다. 더 이상 얼버무리는 것도 불가능할 정도로 새빨개졌을 것이다. 이대로 친구들을 속이는 건 불가능할 것 같았다. 나는 체념하고 고개를 끄덕였다.

"……응. 조, 좋아, 해."

우물우물 대답하자 갑자기 세 사람이 꺄악 하고 고함을 질렀다.

"하루코, 너무 귀여워~!"

"아까워서 사가라한테는 절대 못 주겠어!"

"아이다. 제법 괜찮다. 좀 수수하긴 해도 실눈을 뜨고 보면 은 근 두부상처럼 보인데이!"

"자, 잠깐, 목소리 좀 낮춰!"

허둥지둥 주위를 둘러본다. 어째서 인싸녀들은 이렇게 목소리 가 큰 걸까.

"비, 비밀로 해줘……아직, 고백할 용기가 없거든……."

"당연히 먼저 고백하면 안 되지! 그쪽에서 고백하게 만들어 야 해!"

"그냥 놔두면 조만간 사가라가 알아서 고백할 거 같은데?"

"서, 설마, 그럴 리가!"

삿짱의 말을 듣자 점점 더 체온이 오르는 것 같다. 당황해서 부 산을 떠는 나를 본 삿짱은 싱긋 웃더니 말을 이어간다.

"사가라도 분명 하루코를 좋아할기다. 사가라가 다정하게 대해 주는 사람은 하루코 밖에 없으니까."

"에, 에헤헤……그, 그런가……?"

나도 모르게 헤실헤실 웃음이 나왔다. 막상 그런 말을 들으니 희망이 생기는 것 같아서 참 신기하다는 생각이 들었다. 그냥 격 려해 주는 말일 수도 있지만 역시 기쁜 건 기쁜 거다.

삿짱이 진지하게 "하루코, 남자 친구 생겼다고 우리랑 안 놀면 안 된데이"라고 말하자 "너무 성급하잖아!"라며 얼굴을 붉혔다.

문화제 후로 나나세가 좀 이상하다.

학교에서는 신나게 걷는 모습이 자주 보인다. 말을 걸면 기쁜 얼굴로 웃는다. 저녁으로는 정성이 듬뿍 들어간 요리를 만들고, 나눠주는 양도 많아졌다. 집에 있으면서도 화장을 하고 있는 일이 늘어났다. 나를 뚫어지게 쳐다보면서 막상 내가 쳐다보면 시선을 피한다. 도대체 이유를 모르겠다.

……아니다. 사실을 말하자면 전혀 짐작이 안 가는 것은 아니었다.

"아, 사가라, 발견!"

연구실에서 혼자 점심을 먹고 있자 호죠와 키나미가 들어왔다. 두 사람은 양해를 구하지도 않고, 카라아게를 먹고 있는 내 옆에 앉았다.

"밖에서 먹으려고 했는데 오늘 엄청 춥더라고. 또 학생 식당은 무지 붐비고. 그래서 할 수 없이 연구실에 왔지롱."

키나미가 종알종알 말을 늘어놓았다. 문화제 이후로 묘하게 친하게 굴면서 허구한 날 말을 걸어온다. 원래부터 타인과의 거리감이 가까운 타입이리라.

"사가라, 도시락 묵나?"

"오, 그 카라아게, 엄청 맛있어 보인다."

어젯밤 나나세에게 받은 카라아게가 남아서 밥과 카라아게를 도시락으로 싸 들고 왔다. 한 끼 점심값을 아낄 수 있는 건 참 고맙게 생각한다.

"하나만 주라."

키나미가 카라아게를 향해 손을 뻗어오자 말없이 쳐냈다. 나나세가 만든 카라아게다. 너한테는 하나도 못 줘. "좀생이!"라는 말을 들었지만 뭐라고 해도 상관없다.

호죠와 키나미는 봉지에서 편의점 도시락을 꺼내서 먹기 시작했다. 나는 왜 우리 스터디 그룹 최고의 리얼충 두 명과 함께 점심을 먹고 있는 걸까. 얼른 먹고 도망치자.

그런 내 생각을 아는지 모르는지, 호죠는 신나게 말을 걸었다.

"그런데 사가라, 문화제의 판다남 사건, 무진장 유명해진 거 아나?"

젓가락질을 뚝 멈췄다. 부탁이니까 그 이야기는 제발 하지 말자.

그날 일을 떠올리자 쥐구멍이라도 있으면 들어가고 싶은 기분에 휩싸였다. 그 사건 이후, 교내에서 「판다맨이다」라며 수군댄다는 것도 알고 있다.

"맞아. 그때 사가라랑 같이 있었는데 갑자기 뛰쳐나가서 얼마나 놀랐다고. 하긴 그때 나나세가 좀 이상하긴 했지."

"안 그래도 나나세는 눈에 띄는 걸 별로 안 좋아하는데 얼마나 놀랐겠노."

두 사람의 말에 나는 "맞아"라며 고개를 끄덕였다. 나나세가 고개를 들지 못했던 이유를 알고 있는 사람은 나 혼자만으로 족하다.

점심을 다 먹은 나는 깨끗하게 비워진 도시락통을 숄더백에 넣었다. 그리고 자리에서 일어나려는데 키나미가 "그나저나"라며 몸을 앞으로 내밀었다.

"나나세, 요즘 점점 더 예뻐진 것 같지 않냐? 안 그래, 사가라?"

"……별로."

……도망칠 타이밍을 놓쳤다. 나는 이어질 이야기가 신경 쓰여서 그 자리에 더 있기로 했다.

"유스케, 니 여자 친구 생겼다 아이가. 다른 여자한테 그런 말 하는 거, 관두레이. 여자 친구가 들으면 화낸다."

"당연히 지금은 여자 친구가 제일 예쁘지. 그래도 나나세의 얼굴은 진짜 내 취향이거든. 그냥 감상용이니까 너무 그러지 마."

키나미의 말을 듣고 있자니 이 녀석이 나나세의 맨얼굴을 보면 어떤 리액션을 취할까 궁금해졌다. 굉장히 무례한 반응을 보일 것 같아서 보여줄 마음은 들지 않았다.

"나나세가 그렇게 많이 변했나? 내는 잘 모르겠던데."

호죠가 고개를 갸웃거리자 키나미는 열변을 토했다.

"아냐, 아냐, 훨씬 더 예뻐졌어! 눈도 반짝거리고 늘 생글거리고 있잖아."

"듣고 보니 그런 것 같기도 하지만 그건 니가 사가라랑 같이 있어서 그런 거 아이가?"

"뭐?"

나와 키나미가 동시에 외쳤다. 호죠는 담담하게 말을 이어간다.

"나나세, 예전부터 사가라와 같이 있을 때가 제일 이쁘잖아. 그리고 유스케가 사가라랑 자주 어울리게 되면서 결과적으로 나나세가 더 예쁘게 보이는 거 아니겠나?"

잠깐만, 나는 키나미와 어울려 다닌 기억은 없는데? 아니, 그
보다 「나와 함께 있을 때의 나나세가 제일 예쁘다」니―

"……그게, 무슨 뜻이냐?"

키나미가 물었다. 오히려 내가 알고 싶다.

나는 "나도 몰라"라고 대답한 후, 물병에 든 보리차를 벌컥벌
컥 마셨다.

"……엇, 스터디 그룹 여행?"

"어, 봄방학 때! 2월이니까 아직 좀 더 남았지만. 하루코도 갈
거제?"

금요일, 스터디가 끝난 후의 점심시간. 삿짱과 둘이 빈 강의실
에서 점심을 먹고 있는데 삿짱이 그런 말을 꺼냈다.

보아하니 우리 스터디 그룹에서 봄방학 때 다 같이 여행을 가자
는 이야기가 나온 모양이었다. 장밋빛 대학 생활을 꿈꾸는 내게는
더할 나위 없이 매력적인 제안이었지만…… 상당히 곤란했다.

……여행을 가면 친구에게 맨얼굴을 보여줄 수밖에 없다.

"나, 난, 여행은 좀……."

삿짱은 입안 가득 야키소바빵을 씹으며 의아한 듯 물었다.

"진짜로? 안 가고 싶나?"

"아, 아니! 가고 싶긴 한데……."

맨얼굴을 보여줄 수 없어서 못 간다는 말은 못 한다. 삿짱은 머뭇거리는 나를 보고 웃음을 터뜨렸다.

"내랑 히로키가 간사니까 어디 가고 싶은지 생각해놔라. 아, 온천도 괜찮제? 게도 먹고 싶다."

"응……그렇네."

사실 나 역시 친구들과 함께 여행을 가고 싶은 마음은 굴뚝 같았다. 아무 거리낄 것 없이 친구들과 함께 온천에 들어가서 맨얼굴도 보여주고 밤새워 수다도 떨고 싶었다. 그렇지만—평범한 내 맨얼굴을 보고 다들 실망하면 어떡하지?

그런 생각을 하고 있는데 삿짱이 씩 웃더니 귀가로 입술을 가져왔다.

"……이번 여행, 사가라한테도 같이 가자고 해보레이. 첫 숙박여행."

"……! 처, 첫, 숙박 여행……!"

사가라와 여행을 간다. 하루 종일 함께 있을 수 있다. 그건 분명, 틀림없이 아주 근사하겠지. 얼마나 즐거울지 상상이 안 된다.

"그, 그치만…… 사가라가 그런 여행을 갈 리가 없어……."

"아이다. 하루코가 가자고 하면 갈끼다. 막 목욕을 마치고 나와서 평소와 다른 섹시한 면을 보여주면서 단번에 니 껄로 만드는 기다!"

삿짱은 그렇게 말하며 주먹을 치켜들었지만 갓 목욕을 마치고 나온 맨얼굴에 체육복 차림이라면 이미 여러 번 보여줬다. 섹시함 따윈 조금도 없다. 이웃집에 살고 있는 이상, 하룻밤을 같이 보내면서 평소와 다른 모습을 보여주는 건 쉽지 않을 것 같다.

고민하는 나를 본 삿짱은 내 두 손을 꽉 잡았다.

"진짜 열심히 해야 된데이. 사가라한테 하루코를 주는 건 솔직히 너무 아깝지만……내가 할 수 있는 일이라면 뭐든 도와줄 테니까 말해라!"

힘주어 말해준 삿짱을 보니 왠지 울음이 터질 것 같았다.

삿짱은 최선을 다해 내 사랑을 응원해 주고 있다. 내게 이런 친구가 생기다니, 대학에 들어오기 전까지는 상상도 못 했던 일이다.

어쩌면 삿짱이라면. 맨얼굴을 한 나도 받아줄지 모른다.

그런 생각을 했다가, 아니라며 고개를 흔들었다. 삿짱은 분명 고등학교 때부터 친구가 많아서 늘 반의 중심이 되는 존재였을 것이다. 만약 고등학교 때의 삿짱과 내가 같은 반이었다면 지금처럼 친하게 지낼 일은 없었을 거라 생각한다.

──나나세는 성실해서 우리랑은 조금 다른 것 같아.

나와 삿짱은 애초에 다른 세계에 속한 사람이다.

"……? 하루코, 와 그라노?"

어두운 얼굴로 고개 숙인 나를 보고 삿짱이 걱정스럽게 물었다. 나는 "아무것도 아냐"라며 억지로 미소를 지어 보였다.

학교에서 돌아온 후, 실력을 발휘해서 까르보나라 파스타를 만들어, 사가라에게 들고 갔다. 집에서 나온 사가라는 "고마워"라는 말과 함께 미안해하며 받았다. 기뻐해 주길 바라는 마음에 만든 거니까 그런 얼굴은 안 했으면 좋겠다.

사가라는 파스타가 담긴 접시를 주방에 내려놓더니 계속 현관에 서 있는 나를 조금 곤란한 표정으로 쳐다봤다.

그러고 보니 오늘은 「같이 안 먹어?」라는 말도 하지 않았다. 지난번에 거절한 건 나였으면서 같이 먹자고 안 해주나 머뭇거리게 된다. 이대로 집으로 돌아가는 건 아쉬워서 사가라에게 물었다.

"……사, 사가라…… 저기, 스터디 그룹 여행 얘기, 들었어?"

"아니, 전혀."

"다 같이 봄방학 때 여행을 가자는 이야기가 나왔대."

"흐음."

여전히 흥미라곤 조금도 없는 모습이다. 역시 갈 마음이 없는 건가, 하고 생각하고 있는데 반대로 질문을 받았다.

"넌 안 갈 거야?"

"……나는 ……가고 싶지만, 고민하는 중이야……."

"왜? 가고 싶으면 가면 되잖아."

"……그치만 여행을 가면 맨얼굴을 보여줄 수밖에 없잖아."

내 말을 들은 사가라는 얼빠진 목소리로 "아아" 하고 대답했다. 이해가 안 된다는 듯 미간을 찌푸리며 고개를 갸웃거렸다.

"그게 문제라도 돼?"

"크, 큰 문제지! 내 맨얼굴을 보면……다들 나를 싫어할 거야."

"……아직도 그런 걸 신경 쓰고 있냐?"

한심해하는 듯한 말투에 조금 발끈했다. 사가라에게는 어떨지 몰라도 나에겐 굉장히 중요한 일이다.

"시, 신경 쓰여. 그게……."

"스도가 그런 일로 널 싫어할 리 없어. 아마도."

사가라가 아무렇지도 않게 그런 말을 하자 나는 체육복 자락을 꽉 잡았다.

"……어떻게 그렇다고 확신할 수 있어? 그건 모르는 거야. 고등학교 때의 평범하고 별 볼 일 없는 나였다면…… 분명 삿짱과 친해질 일은 없었을 거라구."

내 말을 들은 사가라는 의아한 듯 미간을 찌푸렸다.

"……너 설마 네가 화장을 해서 미인이 되었기 때문에 스도와 친구가 될 수 있었다고 생각하는 거야?"

나는 아무 말 없이 고개를 끄덕였다. 사가라는 머리를 벅벅 긁더니 말을 고르듯 신중하게, 천천히 입을 열었다.

"그런 생각은…… 좀 아닌 것 같다고 할까…… 스도에게도 실례가 되는 것 아닐까?"

"아…….."

"네가 스도와 친구가 된 이유는 뭐야? 스도가 미인에 성격도 밝으니까 같이 있으면 너도 그렇게 될 수 있을 것 같아서 그랬어?"

사가라가 그렇게 지적한 순간, 내 뺨은 확 달아올랐다. 스스로도 깨닫지 못한, 자신의 치사하고 추악한 부분을 간파당한 것만 같아서—— 부끄럽고 한심해서 그 자리에서 도망치고 싶었다.

"……그럴지도, 몰라…….."

"지금도 그렇게 생각해?"

사가라의 물음에 나는 고개를 붕붕 흔들었다.

처음에는 삿짱이 먼저 말을 걸어준 게 너무 자랑스럽고 노력을 인정받은 증거라도 되는 것처럼 생각했지만—— 지금은 다르다.

"……샷짱과 함께 있으면, 즐거워서…… 샷짱을 좋아해서, 친구로 지내는 거야."

그렇게 말하자 사가라는 잠깐 당황한 것 같았지만 이내 내 머리를 슥슥 쓰다듬어 주었다. 표정은 평소처럼 무뚝뚝하지만 내 머리를 쓰다듬는 손은 부드럽다. 사가라의 손이 닿은 곳에서 열기가 피어오르며 점점 체온이 올랐다.

"그러면 스도를 믿어봐. ……스도 외에도…… 네 맨얼굴을 본 것 정도로 널 떠날 사람은 네 주위에 한 명도 없으니까."

"……맞아. 다들 너무 착한걸."

"네 주위에 좋은 사람이 많은 건 네가 좋은 사람이라서 그런 거야."

사가라도 착해, 라고 말하고 싶었지만 입술이 떨려서 말이 잘 나오지 않았다. 사가라 옆에 있으면 두근두근, 심장이 마구 뛰고 숨도 못 쉴 정도로 가슴이 아프다. 그런데도 떨어지고 싶지는 않다.

……사가라, 정말 좋아해.

당장이라도 튀어 나갈 것 같은 속마음을 눌러 삼키고. 기껏 할 수 있는 말이라곤 "고마워"라는 한마디뿐이었다.

오늘 아침은 이불 밖으로 나가는 게 너무 힘들어서 20분 정도 더 자다가 강의 시작 직전에 아슬아슬하게 도착했다.

대강의실로 들어가자 어쩐 일로 앞자리는 다 차 있었다. 비어 있는 자리가 없는지 두리번거리고 있자 중간 정도에 나나세가 앉아 있는 게 보였다. 옆에 있는 스도와 즐겁게 담소를 나누고 있는 게 보인다.

"앗, 사가라!"

나를 본 나나세가 얼굴 가득 환한 미소를 지으며 손을 흔들었다. 무시하는 것도 이상할 것 같았지만, 마주 손을 흔들어 보이는 건 쑥스러워서 아무 말 없이 나나세가 있는 곳으로 갔다.

"사가라, 안녕!"

"……어."

"사가라, 여기 앉을래? 하루코 옆자리. 내는 뒤로 가면 된다."

"엣, 아, 안 돼, 삿짱……!"

"……아니, 괜찮아."

나는 스도의 제안을 거절하고 나나세의 뒤에 자리를 잡고 앉았다. 긴 밤색 머리는 뒤에서 복잡하게 땋아져 있다. 어떤 구조로 되어 있는 건지는 역시 잘 모르겠다.

강의가 끝나고 자리에서 일어나려는데 두 여학생이 이쪽으로 다가오는 게 보였다. 어디선가 본 것 같다는 생각을 하다가 떠올랐다.

……미인 대회에서 나나세가 물을 뒤집어썼을 때. 무대 뒤에서 속닥거리고 있던 여자애들이었다.

뭐 하러 온 거야, 라고 마음속으로 위협했다. 하지만 그 여자애들은 내겐 눈길 한 번 주지 않고 나나세에게 말을 걸었다.

"저기, 나나세."

여자는 나나세에게 스마트폰 화면을 보여줬다. 화면에는 낯익은 교복을 입은 여학생의 모습이 있었다. 그게 누구인지 깨달은 나는 숨을 삼켰다.

"같이 아르바이트하는 친구가 졸업 앨범을 보여줬는데 이거 나나세 맞제? 얼마나 놀랐는지 아나──."

그렇게 말한 여자의 입술에서 사람을 깔보는 것처럼 킥킥 웃는 소리가 새어 나왔다.

검은 머리를 세 가닥으로 땋고 교복을 단정하게 입은, 안경을 쓴 수수한 여학생. 그 사진 밑에는 '나나세 하루코'라는 이름이 적혀 있다.

"……이게, 하루코?"

스마트폰 화면을 본 스도는 의아해하며 실눈을 떴다.

나는 자리에서 벌떡 일어나 어떻게 해야 하나 고민했지만──아무 생각도 나지 않았다. 나나세의 옆 모습은 핏기가 가셔서 새파랗게 질려 있다.

"친구 말로는 고등학교 때는 쉬는 시간에 맨날 혼자 공부만 했다면서? 그래서 머리가 좋은가?"

"그나저나 화장 너무 잘하는 거 아이가? 완전히 다른 사람 같다. 하긴 늘 화장을 떡칠을 하고 다니더니──."

"도서 위원이었다면서? 하긴 누가 봐도 딱 도서 위원처럼 생겼데이. 고리타분해 보여──."

그런 식으로 밝게 이야기하는 그녀들의 말에서는 숨길 수 없는 악의가 배어나고 있었다. 나나세는 고개를 숙인 채 입술만 깨물고 있다.

　저 둘은 나나세를 시기하는 게 분명했다. 미인에 머리도 좋고 호죠 같은 미남과도 친하다. 그런 나나세보다 우위에 설 수 있는 점을 간신히 발견하고 이거다 하고 물어뜯고 있는 것이다.

　눈을 치켜뜬 스도가 "잠깐! 너희들, 적당히……"라며 무슨 말인가 하려고 했다. 하지만 내가 그보다 먼저 입을 열었다.

　"……뭐가 그렇게 재미있지?"

　두 여자는 그제야 내 존재를 알아챘는지, 깜짝 놀라 이쪽을 쳐다봤다. 고개를 든 나나세는 깜짝 놀라 나를 쳐다보고 있었다.

　"나나세의 과거를 멋대로 들추어낼 자격이 너희들에게 있어? 옛날에 수수했든 말든 그게 무슨 상관인데?"

　"뭐, 뭐어? 뭐, 뭐꼬, 갑자기."

　"지금 나나세가 이렇게 예쁘고 반짝반짝 빛나는 건 노력의 결과야. 게다가 나나세는 화장을 안 한 맨얼굴도 너희들보다 몇 배는 더 예뻐. 너희들한테 바보 취급당할 이유는 조금도 없단 말이다."

　나나세는 장밋빛 대학 생활을 보내고 싶다고 했다. 그녀는 언제나 무슨 일이든 열심히 최선을 다했다. 나는 제일 가까운 곳에서 그녀가 노력하는 모습을 봐왔다.

　"……혹시나 하고 말해두는데, 미인 대회 때 너희들이 무슨 짓을 했는지도 다 알아."

　확실한 증거는 없어서 반은 슬쩍 던져본 말이었다. 하지만 두 사람은 서로 얼굴을 마주 보더니 난처한 표정을 지었다. 그 모습을 본 순간, 의혹은 확신으로 변했다.

"대학생이 되어서도 그런 짓이나 하고, 부끄럽지도 않냐?"

"뭐, 뭐꼬? 우리가 했다는 증거 있나?"

여자들은 미안해하는 기색 하나 없이 오히려 정색을 하고 나왔다. 어깨를 살짝 으쓱이며 불쾌한 표정으로 쏘아본다. 한 마디 더 해주려고 입을 연 순간이었다.

"이제 됐어. 나를 위해 화내줘서 고마워, 사가라."

유난히 침착하고 조용한 목소리로 나나세가 말했다.

스마트폰 화면에 뜬, 수수하고 평범한 맨얼굴을 한 나를 본 순간, 마치 땅이 꺼지는 것 같은 기분이 들었다.

나를 보고 킥킥 웃는 그녀들의 목소리가 고등학교 때의 반 친구들과 겹쳤다. 아무리 변했다 한들 진정으로 변하진 못했다. 나는 언제까지나 수수하고 별 볼 일 없는 그 시절의 나 그대로다. 그런 사실을 억지로 맞닥뜨린 느낌이었다.

옆에 있는 삿짱의 얼굴을 볼 수가 없었다. 원래 모습을 감추고 주위 사람들을 속였던 건 나다. 인과응보다. 알고는 있었지만 이런 식으로 들키고 싶지는 않았다.

당장이라도 울음을 터뜨릴 것 같은 나를 구해준 건 사가라의 말이었다.

"지금 나나세가 이렇게 예쁘고 반짝반짝 빛나는 건 노력의 결과야. 게다가 나나세는 화장을 안 한 맨얼굴도 너희들보다 몇 배 더 예뻐. 너희들한테 바보 취급당할 이유는 조금도 없단 말이다."

사가라의 말을 들은 나는 다른 의미로 눈물이 나올 것 같았다.

그는 늘 나를 인정해 준다. 있는 그대로의 모습으로도 충분하다고, 서툰 방법으로 알려준다. 가슴 속이 불타는 것처럼 뜨겁고 체온이 상승한다.

——아아, 제발 더 이상 좋아하지 않게 해줘.

나는 숨을 크게 들이마신 후, 등을 쭉 폈다. 악의가 서린 눈으로 나를 보고 있는 그녀들을 향해 단호하게 내뱉었다.

"고등학교 때의 내가 수수하고 평범하게 생긴 건 사실이야. 하지만 사가라의 말대로……너희들에게 바보 취급당할 이유는 조금도 없어. 난 지금까지 쭉 성실하게 열심히 살아왔고……노력해서 예뻐졌으니까."

내 말을 들은 두 사람은 당황하는 기색이 역력했다. 사가라가 그런 두 사람을 노려본다.

"……상대할 가치도 없어서 더 이상 아무 말 안 하겠지만……앞으로 절대 나나세에게 이상한 짓 할 생각 하지 마. 계속 쓸데없는 짓을 하면 그때는 진짜 가만히 안 있을 테니까."

두 사람은 "뭐라는 거고?" "그만 가자"라며 도망치듯 그 자리를 떠났다.

사가라는 조금 쑥스러운 듯 뺨을 긁적이고 있었다. 어쩌면 자기답지 않은 말을 했다고 생각하고 있을지도 모른다. 그래도 나는 기뻤다.

자초지종을 보고 있던 삿짱은 "대단한데, 사가라"라면서 팔꿈치로 사가라를 가볍게 찔렀다.

"내가 하고 싶은 말을 다 해줘서 속이 다 시원하더라. 살짝 다시 봤데이."

삿짱은 그렇게 말하며 생긋 웃었다. 사가라는 조금 전까지의 기세는 어디로 갔는지, "아니, 난 별로"라며 횡설수설했다.

그러고 보니 줄곧 숨겨왔던 나의 맨얼굴을 마침내 삿짱에게 들키고 말았다. 나는 삿짱을 마주 보고 서서 머리를 숙였다.

"저기, 삿짱…… 미안해."

느닷없는 사과에 삿짱은 당황한 것처럼 "왜?"라고 되물었다.

"나…… 삿짱을, 속였어."

"뭐? 그게 무슨 뜻이고?"

"난, 고등학교 때 엄청 수수하고 전혀 눈에 띄지 않는 사람이었고…… 친구 역시 한 명도 없었어. 삿짱이 예쁘다고 말해준 건 가짜 나야."

"……."

"……사실 난…… 삿짱이, 친구가 되고 싶다고, 생각할 만한, 사람이 아니야."

내 말을 들은 삿짱은 왠지 슬픈 것 같으면서도 화난 표정을 지었다. 무슨 말인가 하고 싶은 것처럼 입을 벌리는 삿짱을 한 손으로 제지하고 계속 말을 이어간다.

"그래도 나는…… 삿짱과 친구로 지내고 싶어. 저기, 나…… 사

© Yukiko Tadano

실은 굉장히 수수하고 촌스럽고 예쁘지도 않지만…… 그래도, 그, 앞으로도, 친하게 지내줄 수 있어?"

이야기를 다 들은 삿짱은 하아 하고 깊은 한숨을 내쉬었다. 역시 내가 싫어진 건가, 하는 불안이 가슴을 스친다.

삿짱은 손을 뻗어 내 이마에 딱밤을 날렸다.

"아, 아얏."

"하루코, 니 진짜 그런 생각을 하고 있었나? 진짜 바보구마."

"바, 바보……?"

"내는 하루코가 세련되고 예쁘다는 이유만으로 친구가 된 게 아이다."

삿짱은 그렇게 말하더니 두 손으로 내 뺨을 감쌌다.

"……하루코. 대학 입학식 때, 쓰러져 있는 간판을 니 혼자 바로 세운 거 기억나나?"

"어…… 아, 응."

들고 보니 그런 일이 있었던 것 같다. 교문에 있는 신입생 환영 간판이 강풍에 쓰러진 대참사가 일어나서 나도 모르게 똑바로 세운 적이 있다. 입학식에서 신입생이 제일 먼저 보게 되는 게 쓰러진 간판이면 왠지 불길한 느낌이 들 것 같아서 그랬다.

"다들 알고도 그냥 무시하고 가는데 하루코만 착실하게 다시 세우더라. 자기 때문에 쓰러진 것도 아닌데. 그걸 보고 참 착한 아이네, 친구가 되고 싶다고 생각했데이."

"삿짱……."

"그런 건 하루코의 원래 성격이다 아이가? 내는 니한테 속았다고 생각 안 한다. 하루코는 하루코니까. 다정하고 예쁘고 솔직하고 착한 아이. 내는 그런 니가 좋다."

삿짱은 고개를 기울여 내 얼굴을 가만히 들여다봤다. 잿빛이 감도는 삿짱의 눈동자가 촉촉하게 젖어 있어서 나도 눈물이 나올 것만 같았다.

눈물을 꾹 참는 것만으로도 벅차서 간신히 "응" 하고 고개를 끄덕였다. 몇 번이고 계속 눈을 깜빡거려서 눈꺼풀 안쪽에 차오른 열을 지워낸다.

지금이라면 맨얼굴의 나도 전부 받아들이고 웃어보일 수 있을 것 같다. 있는 그대로의 나를 멋있다고 말해주는 사람들이 여기 이렇게 있으니까.

고개를 돌려 사가라를 바라본다. 그는 지금까지 한 번도 본 적 없는 다정한 얼굴로 나를 가만히 바라보고 있었다.

━━━━━●━━━━━━●━━━━━

나나세의 맨얼굴이 들키는 소동이 있은 지 일주일이 지났다. 지내기 수월했던 가을은 끝나고 뼛속까지 얼어붙을 것처럼 혹독한 교토의 겨울이 찾아왔다.

그 후로도 나나세는 여전히 스도를 비롯한 다른 친구들과 잘 지내고 있는 것 같다. 경제학부 최고의 미인은 대학 데뷔를 한 것이라는 소문은 났지만 대부분의 사람은 신경 쓰지 않았다. 애당초 대학생씩이나 되어서까지 다른 사람의 맨얼굴을 놀리는 사람은 거의 없다.

완벽하게 화장을 한 나나세는 앞을 똑바로 쳐다보며 등을 쭉 펴고 서 있다.

최근에는 교우 관계를 조금씩 넓혀서 다양한 사람들과 대화를 나누는 모습도 자주 보였다. 나나세의 대학 생활은 완전히 궤도에 오른 것 같았다. 그건 전부 나나세가 노력한 결과이다. 내 협조 따윈 처음부터 필요 없었던 것이다.

"이번 여행, 너무 기대되는 거 있지! 빨리 봄방학이 됐으면 좋겠어."

맨얼굴의 나나세는 오뎅 냄비에서 무를 건지며 말했다.

최근엔 꽤 오래 함께 저녁을 먹지 않았는데 오늘은 오뎅 냄비를 들고 온 나나세가 "같이 먹자!"라며 먼저 제안했다. 요 며칠은 기온이 뚝 떨어지는 바람에 뜨끈한 오뎅이 그렇게 반가울 수가 없었다.

육수가 잘 밴 한펜을 볼이 미어터져라 먹고 있자 나나세가 "있지" 하고 물었다.

"……사가라도 안 갈래? 이번 여행."

안 가, 라고 대답하기도 전에 나나세가 몸을 앞으로 쑥 내밀더니 쉬지 않고 말을 이어간다.

"그리고, 맞다, 오, 온천에도 간대! 토리이의 친척이 하는 료칸이 있어서 엄청 저렴한 가격에 묵을 수 있다고…… 나, 나……유, 유카타도 입을 거야! 사, 사가라도, 같이 가……."

"……딱히 내가 없어도……."

"아, 아냐. 사가라도, 같이 갔으면 좋겠어. 같이 가면, 즐거울 거야……."

나나세는 테이블 위에서 주먹을 꽉 쥐고 있다. 나는 아무 말도 못 하고 그릇에 담긴 곤약만 노려보고 있었다. 내가 안 간다고 하면 분명 슬픈 얼굴을 할 것이다. 그런 얼굴은, 보고 싶지 않았다.

"……생각해, 볼게."

대답을 나중으로 미루는 게 회피와 다를 것 없다는 것 정도는 나도 잘 알고 있다.

나나세는 기뻐하면서 "같이 자고 올 수 있으면 좋겠다" 하고 웃었다. 하마터면 먹고 있던 곤약을 내뿜을 뻔했다. 그런 표현은 여러 의미에서 오해를 살 수 있잖아.

"그나저나 요즘 제법 춥지? 아침에 이불 밖으로 나가는 게 너무 힘들어. 이 연립주택, 한겨울에는 정말 추울 것 같은데 코타츠라도 살까."

나나세가 그렇게 말하며 작은 두 손을 맞대고 비볐다. 에헷, 하고 웃는 눈은 평소보다 더 부드럽게 풀어져 있었다.

"만약 코타츠를 사면…… 사가라도 같이 들어가 있게, 놀러 와."

나나세가 뺨을 붉히며 한 말에 나는 아무 말 없이 시선을 피했다.

맨얼굴의 나나세가 따끈따끈한 코타츠 안에 들어가 있는 모습을 상상한다. 얼마나 편안하고 좋을까, 라고 생각했지만 순순히 고개를 끄덕일 생각은 들지 않았다.

야간 아르바이트를 마친 나는 스마트폰 화면을 보고 얼굴을 잔뜩 찌푸렸다.

몇 시간 전에 착신 이력이 하나. 발신자는 [엄마]라고 되어 있었다. 그리고 [오랜만이구나. 연말에는 집에 올 거니?]라는 메시지가 하나.

나는 스마트폰 전원을 꺼서 상의 주머니 속에 집어넣었다. "먼저 가보겠습니다"라고 인사한 다음 뒷문을 통해 가게를 나간다. 동쪽 하늘에는 이미 동이 트고 있었다.

하품을 꾹 참으며 집으로 향하는 길을 걸어간다. 일요일 이른 아침이라 밖에 다니는 사람은 거의 없고 오가는 차도 별로 없었다. 야간 근무를 마친 새벽녘의 이 풍경을 나는 좋아한다. 왠지 이 세상에 나 혼자만 있는 것 같은 기분이 든다.

연립주택 앞까지 온 나는 어라, 하고 눈을 비비며 쳐다봤다. 어깨에 담요를 걸친 여자가 울타리에 팔을 걸친 채 아침노을을 멍하게 바라보고 있었다.

맨얼굴에 안경을 쓰고, 긴 머리를 아무렇게나 묶은, 체육복 차림의 여자. 어느새 그녀가 내 세계로 들어와 있었다.

──아아, 큰일이다. 뭐가 큰일이냐면 싫다는 생각이 안 드는 내가.

계단을 올라가자 나를 발견한 나나세가 환한 표정을 지었다. "좋은 아침", 안경 너머의 눈을 가느스름하게 뜬 나나세를 향해 말았다.

"……이런 시간에 뭐 하고 있냐?"

"그냥 일찍 깨는 바람에."

"혼자 그러고 있으면 위험해."

"이미 날이 밝아서 괜찮아."

"아, 그래? 그럼 난 그만 잘 거니까 너도 빨리 들어가."

그렇게 말하고 옆을 지나가려는데 갑자기 점퍼 소매를 붙들렸다. 나나세의 얼굴이 붉게 보이는 건 아침노을 때문일까. 화장을 하지 않은 맨얼굴의 나나세는 평소보다 더 어려 보였다.

나나세는 색이 연한 입술을 열더니 속삭이듯 말했다.

"……거짓말이야. 사실은 널 기다리고 있었어."

……이렇게 추운데 아침부터 나를 기다리고 있었다니. 내 안에 생긴 의혹은 확신으로 바뀌고 더 의심할 여지도 없어졌다. 눈치 채지 못한 척하는 건 이제 한계다.

"저기, 사가라."

나나세는 단단히 각오한 표정으로 이쪽을 가만히 바라보고 있었다. 그만해, 더 이상 아무 말도 하지 마. 머릿속으로는 그렇게 생각했지만 그녀의 말을 막지는 못했다.

"나, 사가라를 좋아해."

……결국, 듣고 말았다.

나나세의 말을 곰곰이 반추하다 보니 가슴 속에 뜨거운 것이 치밀어 올랐다.

"정말, 좋아, 해…… 앞으로도 쭉, 함께 있고 싶어……."

가슴 앞에서 두 손을 꼭 쥐며, 나나세는 거듭 말했다. 작은 손은 떨리고 있고, 눈동자는 기대와 불안이 뒤섞인 색을 띤 채 흔들리고 있었다. 도대체 얼마나 용기를 내서 그 말을 한 것일까. 겁이 많은 나는 상상조차 할 수 없었다.

천천히 입을 열어 나나세의 고백에 대답하려고 한 순간── 내 머리에 울려 퍼진 것은 엄마의 목소리였다.

──소우헤이만, 없었으면──

아아, 그래. 잊을 뻔했지만, 나는 처음부터 쾌적하고 고독한 대학 생활을 보내는 게 목표였다. 그녀의 장밋빛 대학 생활에 말려들 생각은 없다.

"……그건, 곤란해."

나는 목구멍에서 쥐어 짜내다시피 말했다. 나나세의 표정이 굳었다.

"미안, 나나세. ……네 마음을, 받아줄 수 없어."

나나세의 얼굴은 어느새 색을 잃고 종잇장처럼 새하얗게 변해 있었다.

"……알았, 어."

그렇게 말하고 나나세가 고개를 끄덕인 순간, 뺨에 한 줄기 눈물이 흘렀다. 턱을 따라 흘러 바닥에 뚝 하고 떨어진다. 나나세가 우는 모습은 처음 봤다. 우는 얼굴은 절대 보고 싶지 않았는데. 나나세를 울린 건 다른 누구도 아닌 나다.

나나세는 담요를 나부끼며 집안으로 사라졌다. 탁, 하고 문이 닫힌다. 나는 주르륵, 그 자리에 웅크리고 앉았다.

차가운 공기 속, 저 멀리서 참새 지저귀는 소리만 들린다. 내 세계에는 다시 나 말고는 아무도 없어졌다. 혼자만의 세상을 그렇게 원했었는데 어째서인지 조금도 마음이 편하지 않았다.

거짓말쟁이 입술은 사랑에 무너진다

usotsuki lip ha koi de kuzureru.

거짓말쟁이 입술은

사랑에 무너진다

usotsuki lip ha koi de kuzureru.

제 4 장

한 걸음 내딛는 겨울

고등학교를 졸업하고 혼자 살기로 결심한 그날부터 줄곧. 나는 내 세상에 다른 누구도 들이고 싶지 않았다.

내가 고등학교를 졸업하자마자 부모님이 이혼했다. 친권은 어머니가 가지게 되면서 내 호적상의 성은 바뀌었다. 처음에는 영 귀에 익숙하지 않았지만 금방 익숙해졌다.

이혼하기 전부터 우리 집은 엉망진창이었다. 철이 들었을 때는 이미 부모님 사이는 냉랭해서 최소한의 필요한 대화밖에 나누지 않았다. 아버지는 허구한 날 바람을 피우고 다니느라 집에는 거의 들어오지 않았다. 어머니는 그런 아버지의 처사를 견디며 내 앞에서는 늘 웃고 있었다.

고등학교에 들어간 지 얼마 지나지 않아 아버지가 부하 여직원을 임신시켰다는 사실이 들통났다. 부모님은 밤마다 싸우며 서로를 비난하고 원망했다. 특히 고등학교 3학년이었던 1년 동안은 최악이었다.

——소우헤이만 없었으면 진작에 헤어졌어.

어머니는 아버지를 향해 반복해서 그렇게 말했다. 만약 당장 헤어졌다면 좀 더 빨리 편하게 살 수 있었을 거라고 생각하는 게 분명했다.

그 당시 어머니가 불행했던 건 나 때문이었다.

그 결과, 내 졸업과 동시에 두 사람은 이혼했다. 어머니는 새 애인을 만들어서 지금은 그 사람과 같이 살고 있다. 예전보다는 훨씬 행복한 것 같았다. 하지만 그곳에 내가 있을 자리는 없다.

집을 나온 나는 누구와도 엮이지 않고 혼자 살기로 결심했다. 친구 따윈 필요 없다, 애인은 꿈도 꾸지 않는다. 그도 그럴 것이, 애정이라는 건 언젠가 식기 마련이니까. 적어도 우리 부모님은 그랬다.

내가 상처를 입는 것도, 다른 사람에게 상처를 주는 것도 싫다. 더 이상 다른 사람의 짐이 되고 싶지 않다. 그러려면 누구와도 인연을 맺지 않고 살면 된다.

……그렇게, 생각했는데.

나나세에게 고백을 받은 다음 날, 일요일 밤. 1교시 강의는 경제학부의 필수 과목이다. 나나세와 마주치지 않기 위해 평소보다 30분 이상 일찍 일어나서 준비를 마쳤다.

어제는 거의 자지 못했다. 눈을 감으면 눈꺼풀 안쪽에 나나세의 우는 얼굴이 떠올랐다.

생각해 보면 나는 처음부터 계속 나나세에게 상처만 주고 있다. 어째서 나나세는 나 같은 남자를 좋아하게 된 걸까. 이 세상에는 훨씬 더 괜찮은 남자가 얼마든지 있을 텐데.

스니커를 신고 현관문을 연다. 그와 동시에 옆집 문이 열렸다.

"아……."

참 운도 없게, 막 집에서 나온 나나세와 딱 마주쳤다. 평소에는 완벽한 화장으로 가려져 있는 눈가가 살짝 발그스름하다. 울었다는 데 생각이 미치자 가슴이 아팠다.

나나세는 내 얼굴을 보자마자 얼른 눈을 돌렸다. 캉캉 하는 소리를 내며 계단을 내려가더니 빨간 자전거를 타고 그대로 가버렸다.

평소처럼 웃으며 "좋은 아침"이라고 말해주지 않는 게 너무 섭섭한 한편—이기적인 나 자신이 혐오스러웠다.

나나세가 나를 향해 해맑게 웃어주는 일은 이제 두 번 다시 없을 것이다. 솔직하게 호감을 표현해 준 그녀를 밀어낸 건 나다.

나는 나나세의 모습이 완전히 사라지기를 기다렸다가 자전거를 타고 페달을 밟기 시작했다.

"잠깐 할 얘기 좀 있는데, 시간 괜찮나?"

2교시 강의를 마치고 학생 식당으로 가려고 분수대 앞을 걷다가 스도에게 붙들렸다.

내 뇌리에 떠오른 건 초등학교 5학년 때의 기억이다. 생각지도 못한 일로 같은 반 여자아이를 울린 나는 그 아이의 친구들에게 둘러싸여서 욕을 먹었다. 어린 나는 그때 여자들의 결탁이 얼마나 무서운지 실감했다.

스도는 내가 나나세를 울렸다는 것을 알고 그것을 규탄하기 위해 온 걸까. 스도에게 비난받을 이유는 없지만, 그것으로 나나세의 마음이 조금이라도 풀린다면 그것도 괜찮다.

조용히 걸음을 멈춘 나를 스도는 강의실 건물 뒤로 데리고 갔다. 그리고 갑자기 말을 꺼냈다.

"사가라…… 하루코, 어떻게 생각하노?"

낮고 노기가 어린 목소리였다. 나는 어떻게 대답하면 좋을지 몰라서 잠자코 있었다.

"……하루코가 없는 곳에서 이런 걸 묻는 게 반칙이라는 건 내도 안다. 그래도 하루코가 엄청 귀엽고 착한 아이라는 건 니도 알고 있다 아이가."

스도는 고개를 숙인 채 주먹을 꽉 쥐고 있었다. 흥미본위만으로 그런 질문을 던진 게 아니라는 건 분명했다.

"나나세에게, 무슨 이야기, 들었어?"

"……사가라한테, 차였다고."

스도의 대답에 나는 동요했다. 그래, 객관적으로 설명하면 내가 나나세를 찬 셈이 되는구나. 나 같은 놈이 주제넘게. 스도는 "혹시나 하고 말하지만" 하고 덧붙인다.

"하루코가 네 욕을 하고 다니는 건 아이다. 아침부터 영 상태가 이상해서 내가 억지로 캐물은 기다."

"나도 알아."

나나세는 다른 사람 욕이나 하고 다니는 사람이 아니다. 나에 대해 얼마든지 욕하고 다녀도 되지만 나나세는 그런 짓은 하지 않을 것이다.

"하루코, 싫어하나?"

"……싫지, 않아."

"하루코의 어디가 마음에 안 드는데? 내는 니도 하루코를 좋아하는 줄 알았다."

"……나나세는 나 같은 놈한테는 아까운 사람이야."

스도가 "그런데 왜!"라며 목소리를 높였다.

"저번에 그 녀석들한테서 하루코를 감싸주는 걸 보고…… 조금 다시 봤는데! 그렇게까지 말해놓고 하루코를 찼다고?! 왜?!"

내가 왜 나나세의 마음을 받아들일 수 없는가는 내 내면 깊은 곳의 문제이기 때문에 그 이유를 밝힐 수는 없었다. 잠자코 있자 등 뒤에서 나지막한 목소리가 들렸다.

"사키, 그 정도만 해."

어느새 등 뒤에 호쬬가 서 있었다. 상쾌한 미소를 지으며 나와 스도 사이를 파고든다.

"네가 하려는 말이 뭔지는 알겠지만 사가라의 기분도 생각해 줘야지. 무신경하긴."

호쬬가 타이르듯 말했지만 스도는 불만스럽게 물고 늘어졌다.

"그래도 사가라가……!"

"니도 내 마음을 알면서 계속 모르는 체하고 있다 아이가."

"지, 지지지, 지금은 그 얘기를 하는 게 아니잖아!"

스도의 얼굴이 새빨개졌다. 뭐야, 사랑싸움은 내가 없는 곳에서 하지? 솔직히 지금은 그런 일에 어울려줄 기분이 아니다. 자리를 뜨려고 발걸음을 돌리자 스도가 "잠깐" 하고 불러세웠다. 뒤를 돌아보니 스도는 진지한 눈빛으로 이쪽을 응시하고 있었다.

"히로키 말이 맞다. ……무신경한 말을 해서 미안하데이. 내가 멋대로 이런 말을 하는 건 하루코한테도 실례고."

"……아니, 괜찮아."

스도가 나한테 따지고 드는 건 진심으로 나나세를 걱정하기 때문이다. 논리를 따지기에 앞서 나나세에게 상처를 준 나를 용서할 수 없었던 것이리라. 무신경하다고는 생각하지만 그런 스도를 책망할 생각은 들지 않았다.

문득 고등학교 시절 나나세의 모습이 떠올랐다. 그 누구와도 대화를 나누지 않고, 혼자 도서관에서 공부하던 여자아이. 그녀에게 좋은 친구가 생겨서 정말 잘 됐다고 진심으로 생각했다.

야간 아르바이트를 마치고 집으로 돌아온 건 아침 6시였다. 오늘은 유난히 더 추워서 입 밖으로 나온 숨이 아침 공기 속에 하얗게 녹아든다.

그때 캉캉, 하고 계단을 내려오는 소리가 들렸다. 고개를 드니 체육복 위에 한텐을 걸친, 맨얼굴의 나나세가 서 있었다. 노란색 종량제 봉투를 들고 있는 걸 보니 연립주택 앞에 쓰레기를 내놓으러 가는 모양이다. 오늘은 타는 쓰레기를 내놓는 날이다.

나를 발견한 나나세의 눈이 한순간 이리저리 허공을 헤맸다. 어떻게 할지 망설이고 있자 나나세가 나를 향해 생긋 웃었다. 뺨이 딱딱하게 굳은, 애처로움이 살짝 느껴지는 미소였다.

"이제 오는 거야? 사가라."

너무 아무렇지도 않게 건네는 말에 어안이 벙벙해졌다. 겸연쩍은 듯 눈을 살짝 내리깐 나나세가 작은 목소리로 말한다.

"사가라, 저번에는…… 미안했어."

……왜 네가 사과하는 거야? 내가 나쁜 거지. 나나세가 사과할 필요는 전혀 없는데. 아무 말도 못 하는 나를 향해 나나세는 계속 말을 이어갔다.

"괜찮으면 앞으로도…… 그러니까, 음, 사이좋게 지내자."

얼굴은 웃고 있지만 꽉 쥔 주먹이 희미하게 떨리고 있었다. 나는 가능한 한 나나세 쪽은 안 보도록 하면서 "알았어."라며 고개를 끄덕였다.

"……다행이다. 그럼, 다음에 봐, 사가라."

나나세는 그렇게 말하고 쓰레기 수거장에 쓰레기를 놔두고 서둘러 집으로 돌아갔다. 탁, 하고 문이 닫히는 소리가 난다.

나는 계단을 올라가서 나나세 집 앞에서 걸음을 멈췄다. 문 너머에 있는 그녀가 지금 어떤 얼굴을 하고 있는지 나는 모른다. 가능하면 안 울고 있으면 좋겠다고 생각했다가 그런 나 자신의 오만함에 진저리를 쳤다.

우리를 연애로부터 구원하는 것은 이성보다는 다망함이라고, 그 유명한 아쿠타가와 류노스케도 말했다. 그 말에 따라 나는 사가라에게 차인 후, 눈이 빙글빙글 돌 정도로 바쁜 나날을 보내고 있었다.

매일 같이 아르바이트 시프트를 넣고, 자격증을 따기 위한 공부도 시작했으며, 삿짱과 함께 요리 교실에도 다니기 시작했다. 교외 자원봉사에 참가하기도 하고 교류회에도 적극적으로 얼굴을 내밀었다. 여기저기 정신없이 돌아다니다 보니 쓸데없는 생각을 하지 않아도 돼서 좋았다.

하지만 공부를 하다가도 옆집에서 무슨 소리가 나면 사가라는 지금 뭐 하고 있을까, 하는 생각을 한다. 아르바이트를 하다가도 사가라와 비슷하게 생긴 사람을 보면 나도 모르게 눈으로 좇게 된다. 새로운 요리를 배우면 사가라에게도 주고 싶다는 생각이 들었다. 어디서 누구를 만나든 사가라보다 더 멋진 사람은 없다는 사실만 깨달았다.

결국, 나는 그에 대한 마음을 조금도 떨쳐내지 못한 것이다.

집 근처 카페에서 아르바이트를 시작한 지도 5개월.

처음에는 익숙하지 않은 일을 하느라 고생도 많이 했지만 이젠 내가 봐도 제법 능숙해진 것 같다. 서비스업을 하면서 낯가림도 많이 개선되었고 아르바이트 가게의 인간관계도 넓어졌다. ……이것도 다 나를 격려해 준 사가라 덕분이다.

"나나세, 25일 밤에 나올 수 있겠나?"

카페 유니폼에서 사복으로 갈아입고 나자 점장님이 미안해하며 말을 걸어왔다.

"바쁠 것 같아서 한 명 추가하고 싶은데 다들 약속이 있는 것 같더라고. 우짜면 좋겠노."

점장님은 30대 중반 정도 되는, 어딘가 여유로운 느낌이 나는 여자다. 삿짱과는 또 다른, 느긋한 간사이 사투리가 귀엽다.

하나로 묶은 머리를 풀면서 "나올 수 있어요."라고 대답했다. 점장님은 휴우 하고 안도의 한숨을 내쉬었다.

"다행이다. 미안하데이, 나나세. 24일에도 시프트 넣었제? 25 일에 일하니까 그때는 쉬어도 된다."

"네? 이틀 다 일할 수 있어요."

내 대답을 들은 점장님의 눈이 동그래졌다.

"고맙긴 하지만 그래도 되겠나? 친구랑 파티 같은 거 안 하나?"

그제야 깨달았다. 12월 25일은 크리스마스다.

친구와 크리스마스 파티를 할 예정이지만 그날은 22일 금요일 이다. 츠구미와 나미는 이브날 밤에 남자 친구와 숙박 데이트를 한다고 했다. 삿짱은 호쬬에게 데이트 신청을 받긴 했지만 어떤 대답을 했는지는 못 들었다.

실연한 지 얼마 안 된 내 크리스마스 일정은 텅 비어 있었다.

"아뇨, 괜찮아요. 일할 수 있어요!"

"진짜가? 나야 좋지. 고맙데이."

"오. 나나세, 크리스마스 밤에 시프트 넣었나? 럭키, 내랑 같이 일하네."

백야드에서 포크와 나이프 등을 보충하고 있던 시바타 아츠시 가 갑자기 우리 대화에 끼어들었다.

시바타는 이 근처에 있는 대학에 다니는 2학년 학생으로 벌써 1년 이상이나 여기서 일하고 있다고 한다. 사교성 좋고 살가운 선배지만 다소 강제적으로 거리를 좁히려는 면이 있었다. 함께 일하는 여자들에게 "아츠시는 조심하는 게 좋아. 그 자식, 여자라면 사족을 못 쓰거든"이라는 충고를 받았기 때문에 살짝 경계하고 있었다.

"시바타도 고맙데이. 크리스마스인데 일해줘서."

"뭘요! 올해는 여자 친구가 없으니까 크리스마스에는 일해야죠! 나나세와 함께 크리스마스를 보낼 수 있다면 완전 환영!"

시바타 씨의 말에 나는 애매한 미소를 지었다. 이럴 때는 어떤 얼굴을 하면 좋은지 정답을 모르겠다.

……사가라는 크리스마스에 어떻게 지낼까. 아마 아르바이트를 하겠지.

사가라에게 차인 후로 그와 제대로 대화를 나눈 적이 없다.

집이나 학교에서도 적극적으로 사가라를 피해 다녔고 마주치더라도 짧게 인사만 하는 게 다였다. 어쨌든 나는 아직 그를 떨쳐내지 못했다. 이런 상태에서 아무렇지도 않게 대화를 나누는 건 불가능하다. 분명 또다시 '좋아하는 감정'이 흘러나와서 그를 곤란하게 만들 것이다.

……아아, 안 돼. 하루라도 빨리 이 마음을 지워버리고 평범한 이웃으로 돌아가야 해.

"점장님, 저, 아르바이트, 열심히 할게요!"

그렇게 말하며 주먹을 쥐어 보이자 점장님은 "든든하데이"라며 웃었다.

———————————

나나세를 뿌리친 그날 이후, 나는 고독하고 마음 편하며 쾌적한 대학 생활로 돌아갔다.

지금껏 매일 같이 만났던 게 신기할 정도로 나나세의 얼굴을 보는 빈도는 확 줄었다. 애당초 그쪽에서 먼저 말을 걸어오지 않는 이상, 엮이게 될 기회 자체가 없다. 학교에서 보이는 그녀는 완벽하게 화장한 모습에 반짝반짝 화려한 오라를 발하고 있다. 수수한 안경에 체육복 차림으로 내 앞에서 생글생글 웃던 여자아이는 환상이 아니었을까 하는 생각이 들 정도다.

멀리서 바라보는 나나세는 마치 태양처럼 눈부셔서—— 역시 나와는 다른 세상의 사람이라는 사실만 절감하게 될 뿐이다.

겨울방학을 목전에 둔 12월 중순.

2교시 수업이 끝나자 오랜만에 학생 식당으로 걸음을 옮겼다. 점심시간의 2호관 식당은 제법 혼잡했다. 여학생 4명이 빈자리를 찾아 돌아다니는 것을 곁눈질하며 창가에 있는 카운터 자리에 걸터앉았다. 이런 것도 나홀로족의 장점이다.

딱 하는 소리를 내며 나무젓가락을 갈랐을 때, 뒤쪽에 앉아 있는 커플의 대화가 귀에 들어왔다. 데이트 일정을 짜고 있는지, 교토역의 크리스마스트리를 보러 가고 싶다느니 하는 즐거운 목소리가 들린다.

……그러고 보니 앞으로 일주일만 더 있으면 크리스마스구나.

잘 먹겠습니다, 하고 말없이 두 손을 모으는데 누가 와서 옆에 있는 의자를 뺐다. 별생각 없이 얼굴을 보니 그곳에 있는 건 호쬬였다.

"어이, 사가라."

무시하는 것도 아닌 것 같아서 "여어."하고 적당히 대답했다.

"여기 앉아도 되나? 벌써 앉았지만."

"……마음대로 해."

나나세와 대화를 나누지 않게 되면서 호쬬와도 어울릴 일이 없어졌다. 이렇게 말을 걸어오는 것도 오랜만이다.

호쬬의 쟁반에는 오늘의 정식이 놓여 있었다. 오늘 메인은 치킨난반이다. 부럽다고 생각하며 내가 먹는 우동을 보니 허무함이 밀려든다. 급여일까지는 앞으로 일주일이나 더 남았다.

"그라고 보니 조금 있으면 크리스마스네. 사가라, 계획 있나?"

"아르바이트."

"너무하네. 좀 신나는 약속 같은 거 없나? 그래도 크리스마스인데."

"크리스마스에는 어디를 가든 사람이 많아서 최악이야. 도대체 왜 다들 그렇게 들뜨는 건지 모르겠어."

일단 이벤트라고 하면 덮어놓고 좋아하는 건 일본인의 나쁜 습성이다. 평소에는 쳐다도 안 보면서 복날에만 장어를 먹는 것과 똑같다. 나는 그런 세상의 분위기에 휩쓸리지 않고 평소와 똑같이 조용히 일하기로 마음먹었다.

"흐음, 나나세는 이번에 사키랑 같이 크리스마스 파티를 한다고 들떠 있던데. 니 그 말, 나나세 앞에서도 할 수 있나?"

친구들이랑 크리스마스 파티를 하기로 했어! 라며 들뜬 나나세의 모습이, 마치 실제로 본 것처럼 머리에 떠올랐다.

……그래도 찬물을 끼얹는 말을 할 수는 없지.

그나저나 나나세의 대학 생활은 아주 순조로운 모양이다. 처음부터 내 협조 따원 필요하지 않았던 것이다. 나나세가 즐겁다면 그것으로 됐다.

얇은 유부가 올라간 100엔짜리 우동은 국물이 싱거웠다. 테이블 위에 있는 시치미를 들어 우동에 뿌린다.

"맞다, 사가미, 니 그거 아나?"

"뭘?"

"나나세, 얼마 전에 고백받았다더라."

서늘한 손이 심장을 어루만지는 듯한 느낌이 들었다. 뒤를 이어 부글거리는 감정이 저 밑바닥에서 치밀어 오른다.

"……아, 그래. 나랑은 상관없지만……."

"야, 시치미, 그만 뿌리라. 국물이 시뻘겋다."

호죠의 말에 정신을 차리고 시치미를 원래 자리에 가져다 둔다. 눈앞에 있는 우동은 벌칙 게임 수준의 색으로 변해 있었지만 먹는다고 죽진 않을 것 같다. 아니, 죽을 수도 있으려나?

우동을 앞에 두고 떨떠름한 표정을 짓고 있는 나를 본 호죠는 웃겨 죽겠다는 듯 어깨까지 들썩이며 웃는다.

"그렇게 동요 안 해도 된데이."

"……누가 동요한다고 그래."

나나세가 누구에게 고백을 받든, 남자 친구가 생기든, 내가 뭐라고 할 권리는 요만큼도 없다.

마음을 단단히 먹고 우동을 입으로 가져갔다가 금방 사레들리고 말았다. 아. 역시 무리.

"거절했다더라. 지금은 그럴 생각이 없다면서."

호죠의 말에 나는 내심 가슴을 쓸어내렸다. 그와 동시에 안도하는 나를 흠씬 두들겨 패고 싶었다. 도대체 뭐 하자는 건지 모르겠다.

"이제 곧 크리스마스다 아이가. 주위에도 커플이 잔뜩 늘어나고. 아마 나나세를 노리는 녀석들, 많이 있을기다."

"……무슨 말을 하고 싶은 건데?"

"쓸데없는 고집 부리다가 다른 놈이 낚아챌 수도 있다는 얘기."

나는 아무 말 없이, 후루룩, 우동을 먹었다. 너무 매워서 살짝 눈물이 나왔다.

"그러다 늦어도 모른데이?"

"……내 일은 신경 쓰지 마. 그러는 너는 어떤데?"

되갚아줄 작정으로 말했지만 호죠는 의기양양하게 웃었다.

"내는 크리스마스에 사키랑 데이트한다? 슬슬 승부를 봐야지."

그렇게 말하는 호죠에게 "흐음" 하고 퉁명하게 대답했다. 우동을 먹을 때 시치미가 기관에 들어가는 바람에 또다시 사레들리고 말았다.

12월 25일, 크리스마스 밤.

"안녕히 가세요!"

마지막 손님을 배웅한 후, 휴우 하고 한숨을 내쉬었다. 문에 걸린 알림판을 'CLOSE'로 바꾸고 밖에 세워둔 입간판을 가게 안으로 들였다.

크리스마스 당일, 나는 저녁 7시부터 밤 11시까지 아르바이트 근무가 들어 있었다. 가게는 밤 10시에 문을 닫기 때문에 남은 1시간은 가게 청소와 기계 세척, 뒷정리를 하면 된다.

"마지막 커플, 결국 문 닫을 때까지 붙어 있더라. 헤어지기 싫었겠지."

내가 가게의 카운터 안으로 돌아오자 아르바이트 가게 선배인 시노자키 에미 씨가 씁쓸하게 웃었다. 아르바이트를 하기 전부터 몰래 동경하던 예쁘게 생긴 언니. 실제로 알게 된 에미 씨는 일도 잘하고 다정하며 근사한 사람이라 나는 금방 에미 씨가 좋아졌다.

"그러게요. 그나저나 오늘, 진짜 바빴어요."

"맞아ー. 뭐, 크리스마스니까 이 정도는 봐주자."

카페 근처에는 전자 부품 브랜드 회사의 본사가 있는데 그곳에서 대규모 일루미네이션을 하고 있다. 밤 9시 무렵에 가게에 오는 커플이 많았다. 아마 일루미네이션을 보고 저녁을 먹은 후, 카페로 이동하는, 전형적인 데이트 코스일 것이다. 언젠가 나도 좋아하는 사람과 그런 근사한 데이트를 하고 싶었다.

……그때 내 옆에 있는 사람이 사가라라면 좋을 텐데.

사가라라면 '왜 굳이 그렇게 사람이 많은 곳에 가는 건데?'라고 말할지도 모른다. 하지만 말은 그렇게 해도 결국 나와 함께 가주 겠지. 그런 상상을 하다가 허무해졌다. 역시 조금도 포기하지 못 했다.

몰래 풀이 죽어 있는데 에미 씨가 "하루코"라며 말을 걸어왔다.

"시간 괜찮아? 늦었지만 같이 밥 먹으러 안 갈래?"

"아, 그, 그래도 괜찮아요?!"

"집에 가서 혼자 마시는 것도 쓸쓸하고. 좀 늦어지겠지만 괜찮 겠어?"

"와아, 꼬, 꼭 갈 거예요! 좋았어, 빨리 정리 끝내야지!"

에미 씨와는 시프트가 겹칠 때가 많지만 같이 밥을 먹거나 놀 러 간 적은 없다. 이 기회를 놓치지 않겠다고 마음먹고 열심히 설 거지에 돌입했다.

"에미 씨와 나나세, 한 잔 하러 가는 거예요? 저도 가도 돼요?"

어디서 듣고 있었는지, 시바타 씨가 우리 사이에 끼어들었다.

에미 씨는 나를 힐끔 보더니 "어떻게 할까?"라고 물었다. 마음 이야 에미 씨와 단둘이 가고 싶었지만, 단호하게 거절할 용기는 없었다.

"……네."

"앗싸! 맛있는 야키토리 가게를 알거든요. 빈자리 있는지 전화 해 볼게요."

시바타는 그렇게 말하더니 백야드로 들어갔다. 에미 씨가 나를 향해 장난스럽게 윙크했다.

"하루코, 둘만의 데이트는 다음에 하자."

윙크가 직격하자 내 심장은 터질 것만 같았다. 역시 에미 씨는 멋지다.

결국 우리는 새벽 2시까지 야키토리 가게에서 밥을 먹었다. 시바타 씨가 추천한 가게는 분위기도 좋고 맛도 있었다.

"그럼, 난 가볼게. 아츠시, 하루코 잘 데려다줘."

니시오지고조에 있는 맨션 앞에서 에미 씨가 말했다.

에미 씨는 제법 많이 마셨는데도 얼굴색 하나 변하지 않았다. "네—" 하고 대답하는 시바타 씨도 평소와 똑같다.

"아무쪼록 예쁘고 예쁜 우리 하루코한테 이상한 짓 할 생각은 말고."

"안 해요. 그렇게 못 믿어요?"

시바타 씨는 그렇게 말하더니 실실 웃었다. 에미 씨는 그런 시바타 씨의 멱살을 잡더니 평소보다 한 옥타브 낮은 목소리로 으름장을 놓았다.

"거듭 말하지만. ……하루코한테 손댔다간 죽는다."

"아, 알겠습니다."

그렇게 대답하는 시바타 씨의 얼굴은 창백하고 목소리는 살짝 떨리고 있었다.

에미 씨의 모습이 사라질 때까지 지켜보다가, 나와 시바타 씨는 어깨를 나란히 하고 걷기 시작했다. 여자를 좋아한다는 말을 들어서 그런지, 막상 단둘이 있으니 조금 긴장된다. 휘잉 휘잉,

하고 세차게 부는 바람이 추워서 머플러에 얼굴을 파묻고 몸을 부들부들 떨었다.

"나나세 씨, 추워? 손잡을까?"

왼손을 내민 시바타 씨를 향해 단호하게 "됐어요"라고 대답했다. 두 손을 코트 주머니에 찔러넣고 무슨 일이 있어도 빈틈을 보이지 않겠다는 각오로 주먹을 꽉 쥐었다.

그렇게 5분을 더 걷자 우리 연립주택 앞에 도착했다. 허름한 연립주택의 외관을 본 시바타 씨는 의외라는 표정을 지었다.

"와―. 이런 곳에 살구나. 왠지 나나세 씨답지 않네."

"데려다주서서 감사합니다. 오늘 고생 많으셨어요."

꾸벅 머리를 숙이자 시바타 씨는 열기 어린 눈으로 나를 바라보고 있었다. 그리고 잠깐의 침묵 후, 내 팔을 꽉 잡았다.

깜짝 놀라서 뿌리치려고 했지만 힘이 세서 꿈쩍도 하지 않았다.

머리에 산타클로스 모자를 쓴 나는 영혼 없는 눈으로 손님을 맞고 있었다.

마음을 죽인 채 포스기를 두드리고, 무표정한 얼굴로 "감사합니다"라며 머리를 숙인다.

"감사합니다! 메리 크리스마스!"

옆에서 똑같이 포스기를 두드리는 이토가와 씨는 흥겨워 보였다. 살갑고 밝은 그녀에게는 새빨간 산타클로스 모자도 잘 어울렸다.

12월 25일 심야. 나는 당연히 근무 신청을 했다.

크리스마스에 좋아서 아르바이트를 하려는 사람은 거의 없다 보니 점장님은 너무 고마워 했다. 돈은 필요하고 약속도 없으니 크리스마스에 일하는 데 아무 불만도 없다.

하지만 산타클로스 모자를 쓰게 되는 건 미처 예상하지 못했다. 이토가와 씨는 몰라도 나처럼 무뚝뚝한 남자가 산타 모자를 쓰고 있어봤자 손님 입장에서도 썩 달갑진 않을 텐데.

……그래도 판다 인형옷을 입고 미인 대회 무대에 서는 것보다는 괜찮은가.

저녁 무렵부터 손님들의 발길이 끊이지 않더니 늦은 밤임에도 불구하고 상당히 바쁘다. 여기저기서 크리스마스 파티가 열리는지, 치킨과 과자류, 술과 안주가 날개 돋친 듯이 팔렸다. 케이크 매상은 그럭저럭이다.

손을 잡은 커플이 치킨을 두 개를 사서 들고 가는 것을 배웅하며 멍하게 나나세를 생각하고 있었다. 어쩌면 나나세도 내가 모르는 남자와 크리스마스를 보내고 있을지도 모른다. 그런 상상을 했더니 구역질이 났다.

"아―, 피곤해 죽겠네. 오늘 엄청 바빴제?"

손님의 발길이 뜸해지자 옆에 있는 이토가와 씨가 으~하고 기지개를 켜며 말했다.

"케이크가 제법 남았네. 가격 좀 내릴까."

크리스마스 케이크는 음식류인 데다가 26일이 되면 거의 팔리지 않기 때문에 마지막에는 거의 후려치는 가격까지 내려간다. 점장님도 가격을 내려서라도 가능한 한 다 팔도록 하라고 했다고 들었다.

"사가라, 이제 곧 끝나제? 니 케이크도 사주꾸마."

"감사합니다."

항상 하는 생각이지만, 이토가와 씨는 무뚝뚝한 내게도 너무 잘 대해준다. 12월이 됐는데도 점퍼 하나로 버티려는 나를 보다 못해 "이거, 남자 친구가 살이 쪄서 못 입는 건데 니 줄게"라며 검은 다운 재킷을 주기도 했다. 사람이 너무 좋은 거 아닌가? 나는 이토가와 씨와 나나세가 없으면 벌써 옛날에 객사했을지도 모른다.

"하나 더 먹을래? 하긴, 젊으니까 이 정도는 아무것도 아니제?"

이토가와 씨의 말에 씁쓸하게 웃었다. 왜 대학생은 두세 살 정도밖에 차이가 안 나는 후배를 어린애 취급하고 싶어 하는 걸까.

"전 단 음식은 많이 못 먹으니까 작은 걸로 주세요."

"뭐—, 진짜가? 그러면 이웃 사람이랑 같이 먹으면 되것네."

나는 말없이 고개를 숙였다. 그건 불가능하다.

이토가와 씨에게 케이크를 받은 후, "수고하셨습니다"라고 말하고 가게를 나섰다.

날짜는 바뀌어 크리스마스는 이미 끝났다. 커플도 보이긴 했지만, 거리의 들뜬 분위기도 한층 차분해진 것처럼 보였다. 크리스마스이긴 해도 일단은 평일이니 어쩔 수 없다.

집 근처까지 오자 남녀가 싸우는 목소리가 들렸다. 이런 시간에 사랑싸움인가. 진절머리가 난다. 모른 척 그냥 지나가자.

"싫어요. 못해요. 도, 돌아가 주세요."

그런데 절박한 여자의 목소리가 왠지 익숙했다.

갑자기 내 심장은 미친 듯이 뛰기 시작했다. 불길한 예감이 들어 서둘러 집으로 향했다. 그러자 가로등 밑에서 남자가 여자의 어깨에 팔을 두르고 있는 게 보였다.

불길한 예감은 적중했다. 그곳에 서 있는 사람은 나나세였다. 그녀는 필사적으로 얼굴을 돌리며 남자로부터 도망치려 하고 있었다. 그것을 본 순간, 속이 부글부글 끓는 것 같은 감정이 엄습해 왔다.

"나나세!!"

지금껏 내본 적 없는 큰 소리로 그녀의 이름을 불렀다.

나를 발견한 나나세의 눈이 휘둥그레졌다. 그러더니 안심한 듯 표정이 누그러진다. 입술 모양이, 사가라, 라며 움직이는 게 보였다.

"이런 곳에서 뭐 하고 있어?"

제3자가 나타나자 남자는 겁에 질린 눈치였다. 나나세는 남자의 팔을 뿌리치더니 나를 향해 달려와서 얼른 내 뒤에 몸을 숨겼다. 남자가 화를 내며 혀를 찼다.

"······나나세 친구? 아니면 남자 친구?"

뭐라고 대답할지 망설인다. 나는 나나세의 친구도 아니고, 하물며 남자 친구는 더더욱 아니다. 그냥 지나가던 이웃 사람에 불과하다.

나나세는 마치 구원을 바라는 것처럼 내 다운 재킷 자락을 꽉 잡고 있었다. 그 손가락 끝이 새하얗게 질려 있는 것을 보자 각오가 섰다.

"……남자 친구입니다."

남자가 기가 죽었는지 한발 물러났다. 그 틈을 놓치지 않고 남자의 옆을 지나 나나세의 손을 잡아끌어 계단을 올라간다.

나나세의 집이 어디인지 들키면 안 될 것 같아서 일단 우리 집으로 밀어 넣었다. 그런 다음 손을 뒤로 돌려 문을 잠그고 나자 그제야 안도의 한숨이 흘러나왔다.

어둑어둑한 방안에서 나나세는 어깨를 떨고 있었다. 분명 추위 때문만은 아닐 것이다.

"방금 그 사람, 누구야?"

"아르바이트 가게의 선배……."

"고백받았어?"

"그, 그런 건 아니, 지만……."

그런 게 아니면 그건 뭐지? 아무리 봐도 흑심이 있는 것처럼 만지고 있던데. 조금 전 광경을 떠올리자 울컥 화가 치밀었다.

"나나세, 늘 생글생글 웃고 있으니까 저런 놈이 들러붙는 거잖아. 언제까지 사람 좋게만 굴 거야?!"

그러자 나나세는 "미안해"라며 눈물을 글썽였다. 고개를 숙인 채, 입술을 꽉 깨물고 있다.

아뿔싸, 말이 심했다. 이래선 마치 나나세에게 문제가 있는 것처럼 들리잖아. 나쁜 건 아까 그 남자다.

"……아, 아니. 미안. 그게, 넌 잘못한 게 없어."

내 말을 들은 나나세는 눈가를 슥슥 닦더니 천천히 이야기를 시작했다.

"아르바이트하는 가게의 서, 선배들이랑, 셋이 밥을 먹었어. 아, 아까 그 사람과, 두, 둘만 있었던 건 아니야. 그, 그리고 집까지 데려다준 건데, 가, 갑자기, 집에 들어가게 해달라고."

"뭐?"

"거, 거절하려고 했는데, 팔을 붙들렸어. 히, 힘이 세서, 도저히 뿌리칠 수가 없어서……."

……망할 자식이.

이야기를 듣기만 해도 부글부글 분노가 치솟았다. 역시 경찰을 불러야 했나.

고개를 든 나나세는 새빨개진 눈에 콧물까지 훌쩍이고 있었다.

"무서웠어…… 도와줘서 고마워……."

이렇게 똑바로 얼굴을 보는 건 오랜만이지만, 우는 얼굴은 보고 싶지 않았다. 그러고 보니 요즘 들어 나는 나나세의 우는 얼굴만 보고 있는 것 같다. 아니, 저번에 나나세를 울린 건 나였다. 그 생각이 나자 죄책감이 쿡쿡 가슴을 찌른다.

이번만큼은 내게 나나세를 위로할 권리가 있는 걸까.

천천히 나나세의 등으로 손을 뻗어서 톡톡 가볍게 두드렸다. 가냘픈 몸은 여전히 작게 떨리고 있었다. 잠시 후, 나나세가 눈물이 맺힌 눈으로 나를 빤히 쳐다봤다.

"……사, 사가라. 부, 부탁이 있어."

"일단 들어보고."

"……꼬옥 안아도 돼?"

"……뭐 ……뭐어?!"

나도 모르게 뒷걸음치다가 뒤통수가 문에 세게 부딪쳤다. 쾅!
하는 소리와 함께 찡 하는 둔탁한 통증이 엄습해 온다.

……자, 잠깐. 이 여자는 도대체 무슨 생각을 하는 거지?

지금은 새벽이고 여긴 내 집이고 단둘밖에 없다. 게다가 조금
전에 남자가 덮칠 뻔하기도 했다. 위기관리 능력이 이렇게 결여
될 수가 있나.

"마, 말도 안 되는 소리 하지 마!"

"그, 그치만 이대로 집에 가봤자 찝찝해서 못 잘 것 같단 말이
야. 뭐라고 할까, 여러 감각을, 사가라가 지워줬으면 좋겠어……."

잠깐만, 도대체 무슨 말이지? 자기가 하는 말의 의미를 제대로
이해하고 있는 건가? 그 말을 들은 내가 무슨 생각을 할지 걱정
되진 않아? 여러 의미에서 머리가 어질어질해졌다. 당황하는 나
를 본 나나세는 한껏 풀이 죽어서 고개를 숙였다.

"……미안해. 이런 부탁을 받아봤자 곤란하기만 하겠지……."

……곤란하지 않아서 곤란하다고.

나는 고민했다. 너무 비상식적인 제안이긴 하지만, 떨고 있는
나나세를 이대로 돌려보내는 건 너무 가엽다. 바보 자식, 이렇게
사람 헷갈리는 말을 해서 어쩌자는 거야? 뭐 어때, 잘 됐다고 생
각하고 그냥 해. 머릿속에서 이성과 본능이 싸우고 있다. 에잇,

시끄러우니까 닥쳐.

"……그럼, 10초만."

결국 욕구에 지고 말았다. 하지만 딱 10초다. 그 이상은 이성이 못 버틴다.

그 자리에서 두 팔을 벌리자 나나세의 표정이 환해졌다.

"뭐?! 지, 진짜 괜찮아?"

"괘, 괜찮으니까, 빨리 해. 이 자세, 부끄럽단 말이야."

"아, 알았어. 자, 잠깐 실례할게!"

나나세는 예의 바르게 양해를 구한 후, 나를 힘껏 끌어안았다.

가냘픈 팔이 내 등을 감싼다. 두꺼운 다운 재킷 너머로도 부드러운 몸이 느껴졌다. 달콤한 향기가 코를 간지럽히자 체온이 급상승하고 심장 박동이 빨라졌다. 온몸의 혈액이 머리 꼭대기부터 발끝까지 엄청난 속도로 순환하는 게 느껴진다.

나나세는 눈을 감고 내 가슴에 머리를 기대고 있다. 움찔, 하고 무의식적으로 팔이 움직였다.

안고 싶다.

머리를 스친 본능을 억지로 쫓아냈다. 나나세의 양쪽 어깨를 잡고 억지로 떼어냈다.

"자, 10초 지났어. 끝."

평정을 가장하며 말하자 나나세는 아쉬운 듯 떨어졌다. 발그레한 얼굴로 수줍게 나를 쳐다본다.

"사가라, 고마워. 다 지워진 것 같아."

……방금 네가 끌어안은 남자가 무슨 생각을 하는지도 모르면

서 고맙다는 말이 나오냐.

아무리 지나도 달아오른 뺨은 식을 생각을 하지 않았다. 심장 소리가 쿵쿵, 너무 시끄럽다. 이렇게 부드럽고 좋은 냄새가 나는 나나세를 다른 누군가가 안게 될 거라고 생각하자 미칠 듯이 괴로웠다.

그때 나는 내 안에 있는 어찌할 길 없는 이기적인 속마음을 깨달았다. 하지만 그것을 꾹 눌러 삼키고 손에 들고 있던 편의점 비닐봉지를 들어 보였다.

"……나나세. 크리스마스 케이크. 같이 먹자. 아르바이트하는 가게에서 팔고 남은 거지만."

"으, 응! 먹을게!"

나나세는 그렇게 말하더니 환하게 웃었다.

방에 불을 켠 후, 한쪽 구석에 놔둔, 낡은 전기스토브를 켠다. 살을 에는 추위는 여전했지만 이렇게 둘이 있으면 어느 정도는 따뜻해지지 않을까.

나나세는 케이크를 예쁘게 잘라서 접시 위에 놓았다. 테이블 위에는 편의점 케이크와 컵에 따른 차가 둘. 크리스마스 파티라 부르기엔 너무 초라하다. 하다못해 마실 거라도 좀 사 올 걸 그랬다.

케이크를 한 입 먹은 나나세의 표정이 환해진다.

"맛있어!"

"……평범한 편의점 케이크라 미안."

"아냐, 오히려 기쁜걸. 요즘은 편의점 디저트도 잘 나오는 것 같아!"

나나세는 깔끔한 동작으로 포크를 입으로 가져간다. 행복한 듯 부드럽게 호를 그리는 입술은 케이크 위에 있는 딸기처럼 붉다. 나도 모르게 넋을 놓고 보고 있자 커다란 눈동자가 갑자기 이쪽을 향했다. 눈과 눈이 마주치자 간신히 진정된 심장이 다시 날뛸 것 같다.

"사가라. ……오늘, 정말 고마워. 이상한 말, 한 것도 미안해. 나 빨리 마음 정리할 수 있도록 노력할게."

나나세는 그렇게 말하더니 어색하게 입꼬리를 올렸다. 애달픈 미소를 보니 죄책감이 가슴을 찔렀다.

솔직히 나나세가 잘못한 건 하나도 없다. 내가 그녀의 마음을 받아들이지 못하는 것은 그저 귀찮아하는 내 성격이 원인이다.

"……넌, 잘못한 거 없어. 이건…… 내 문제야."

"문제라니?"

그 순간, 아무 말도 할 수 없었다. 한심하고 보기 흉한 내 내면을 다른 사람에게 토로한 적은 한 번도 없다. 그래서 말로 잘 표현할 자신이 없었다.

나나세는 내 대답을 듣는 건 포기했는지, 다시 케이크를 먹기 시작했다. "맛있지?"라며 미소를 지어 보이는 나나세에게 나는 솔직하게 "응" 하고 고개를 끄덕였다.

늦은 새벽, 허름한 연립주택에서 먹는, 팔다 남은 편의점 케이크가 왜 이렇게 맛있는 걸까. 나는 이미 그 답을 알고 있다.

"어라, 눈이 내리나 봐. 어쩐지 추운 것 같더라."

자리에서 일어난 나나세가 창밖으로 시선을 준다. 새벽의 어둠 속에 하얀 가루눈이 나풀나풀 흩날리는 게 보였다. 진작에 날짜는 바뀌었으니 화이트 크리스마스라기엔 한발 늦었다.

"교토에 오고 나서 눈이 내리는 건 처음 봐. 올해 첫눈이야."

나를 돌아본 나나세가 헤엣 하고 미소 짓는다. 그 표정을 본 순간, 조금 전에 자각한 비겁한 속내가 다시 떠올랐다.

······나나세가 나 말고 다른 남자와 사귀는 건, 싫어.

그런 말을 했다가는 스도에게 흠씬 두들겨 맞을 것 같다. 나는 마음속 걱정과 함께 달콤새큼한 딸기를 삼켰다.

크리스마스가 지나면 대학은 겨울방학에 들어간다. 나는 방에 있는 책상 앞에 앉아서 리포트 과제를 하고 있었다. 맨얼굴에 안경, 체육복 위에는 한텐을 입고 있다. 다른 사람에게 보여주긴 힘든 차림이지만 공부할 때는 이 스타일이 제일 편하다.

일심불란하게 키보드를 두드리고 있자, 딩동, 하고 인터폰이 울렸다. 손을 멈춘 나는 최소한의 양심은 챙기자는 생각에 커다란 마스크를 쓰고 고개를 살짝 숙인 채 문을 열었다.

"택배입니다. 사인 부탁드려요."

볼펜으로 사인을 하고 커다란 꾸러미를 받았다. 보낸 사람은 본가에 있는 엄마였다. 종이 상자에는 검은색 매직으로 [구호 물품]이라고 적혀 있었다.

교토에 온 후, 본가에서는 가끔 이렇게 물건을 보내주곤 한다.

내용물은 차나 야채, 인스턴트 된장국, 컵라면, 내가 좋아하는 과자 등.

이번에는 그런 것들과 함께 좋아하는 브랜드의 크리스마스 한정 화장품 세트가 들어 있었다. [하루코에게 주는 크리스마스 선물이야]라고 적힌 글자는 내가 정말 좋아하는 사촌 언니의 글씨체였다. 컬러풀한 아이섀도와 블러셔를 보니 가슴이 뛴다.

부모님과 사촌 언니에게 고맙다는 LINE 메시지를 보낸 후, 창가로 걸어갔다. 커튼을 열고 창밖을 멍하게 바라본다. 사가라는 오늘도 아르바이트를 하러 간 것 같았다. 슬슬 돌아올 때가 됐는데, 라며 나도 모르게 그의 모습을 찾게 된다.

벌써 자정에 가까운 시각. 이렇게 늦은 시간에는 저녁밥을 나눠주지도 못한다. 그러면 사가라를 만나러 갈 명분도 없어진다. 굳이 이유가 없어도 언제든 원할 때 만날 수 있는 사이가 될 수 있으면 좋으련만. 나도 참, 차인 주제에 뻔뻔하게 무슨 생각을 하는 건지 모르겠다.

……사가라의 나 홀로 주의의 근간에 있는 것은 도대체 뭘까.

그러고 보니 사가라가 처음으로 나를 거절한 건 본가의 이야기를 했을 때였다. 그가 안고 있는 문제는 분명 거기 있을 것이다. 사라가는 지금도 마음을 닫고 누구와도 어울리지 않은 채, 오직 혼자 살아가려 하고 있다.

만약 사가라가 정말로 나 홀로 사는 세상을 원하고 있다면. 나는 그것도 괜찮다고 생각한다. 그가 진심으로 혼자 있기를 원한다면 (물론 섭섭하지만) 나는 그걸 방해할 생각은 없었다.

······그렇지만. 사가라가 괴로워하는 건······ 싫다.

내 마음을 받아줄 수 없다며 밀쳐냈을 때도. 이건 내 문제야, 라고 했을 때도. 사가라는 계속 괴로워 보였다.

만약 내가 진정한 인싸녀가 되어 친구도 많이 생기고 즐거운 나날을 손에 넣는다 해도. 사가라가 웃지 않는다면 내 대학 생활은 결코 장밋빛으로 물들지 못할 것이다.

사가라는 자신의 나 홀로 대학 생활을 지키기 위해 내게 협조하겠다고 했다. 그렇다면 나는 내 장밋빛 대학 생활을 손에 넣기 위해 사가라를 도울 것이다.

그때 창 너머로, 가로등 불빛에 비치는 사가라의 모습이 보였다. 검은색 다운 재킷을 입은 그는 밤의 어둠 속에 녹아 들어 있었지만, 신기하게도 내 눈은 금방 그를 찾아냈다.

더 이상 가만히 있을 수 없어진 나는 집에서 뛰쳐나가 계단을 올라오는 사가라를 향해 "어서 와!"라고 말했다.

아르바이트를 마치고 집에 돌아오는 길, 스마트폰을 확인한 나는 살짝 숨을 삼켰다. 걸음을 멈추고 전봇대에 기댄다. 추위로 곱은 손가락으로 스마트폰의 착신 내역을 확인했다.

전화를 한 사람은 엄마다. 1시간씩 간격을 두고 총 3번, 착신 내역이 남아 있었다. 이렇게 여러 번 전화가 온 건 집을 나온 이후로 처음이다. 설마 사고나 몸이 아픈 건 아니겠지, 라며 불길한 상상으로 가슴이 술렁거린다. 현재 시각은 밤 10시, 엄마는 분명 아직 깨어 있을 것이다.

잠깐 고민한 후, 착신 내역의 발신 버튼을 눌렀다.

"소우헤이? 잘 지냈니?"

연결음이 울리자마자 엄마가 전화를 받았다. 조금 긴장한 것 같기도 한 딱딱한 목소리다.

엄마는 본가를 나온 후에도 여러 번 전화를 걸어왔다. 하지만 통화를 해 봤자 모자 사이라는 사실이 믿기지 않을 정도로 어색하고 불편한 침묵만 이어지다가 그대로 전화를 끊기가 일쑤였다. 가족 사이의 거리낌 없는 느낌이 어떤 건지 나는 이미 잊었다.

"무슨, 용건이라도 있어?"

"저기, 소우헤이…… 이번 겨울방학 때, 고향에 내려오니?"

"……아—. 아르바이트 때문에 힘들 것 같아."

아르바이트가 있는 건 거짓말이 아니다. 애당초 나는 고향으로 돌아갈 생각이 없었다.

엄마는 지금 새로 생긴 애인과 살고 있다. 내가 집에 돌아가봤자 방해만 될 뿐이다. 사실 나는 집을 나온 후, 엄마와 한 번도 만나지 않았다. 황금연휴와 여름방학 때도 집에 돌아오라는 말은 한 번도 못 들었다.

그런데 어쩐 일로 엄마는 물러나지 않았다.

"……잠깐이라도 오면 안 되겠니? 교통비는 엄마가 줄게."

"……그래도……."

"그게 말이다, 소우헤이. 사실 엄마가 너한테 긴히 할 얘기가 있어서 그래."

전화 너머로도 알 수 있는, 강한 의지가 담긴 목소리였다. 그제야 엄마의 의도를 알아챌 수 있었다.

아아, 그런 거구나. 엄마는 나를 보고 싶은 게 아니다.

"엄마, 혹시 재혼해?"

내 물음에 전화 너머의 엄마는 아무 말도 없었다. 잠시 후, 한숨 소리가 들린다.

"……전화로 할 이야기는, 아니잖니."

"……미안."

"나중에 일정 확인하고 연락해주렴. 그럼, 잘 자, 소우헤이. 감기 조심하고."

엄마는 그렇게 말했고, 오늘도 어색한 분위기가 흐르는 가운데 통화는 종료되었다.

다운 재킷 호주머니에 스마트폰을 집어넣고 다시 걸음을 뗐다. 차가운 바람이 휘잉 휘잉 거칠게 불어서 귀가 찢어질 것처럼 아팠다.

연립주택 계단을 오르자 나나세가 집에서 튀어나왔다. 맨얼굴 안경에 한텐 차림을 한 나나세는 내 얼굴을 보더니 기쁜 표정을 지었다.

"사가라! 어서 와!"

그녀의 얼굴을 보자 마음이 편안해졌다. 하지만 그 감정은 억눌러 감춘 채, 나는 어깨를 으쓱였다.

"이런 시간에 밖에 나오지 마."

"사가라가 집에 오는 모습이 창밖으로 보이던걸."

설마 보고 있었을 줄은 몰랐다. 혹시 나를 기다리고 있었던 건가.

……우울해 있던 참인데, 나나세의 얼굴을 봐서 다행이다. 라는 말은 입이 찢어져도 못한다. 그렇게 오해할 만한 말을 했다가는 분명 나나세를 당황하게 만들 것이다.

환한 얼굴로 생글생글 웃고 있는 나나세를 보며 머리를 벅벅 긁었다.

"……? 사가라, 무슨 일 있었어?"

우울한 얼굴을 하고 있는 걸 봤는지, 나나세가 걱정스럽게 물었다. 나는 주저하다가 입을 열었다.

"……넌 겨울방학 때 고향에 내려가?"

"어? 응. 일단 갈 생각이야."

"……고향, 돌아가기 싫다고 하지 않았어?"

"아니. 난 이제 괜찮아."

단호하게 말하는 나나세의 모습에선 무리하는 기색은 찾아볼 수 없었다. 나는 "그렇구나" 하고 짧게 대답한 후 고개를 숙였다.

나나세는 더 이상 과거에 연연하지 않고 앞을 향해 나아가려 하고 있다. 언제까지고 계속 멈춰 있는 건 나밖에 없다.

"……사가라도, 본가에 돌아갈 거야?"

나나세가 머뭇거리며 물었다. 나는 고개를 숙인 채, 스니커 앞 코만 노려봤다.

돌아가야 한다는 건 알고 있다. 나는 아직 미성년자이고 법적으로는 부모님의 보호 아래 있다. 현재 시점에서 금전적인 지원은 받고 있지 않지만, 앞으로 무슨 일이 생기면 엄마에게 신세를 지지 않을 거라고 단언할 수도 없다. 언제까지나 본가와 거리를 두고 지낼 수는 없을지도 모른다.

……그래도 나는.

"가기 싫어."

"왜?"

"엄마가, 재혼한대."

나나세가 작게 숨을 삼킨다. 나는 자조적으로 웃으며 말했다.

"내가 돌아가봤자 방해만 될 거야."

나나세는 눈을 깜빡이더니 그대로 살짝 내리깔았다. 한동안 침묵이 흐른다.

"……사가라."

잠시 후, 나나세가 내 두 손을 꽉 잡았다. 바깥 공기로 싸늘하게 식은 내 손이 그녀의 체온 속에 천천히 녹기 시작한다. 나나세는 내 눈을 보면서 말했다.

"본가에 돌아가서 어머니와 대화를 나누는 게 좋지 않을까?"

"……뭐?"

"자세한 건 모르지만…… 사가라가 혼자 지내는 걸 고집하는 것도 집안 사정과 관계가 있지?"

나나세는 어린애를 타이르는 것 같은 어투로 천천히 말을 이어갔다.

"……문제를 해결하기 위해서는 일단 그 문제와 똑바로 마주하는 게 중요하다고 생각해. 안 그러면, 사가라…… 아무리 시간이 지나도, 앞으로 나가지 못해."

"……무책임한 말, 하지 마. 아무것도, 모르면서…….."

무심코 말했다가 이건 단순한 화풀이에 지나지 않는다는 것을 깨닫고 바로 후회했다. 하지만 나나세는 기죽은 기색 하나 없이 나를 똑바로 응시하고 있었다.

"응, 몰라. 사가라가 아무 말도 안 해주니까."

턱 하고 말문이 막혔다. ……확실히, 틀린 말은 아니다.

"불안하면 나도 같이 갈게."

"……뭐, 뭐어?"

예상하지 못한 제안에 나는 눈을 커다랗게 떴다. 나를 바라보는 나나세의 눈동자는 반짝거리며 빛나고 있었다. 강한 의지가 담긴 그 빛 앞에 서자 나도 모르게 멈칫한다.

"가, 같이 가겠다니, 너…….."

"걱정하지 마. 본가까지 같이 가겠다는 건 아니니까. 도중까지만 같이 갈 거야."

"……그래도…….."

"괜찮지, 사가라?"

거의 강제적이다. 친구에게 거절당하는 것을 두려워하던 과거의 그녀는 도대체 어디로 간 걸까.

"알았……어."

거의 마지못해 고개를 끄덕이자 나나세는 생긋 웃더니 새끼손가락을 내밀었다.

"그럼, 약속한 거다?"

멈칫멈칫 새끼손가락을 걸자 나나세는 꽉 하고 힘주어 잡았다. 새끼손가락 걸고 약속, 이라고 말하는 목소리가 한없이 느긋하게 울려 퍼진다. 어린애도 아니고, 라고 생각했지만 내 마음은 이미 조금이나마 치유 받고 있었다.

다음 날. 쇠뿔도 단김에 빼라는 말을 실천이라도 하는 것처럼, 나나세는 나를 역까지 끌고 갔다. 교토역에서 고속버스를 타고 본가가 있는 나고야로 향한다. 버스 안에서는 거의 아무런 대화 없이 창밖만 바라보고 있었다.

버스가 나고야역에 도착할 즈음, 하얀 가루눈이 나풀나풀 흩날리고 있었다. 그러고 보니 이번 주말에는 큰 한파가 찾아올 거라는 온라인 뉴스의 기사 제목을 본 것 같다.

"사가라, 본가까지는 버스?"

나나세가 물었다. 집과 제일 가까운 버스 정류장을 말하자 "나랑 같은 노선이네"라며 하얀 입김을 토해내며 말했다.

버스 터미널에서 시영 버스를 타면 본가까지는 30분 정도 걸린다.

분명 엄마와 똑바로 마주하겠다고 결심했는데도 조금씩 변해 가는 창밖 풍경에 따라 내 기분도 납덩어리처럼 무겁게 가라앉았다. 차창에 비치는 내 얼굴은 평소보다 더 험악한 표정을 짓고 있고 미간에는 깊은 주름이 파여 있었다. 목적지가 가까워질수록

눈발은 점점 더 거세졌다.

옆에 앉아 있는 나나세는 아무 말 없이, 등을 쭉 편 채 앞만 보고 있었다. 그녀는 지금 무슨 생각을 하고 있을까.

그때 다음 정차역을 알려주는 방송이 흘러나왔다.

"……다음에 내려."

내가 자리에서 일어나자 나나세는 "그럼, 나도"라며 내 뒤를 따라왔다.

본가가 있는 동네의 버스 정류장은 내가 다니던 초등학교 바로 앞에 있다. 맞은편에 있던, 불량 과자를 팔던 가게는 문을 닫고 주차장으로 변해 있었다. 이 동네에 살면서 나쁜 기억만 있었던 것도 아니다 보니 반가운 느낌도 들었다. 그런데도 우울한 기분은 지울 수가 없었다.

아스팔트에는 눈이 살짝 쌓여 있었다. 눈을 밟을 때마다 사박사박 가벼운 소리가 난다. 나도 나나세도 아무 말이 없다. 차가운 바람이 휘잉 휘잉 휘몰아친다.

5분 정도 걷자 본가에 도착했다. 내가 태어난 집은 아주 작은 단독주택이었는데 내가 태어나기 바로 직전에 구입했다고 들었다. 지금은 도저히 상상이 안 되지만 그 당시에는 아주 행복한 부부였을 것이다. 아빠는 이 집에서 나갔고 엄마는 다른 남자와 함께 살고 있다.

인터폰을 누르려던 손가락이 멈췄다.

오랜만에 만난 엄마와 무슨 이야기를 하면 좋을까. 역시 돌아오지 말 걸 그랬나. 그런 생각만 계속하다 보니 몸이 꼼짝도 하지 않았다.

"……저기, 죄송한데요."

뒤에서 말을 거는 소리에 움찔 놀랐다. 당황해서 뒤를 돌아보니 세라복 위에 더플 코트를 입은, 검은 머리를 하나로 묶은 소녀가 서 있었다.

"우리 집에, 무슨 볼일이라도 있으세요?"

처음 보는 소녀가 내 집을 가리키며 '우리'라고 표현한 것에 충격을 받았다. 하지만 이내 생각이 미쳤다.

……그러고 보니 엄마의 애인에게는 고등학생 딸이 있다고 했다.

"……아, 아뇨. ……아무것도, 아니에요."

나는 중얼거리듯 말한 후, 서둘러 그 자리를 떠났다. 소녀의 의아해하는 시선이 등에 꽂히는 게 느껴진다. 수상한 사람이라고 오해해도 어쩔 수 없다.

본가 근처에 있는 공원까지 오자 걸음을 멈췄다. 뒤에서 "사가라!"라고 부르는 소리가 들리자 그제야 정신이 들었다. 아뿔싸. 나나세의 존재를 깡그리 잊고 있었다.

"사, 사가라, 기다려…… 꺄악."

그 순간 눈 때문에 미끄러진 나나세가 비명을 지르는 것과 동시에 그대로 넘어졌다. 서둘러 달려가 일으켜 세워준다.

"나나세. 괘……괜찮아?"

"으, 응. 난 괜찮아."

말은 그렇게 했지만, 눈과 흙이 뒤섞인 바닥 때문에 나나세의 원피스는 더러워져 있었다. 검은색 스타킹의 무릎 부분이 찢어져

피가 배어나오고 있다. 미안하고 가슴이 아프다.

"……나나세, 미안…… 나…….."

그러자 나나세는 고개를 가로저었다. 여기까지 와놓고 도망친 나 자신에게 화가 났다. 하지만 지금 내게 그곳으로 뛰어들 용기는 없었다.

분명 그곳에는 내가 모르는 행복한 가족이 있을 것이다.

"역시, 못 가겠어. 난, 무리야."

내 말을 들은 나나세는 슬픈 얼굴로 눈을 내리깔았다. 어쩌면 여기까지 와서 결국 도망친 나에게 질렸는지도 모른다. 이렇게 한심한 모습을 보고 환멸을 느낀다 해도 어쩔 수 없다.

"……못 가겠다니……그럼, 어떡할 거야? 이제 교토행 버스도 없어."

나나세는 당혹감을 감추지 못하며 말했다. 나는 잠깐 고민했다가 "묵을 곳을 찾아봐야지"라고 대답했다.

"묵을 곳이라니? 호텔?"

가만히 생각해 보니 지금은 급여일 전이라서 호텔에 묵을 돈은 없었다. 내가 아무 말 없이 있자 나나세가 벌떡 일어났다.

"……좋아. 알았어."

나나세는 결연한 표정으로 내 손을 꼭 잡더니 "가자"라고 말했다.

"……어디로?"

"우리 집. 집에 가기 싫으면 일단 오늘은 우리 집에서 자면 돼."

"……어……뭐……뭐어?!"

나도 모르게 얼빠진 소리가 튀어 나갔다. 잠깐만, 이건 도대체 무슨 전개지?

나나세는 내 손을 꽉 잡은 채, 척척 걸어간다. 나는 어안이 벙벙한 상태로 질질 끌려가다시피 하며 나나세의 뒤를 따라갔다.

우리 본가에서 버스로 5분 정도 달린 곳에서 나나세가 "여기서 내려"라고 말했다.

본가로 향하는 길에 같은 또래 여자와 스쳐 지나갔다. 아는 사이인지 나나세는 웃는 얼굴로 "안녕" 하고 인사했다. 그냥 지나치기도 그래서, 나도 말없이 머리를 숙였다.

여자 역시 "안녕"이라고 인사했지만, 어딘가 석연치 않은 표정을 짓고 있었다. 나나세가 누군지 못 알아보는 게 분명했다. 고등학교 때와는 얼굴이 완전히 다르니 무리도 아니다. 나나세는 딱히 신경 쓰는 기색 없이 걸어간다.

그녀는 주택가 한가운데 있는 작은 단독주택 앞에서 걸음을 멈췄다.

"……저기. 나…… 이렇게 갑자기, 와도, 진짜 괜찮을까?"

냉정히 생각해 보면 말도 안 되게 비상식적인 행동이었다. 만약 외동딸이 갑자기 처음 보는 남자를 데리고 온다면, 나 같으면 그 자식에게 주먹을 한 방 날릴지도 모른다.

"내가 잘 설명할 테니까 걱정하지 마."

나나세는 그렇게 말하고 미소 지었지만, 불안은 전혀 가시질 않았다. 설명한다니, 어떻게?

「이 남자는 오해할 만한 행동을 반복한 끝에 나를 찬 것도 모자라 본가에 돌아가기 싫다고 고집을 피우는 바람에 어쩔 수 없이 여기까지 데리고 왔어요」라고 말할 참인가? 나라도 그딴 남자는 주먹을 날리는 정도로 끝내지 않는다.

자물쇠를 연 나나세가 "나 왔어"라고 외쳤다. 집안은 어두컴컴하고 대답하는 사람도 없다.

"어라, 이상하네…… 잠깐 뭐 사러 나갔나?"

"나나세…… 부모님께 오늘 집에 온다고 말했어?"

내 질문에 나나세는 "앗" 하고 한 손으로 입을 막았다.

"그러고 보니 서둘러 오느라 깜빡하고 말 안 했어."

"뭐?! 너, 너, 그런 걸 까먹으면 어떡하냐……!"

"내가 전화해 볼게! 일단 들어가!"

나나세는 그렇게 말하고는 내 등을 꾹꾹 밀었다. 엉겁결에 거실로 들어간다. 불도 꺼져 있고 집안은 완전히 서늘했다. 인기척이라곤 전혀 없다.

나는 다운 재킷을 벗은 다음, 머뭇머뭇 소파에 걸터앉았다. 나나세는 스마트폰을 꺼내더니 부모님에게 전화를 걸기 시작했다.

"……아, 엄마? 실은 나 지금 집에 왔는데……에, 진짜? 응, 알았어. 저기, 친구랑 같이 왔는데 여기서 자고 가도 되지?"

잠시 후 나나세는 전화를 끊었다. 조금 곤란한지 울상을 짓고 있었다.

"그게…… 아빠랑 엄마는, 지금, 미카와에 있는 할머니 댁에 계신대."

"뭐?"

"거기서 자고 갈 거라서 오늘은 집에 안 들어오신다나 봐."

······그 말인즉. 우리는 오늘 밤, 여기서 단둘이, 지내야 한다는 뜻이다.

나는 얼른 자리에서 일어나 "난 갈게"라고 말한 다음, 방금 벗어둔 다운 점퍼를 다시 걸쳤다. 나나세는 "잠깐 기다려!"라며 서둘러 나를 붙들었다.

"그, 그럴 순 없어! 모처럼 여기까지 왔는데."

나나세는 내 점퍼 자락을 꽉 잡은 채, 놓지 않았다. "그래도"라는 내 말을 가로막는 것처럼 재빨리 말을 쏟아낸다.

"난 괜찮아. 엄마한테 허락도 받았어. 그러니까 그냥 자고 가. 손님방도 있으니까 거기서 이불 깔고 자면 돼. 응?"

필사적으로 물고 늘어지는 나나세를 보자 뭐가 괜찮다는 걸까 하는 생각이 들었다. 하지만 다른 선택지가 없는 것도 사실이었다.

"······아, 알았어."

고뇌하면서 그렇게 말하자 나나세는 그제야 마음이 놓이는지 안도의 한숨을 쉬었다. 그러더니 뺨을 붉히며 흙이 묻은 원피스 칼라를 잡아당겼다.

"······그럼, 일단. 목욕 좀 하고 와도 될까? 아까 넘어지는 바람에 축축하게 젖었어······."

······역시 지금 당장 돌아가야 하나. 그렇게 생각했지만 이미 늦었다.

익숙한 탈의실인데도 옷을 벗는 순간, 살짝 긴장됐다. 이유는 알고 있다. 한 지붕 아래, 사가라가 있기 때문이다.

사가라는 2층에 있는 내 방에 밀어두고 왔다. 물리적인 거리만 생각하면 평소에 살고 있는 자취방이 더 가까울지도 모른다. 그래도 이 상황에서 전라가 되는 건 긴장될 수밖에 없었다. 딱히 걱정되는 건 아니지만, 일단 탈의실 문을 잠갔다.

에잇, 하고 기세 좋게 옷을 벗어서 빨래 바구니에 넣었다. 욕실 안으로 들어가서 수도꼭지를 틀고 뜨거운 물이 나오기를 기다렸다. 충분히 따뜻해진 것을 확인한 후, 우선 화장을 지우고 머리부터 물줄기를 뒤집어썼다. 샤워 타월에 거품을 내서 몸을 씻는다. 넘어져 깨진 무릎에 뜨거운 물이 닿자 상처가 쓰라려서 눈썹을 살짝 찌푸렸다.

어쩌면 나. 엄청난 짓을. 저지른 건지도 몰라⋯⋯.

아까 보인 다소 강제적인 행동에 생각이 미치자 정신이 아득해져서 그 자리에 웅크리고 앉았다.

멋대로 나고야까지 따라온 것도 모자라 집에까지 데리고 오다니. 어쩌면 사가라는 지금쯤, 그런 나한테 진절머리가 났을지도 모른다.

그렇지만 도저히 그를 내버려둘 수 없었다.

얼굴이 창백해진 사가라가 본가에서 도망쳤을 때. 고통스럽게 숨을 토해내며 '못 가겠어'라고 말했을 때. 나는 이 사람을 혼자

둘 수는 없다고 생각했다.

지금의 내가 사가라를 위해 해줄 수 있는 일이라곤 하나도 없다. 그래도 사가라의 곁에 있어 주고 싶다.

……나, 내가 생각했던 것보다 훨씬 더…… 적극적으로 변했구나.

사가라를 좋아하기 전까지는 그런 나의 일면을 조금도 알아차리지 못했다. 굳이 표현하자면, 소극적인데 겁까지 많아서 친구에게 놀러 가자는 말조차 제대로 못 했는데.

게다가 오늘은 사가라와 단둘이 여기서 밤을 보내야 한다.

설마하니 이런 식으로 '처음으로 밤을 함께 보내게' 될 줄은 꿈에도 몰랐다. 물론 나는 이미 사가라에게 차인 신세라 무슨 일이 있을 거라고 생각하는 건 아니지만. 그래도 평소보다 더 정성 들여 몸을 씻었다.

김이 서린 거울에 물을 뿌리자 태어난 그대로의 모습을 한 내가 비친다. 왠지 갑자기 내 몸매가 신경 쓰이기 시작했다. 일단 가슴은 자연산이고 절대 작은 편은 아니라고 생각하지만, 다른 사람과 비교해 본 적이 없어서 잘 모르겠다. 배는 안 나왔는지 조금 걱정이다. 화장을 지운 맨얼굴은 역시 수수하고 평범하다.

……아아. 하다못해 예쁜 실내복이라도 준비해 둘 걸.

그런 쓸데없는 후회를 하면서 욕실에서 나왔다.

나는 지금. 나나세의 본가로 끌려와서 2층에 있는 그녀의 방에서 혼자, 나나세가 샤워를 마치기를 기다리고 있다. 정자세로.

도대체 이게 무슨 상황이야, 라고 머리를 싸매고 싶었다. 이런 상황, 내게는 평생 찾아오지 않을 줄 알았다. 벽에 딱 붙어 있는 침대가 눈에 들어와서 괜히 더 이상한 기분이 들었다. 1층에서 기다리는 것보다는 낫겠지만 여기 있는 것도 꽤 힘들다.

마음이 영 진정되지 않아서 괜히 방안을 슥 둘러본다. 깔끔하게 정돈되어 있고 먼지 하나 없는 걸 보니 나나세의 가족이 정기적으로 청소하고 있다는 걸 알 수 있었다. 교토의 연립주택에 있는 방과는 또 분위기가 다르다. 하긴 그곳은 거대한 옷장 때문에 다른 물건을 놔둘 공간이 없다.

책상과 책장, 그리고 침대. 커다란 수납함과 서랍장이 하나. 창가에는 작은 오르골. 책장에는 참고서와 사전, 도감 등이 빼곡하게 꽂혀 있고 만화와 소설 종류는 거의 없었다. 도서 위원이었던데 비해 그리 대단한 독서가는 아닌 모양이다. 하지만 아동서는 의외로 많아서 책장 아래쪽에는 『엘머의 모험』과 『모모』 같은 책들이 꽂혀 있었다.

나나세는 어렸을 때부터 줄곧 여기서 지냈던 걸까.

여성스럽고 귀여운 인테리어 같은 건 없다. 그래도 참 나나세다움이 가득한, 마음 편한 공간이라는 느낌을 받았다.

책장에는 고등학교 졸업 앨범도 있었다. 그러고 보니 나는 졸업한 그날 바로 집을 나왔기 때문에 졸업 앨범을 못 봤다. 어차피 내 사진은 거의 없겠지만, 오랜만에 고등학교 때의 나나세를 보고 싶어졌다.

앨범을 뺀 순간, 옆에 끼워져 있던 노트가 툭 하고 떨어졌다. 아뿔싸, 하고 주우려다가—— 손을 멈췄다.

펼쳐진 페이지에는 나나세의 글씨가 빼곡하게 적혀 있었다. 어떤 옷에 어떤 구두와 가방을 매치하면 좋은지. 자신의 피부에 어울리는 색과 골격에 맞는 옷. 화장 기술, 색을 사용하는 방법 등. 옆에는 별로 능숙하지 못한 일러스트도 첨부되어 있었다.

아마 이 노트는—— 나나세가 대학 데뷔에 성공하기 위해 노력한 흔적일 터.

나나세는 변하기 위해 이렇게 노력했는데. 나는 언제까지나 계속 같은 자리에 머문 채, 한 발도 내딛지 못하고 있다.

노트를 덮어서 원래 자리에 조심스럽게 되돌려 놓았다. 그때 나나세가 계단을 올라오는 소리가 났다. 화들짝 놀라서 다시 정자세를 하고 앉는다.

방문이 열리더니 나나세가 얼굴을 빼꼼 내밀었다.

"늦어서 미안. 사가라도 목욕하고 와."

목욕을 마치고 나온 나나세는 맨얼굴이지만 뺨이 살짝 발그레했다. 그리고 심플한 잠옷을 입고 있었는데 머리카락 끝은 아직 조금 젖어 있었다. 허둥지둥 시선을 돌린 나는 "응" 하고 고개를 끄덕였다.

목욕을 마치고 나와서 식당에서 저녁을 먹은 후, 나나세가 "조금 이르지만, 그만 잘까"라고 말했다. 그 순간, 묘한 분위기가 감돌았다. 하지만 나는 아무렇지도 않은 척했다.

나나세가 안내해 준 곳은 1층에 있는 손님방이었다. 내가 목욕하는 동안 이불을 깔아둔 모양이었다.

"그럼, 잘 자."

나 역시 "너도 잘 자"라고 말하고 돌아섰다. 불이 꺼지고 계단을 올라가는 소리가 들린다. 나나세는 자기 방에서 잘 것이다.

평소 사용하는 것보다 조금 딱딱한 베개였다. 왠지 새 물건에서 나는 냄새가 나는 것 같다. 째깍 째깍, 시계 소리가 유난히 시끄럽게 울려 퍼졌다. 계속 몸을 이리저리 뒤척였다. 왠지 가슴이 답답한 게 숨쉬기가 힘들었다.

억지로라도 눈을 감고 잠깐 졸았던 것 같지만, 머리맡에 놓인 스마트폰으로 시간을 확인하니 두 시간도 지나지 않았다.

도저히 잠이 안 와서 손님방을 나가 거실로 돌아갔다. 불도 안 켜고 소파에 앉아 어두컴컴한 천장을 올려다본다.

……난 어쩌면 좋을까.

본가와 나나세 문제 모두. 나는 아무리 시간이 지나도 여전히 어중간하다. 이대로는 안 된다는 것을 알고 있지만—이제 와서 엄마와 똑바로 마주한다 한들 뭐가 달라질까. 그저 그곳에 내 자리는 없다는 것만 절감하게 되지 않을까.

그렇게 고민하고 있을 때, 통통, 계단을 내려오는 소리가 들렸다.

"……사가라?"

잠옷 위에 담요를 두른 맨얼굴의 나나세가 내 이름을 불렀다. 나는 아무 말 없이 시선만 그녀를 향해 돌렸다.

"……뭐 하러 왔어."

"그냥, 목이 말라서……."

나나세는 그렇게 말하더니 주방에 서서 유리컵에 생수를 따랐다. 그리고 물을 다 마신 후 이쪽으로 오더니 내 옆에 털썩 걸터앉았다.

"사가라야말로 뭐 하고 있어? 잠이 안 와?"

"……응."

"그렇구나. 여기, 춥지? 담요 같이 덮자."

그러면서 나나세는 내 무릎에 담요를 덮어주었다. 어깨와 어깨가 살짝 닿은 순간 감도는 달콤한 향기에 심장이 뛰었다. 포근한 담요보다 오른쪽 어깨에 느껴지는 나나세의 체온이 지금의 내게는 훨씬 더 따뜻해서 마음이 놓였다.

목이 말랐다고 했지만, 아마 내가 걱정되어서 잘 있는지 살피러 온 것이리라. 나나세는 그런 식으로 다른 사람을 배려해 주는 다정한 성격의 소유자다. ……나와는 전혀 다르다.

"있지…… 뭐 하나, 물어봐도 돼?"

"뭔데."

"사가라는…… 왜 집에 돌아가기 싫은 거야?"

핵심을 파고드는 질문이었다. 그래도 이젠, 상관없잖아, 라며 뿌리칠 생각은 들지 않았다. 나는 나나세를 보고 있던 시선을 아래로 향한 채, 웅얼거리듯 대답했다.

"엄마에겐…… 그 사람에게는 이미, 다른 행복이 있어. 더 이상 내 자리는 없고…… 원하지도, 않아."

"……진심으로, 그렇게 생각해?"

"……내 자리 따윈, 없는 게 더…… 혼자가 더, 편하잖아. 다른 사람에게 상처를 주고, 반대로 상처를 입을 바에야…… 계속, 혼자 있는 게 좋아."

쥐 죽은 듯이 조용해진, 어두컴컴한 거실에, 내 목소리만 한심하게 울려 퍼진다.

이윽고 나나세가 속삭이듯 작은 목소리로 물었다.

"사가라. 사실은, 외로웠던 거지?"

허를 찔려서 나도 모르게 나나세를 쳐다봤다. 화장했을 때보다 온화한 인상을 주는 맨얼굴의 눈이 부드럽게 나를 응시하고 있었다.

"다른 누군가와 어울려 지내는 건, 역시 무섭지. 나도, 대학에 들어온 후에…… 고등학교 때는 상상할 수도 없을 정도로 많이 상처받고 힘든 일도 많이 겪었어."

"……윽. 미, 미안."

반사적으로 사과하는 말이 튀어 나갔다. 하지만 나나세는 웃으면서 내 얼굴을 들여다봤다.

"그래도 말이야. 난 용기를 내서 내 세계를 넓히길 잘했다고 생각해. 물론 힘든 일도 있었지만…… 친구도 생기고, 좋아하는 사람도 생기고…… 그 몇 배로 즐거운 일과 기쁜 일이 있었으니까."

"나나세……."

"고마워. 사가라 덕분에 내 대학 생활이 너무 즐거워졌어. 그러니까 이번에는…… 내가, 사가라가 웃을 수 있도록, 도와주고 싶어."

© Yukiko Tadano

나나세의 말이 가슴에 천천히 스며든다. 그녀는 이런 나를 최선을 다해 격려해 주고 등을 떠밀어주려 하고 있다.

내가 아무 말 없이 있자, 나나세는 무언가를 결심한 것처럼 입술을 꾹 다물었다. 그리고 그대로 내 등으로 팔을 둘러 가만히 몸을 기대어왔다.

"⋯⋯─웃?!"

뭐 하는 거야, 라고 말하려 했지만, 목소리가 나오지 않았다. 온몸의 혈액이 엄청난 기세로 돌기 시작했다.

맞닿은 몸은 같은 인간이라는 사실이 믿기지 않을 정도로 부드럽다. 옷자락 너머에 있는 부드러운 맨살까지 상상하게 되자 나도 모르게 신음이 흘러나왔다. 밤색 머리카락이 내 뺨을 간지럽힌다. 쿵쿵 하고 미칠 듯이 뛰는 심장 고동을 서로의 몸으로 느끼고 있었다.

이성이 날아가기 직전, 나나세의 몸이 가늘게 떨리고 있는 것을 알아차렸다. 딱딱하게 굳은 몸이 그녀가 얼마나 긴장하고 있는지 알려주자── 그제야 정신이 들었다.

"괘, 괜찮아. 괜찮아, 사가라."

"⋯⋯저, 저기. 그렇게 무리 안 해도. 너야말로 괜찮냐⋯⋯."

왜 나 같은 놈을 위해 이렇게까지 필사적으로 구는 걸까. 나는 나나세가, 이렇게 착하고 최선을 다해 살아가는 여자가 좋아할 만한 가치가 있는 사람이 아니다.

고개를 든 나나세는 촉촉하게 젖은 눈으로 나를 가만히 바라봤다.

"……그러니까, 그런 얼굴, 하지 마……."

어떤 얼굴인데 그래, 라고 말하려던 순간. 뚝, 하고 담요 위에 눈물이 떨어졌다. 그게 내 눈에서 떨어졌다는 것을 깨닫기까지 몇 초의 시간이 걸렸다. 뺨을 훔친 손등이 젖어 있었다.

어라. 나…… 왜, 울고 있지?

전혀 외롭지 않다고 생각했다. 혼자가 좋다고 생각했다. 그런데도 나는 지금, 타인의 체온에 감싸인 채, 한없이 안심하고 있다.

……아아, 그렇구나. 나는, 줄곧……외로웠던 거구나.

"미안…… 조금만 더, 이렇게 있어 줘."

한심한 말을 하고 있다는 건 알지만, 나나세는 "응" 하고 고개를 끄덕여주었다. 가냘픈 어깨에 얼굴을 파묻자 참을 수 없는 눈물이, 다시 조금 흘러나왔다.

눈을 뜬 순간, 나나세의 잠든 얼굴이 바로 코 앞에 있었다.

손 뻗으면 닿을 거리에서 새근새근 고른 숨소리를 내며 잠든 나나세를 보니 심장이 멎을 것 같다. 동요한 나는 소파에서 떨어져서 그대로 테이블에 머리를 세게 부딪쳤다. 쿵, 하는 둔탁한 소리가 울려 퍼진다.

머리를 감싼 채 괴로워하고 있자 나나세가 "으음……" 하고 몸을 뒤척였다.

"……아, 사가라. 좋은 아침……."

눈을 뜬 나나세가 나를 향해 미소를 짓는다. 그 미소를 본 순간, 수많은 일들이 아무래도 상관없어졌다. 머리를 문지르며

"……좋은 아침"이라고 대답한다.

"잘 잤어?"

"……숙면을 취한 내가 싫어질 정도로."

푹 잔 덕분일까, 개운한 기분이 들었다. 그 상황에서 느긋하게 잠이 들었다니. 도대체 어떻게 생겨 먹은 신경이냐. 나는 내 생각보다 더 뻔뻔한 인간이었던 걸까.

"그렇구나. 다행이다."

나나세는 소파에서 일어나더니 촤아앗 하는 소리를 내면서 커튼을 걷었다.

"근처 빵집에 아침 사러 가자. 거기 크림빵이 맛있어."

창문 너머에는 투명하고 파란 하늘이 펼쳐져 있었다. 밤색 머리카락이 햇빛을 받아 반짝반짝 빛나고 있다. 왠지 묘하게 눈부시게 느껴져서 나도 모르게 눈을 가느스름하게 떴다.

아침을 다 먹은 후, 나나세와 함께 시영 버스를 타고 다시 본가로 향했다. 버스에서 내리자 나나세에게 "여기서부터는 혼자 갈게"라고 말했다.

"엄마랑 얘기하고 금방 돌아올게…… 카페 같은 데 들어가서 시간이라도 때우고 있어."

"응, 알았어. 잘 다녀와."

나나세는 부드러운 미소와 함께 손을 흔들며 배웅해 주었다.

……나나세는 나를 위해 이렇게까지 해주었는데 ……나는 나밖에 모르는 인간이야.

이기적인 말로 나나세를 내치고. 상처 입는 게 두려워서 상대의 마음에서도, 내 마음에서도 계속 도망치기만 했다. 이대로는 안 된다는 것 정도는 알고 있다.

내가 나나세의 마음과 똑바로 마주하기 위해서는 우선 내가 가진 문제와 마주하고 해결해야만 한다.

나는 등을 쭉 펴고 본가를 향해 걷기 시작했다.

버스 정류장에서 집으로 가는 길에 작은 공원이 있다. 어제 나나세가 넘어진 곳이다. 그러고 보니 옛날에 장난을 치다가 정글짐에서 떨어지는 바람에 뒤통수를 바늘로 꿰맬 정도로 다친 적이 있다고 들었다.

당시의 기억은 없지만 나중에 엄마가 "그때는 진짜 살아도 사는 게 아니었어"라고 말했던 게 기억난다.

……줄곧 뚜껑을 덮어둔 채 눈을 돌리고 있던 기억은 사실 그리 나쁘지만은 않았던 건지도 모른다.

조금 더 걸으니 본가가 보였다. 긴장은 했지만 어제처럼 도망치고 싶다는 생각은 들지 않았다. 심호흡을 한 후, 인터폰을 누른다.

"어서 오렴, 소우헤이."

문이 열리더니 엄마가 얼굴을 내밀었다. 오랜만에 보는 엄마는 기억 속 얼굴보다 살짝 더 살이 찌고 안색도 좋았다. 나는 무슨 말을 하면 좋을지 몰라서 다운 점퍼 주머니에 손을 찔러넣은 채 우두커니 서 있었다.

"많이 춥지? 얼른 들어와. 눈은 괜찮았니?"

시키는 대로 집 안으로 들어갔다. 난방이 잘 되어 있어서 따뜻했다. 현관에 준비되어 있는 것은 예전에 내가 사용했던 게 아니라 새로 산 손님용 슬리퍼였다. 딱딱한 소재라 영 불편하다. 여긴 분명 내가 살던 집이 맞는데도 묘하게 어색한 느낌이 들었다.

"어제는 왜 안 돌아왔어?"

그렇게 말한 엄마의 목소리에는 나를 나무라는 기색은 전혀 없었다. 굳이 따지자면 나를 걱정하는⋯⋯것처럼 들렸다.

"아――⋯⋯ 미안. 그게, 친구 집에, 갔었어⋯⋯."

"이치카가 너랑 비슷한 사람이 집에 왔었다고 하더구나."

역시 알고 있었구나. 둘러대지도 못하고 애매하게 "응" 하고 수긍했다.

내 얼굴을 가만히 바라본 엄마는 진심으로 안도한 것 같은 목소리로 중얼거렸다.

"⋯⋯정말 잘 왔어."

예상하지 못한 말에 나도 모르게 "뭐?" 하고 되물었다. 엄마는 고개를 숙인 채 중얼거리듯 말을 이어간다.

"⋯⋯전화해도 거의 안 받고. 택배로 물건을 보내도 받지도 않고."

"⋯⋯그건⋯⋯."

"이제 여긴 안 오는 줄 알았잖니."

그렇게 말하는 엄마의 목소리는 살짝 떨리고 있었다. 그러더니 그대로 빙글 돌아섰다.

내가 "미안" 하고 사과하자 코를 훌쩍이는 소리가 들렸다. 울고 있다는 걸 깨닫자 동요했다. 아빠가 무슨 짓을 해도 절대 눈물을 보이지 않았는데. 이 사람은 내 엄마이기 이전에 한 명의 인간이라는 사실을 그제야 깨달았다.

재빨리 눈가를 훔친 엄마가 다시 나를 향해 돌아섰다. 애써 입가를 끌어 올려서 어색하게 웃어 보인다.

"……어쨌든 됐어. 저녁, 먹고 갈 거지? 카라아게 해줄까?"

카라아게는 내가 제일 좋아하는 음식이다. 엄마는 내가 좋아하는 음식을 지금도 똑똑히 기억하고 있었다.

"……엄마."

"응?"

"나를 낳은 거, 후회해?"

그렇다는 말을 듣는 게 두려워서 줄곧 묻지 못했던 질문이다.

갑작스러운 물음에 엄마는 한순간 말문이 막힌 듯했지만, 이내 면목이 없다는 듯 눈을 내리깔았다.

"……미안하구나, 소우헤이. 엄마가…… 너한테, 심한 말을 했어."

――소우헤이만 없었으면 좋았을 텐데.

예전에 아빠와 말다툼하다가 엄마가 내뱉은 말이다. 줄곧 내 가슴 깊은 곳에 저주처럼 달라붙어 있던 말.

"변명이 안 된다는 건 알지만…… 당시의 엄마는 매일 너무 괴로워서 여유가 없었어."

나는 "응" 하고 고개를 끄덕였다. 지금이라면 알 수 있을 것 같다. 엄마도 평범한 인간이다. 마음의 여유를 잃고 마음에도 없는 말을 할 수도 있다.

"네가 용서하지 못하는 것도 당연해. 그래도 이 말만은 꼭 하게 해주렴."

거기서 말을 멈춘 엄마는 나를 똑바로 바라보면서 단호하게 말했다.

"너를 낳은 걸 후회하다니…… 엄마가 어떻게 그러겠니."

그 순간, 지금까지 가슴에 박혀 있던 가시가 쏙 빠진 것 같은 기분이 들었다.

더 이상 이곳은 내가 있을 곳이 아닌지도 모르지만, 엄마는 분명 지금도 나를 사랑하고 있다. 그 사실을 알게 된 것만으로도 여기 오길 잘했다는 생각이 들었다.

"엄마. ……재혼, 축하해."

내 말을 들은 엄마는 "고마워"라며 웃었다. 정말 오랜만에 보는, 진심으로 행복해 보이는, 엄마의 미소였다.

나는 엄마와 조금 대화를 나눈 후, "이만 가볼게"라며 점퍼를 걸쳤다.

"조금 더 느긋하게 있다가 가지 그러니."

"아니, 오늘은…… 친구가, 기다리고 있어."

엄마는 아쉬워하며 "그래"라고 말했지만 강하게 만류하지는 않았다.

"다음에 또 올게. ……그, 재혼하는 분에게 ……인사 같은 것도, 해야 하잖아."

그러자 엄마는 기쁜 얼굴로 "알았어"라고 고개를 끄덕여주었다. 제법 큰 딸도 있으니 그렇게 자주 올 생각은 없지만, 가끔 정도는 얼굴을 비춰도 괜찮지 않을까 싶다.

스니커를 신고 현관을 나섰다.

추위는 여전히 심해서 입김이 새하얗게 얼어붙을 것 같았지만, 하늘을 뒤덮은 잿빛 구름 사이로 한줄기 햇빛이 비치고 있었다. 녹다 남은 눈이 그 빛을 받아 하얗게 빛나고 있다. 빨리 나나세를 보고 싶다는 생각만 더해져서 저절로 걸음이 빨라졌다.

문득 버스 정류장에 누가 서 있는 게 보였다. 긴 머리 여자가 혼자 서 있다.

"······나나세!"

큰 소리로 그녀의 이름을 불렀다. 나를 발견한 나나세는 서둘러 달려왔다.

"······왜 이런 곳에. ······어디 들어가서 기다리라고 했잖아."

"······응. 그치만 역시 마음이 진정이 안 돼서······."

"많이 추웠지?"

나나세는 하얀 입김을 토해내며 "괜찮아"라고 대답했지만, 코끝은 새빨개져 있다. 나도 모르게 나나세의 손을 잡자 얼음처럼 싸늘했다.

······이런 추위 속에 계속. 나를 기다리고 있었구나.

꽁꽁 언 손을 녹이려는 것처럼 힘을 주어 잡는다. 나나세는 내 손을 마주 잡으며 조심스럽게 물었다.

"······사가라. 저기······어땠어?"

"······응. 역시 내 자리는······ 거기 없었어."

내 대답을 들은 나나세는 긴 속눈썹을 내리깔며 슬프게 고개를 숙였다.

"그렇, 구나. 미안…… 나, 괜한 짓을 한 걸까……."

"……아냐. 그렇지, 않아."

쓸데없는 고집을 피우며 딱딱하게 굳어 있던 내 마음을 풀어준 건 나나세였다. 나나세 덕분에 나는 엄마와 마주할 각오가 섰다.

"아마, 이젠…… 괜찮을 거야."

"……진짜? 그렇다면, 다행."

나나세의 말이 끝나기도 전에 그녀의 손을 당겨서 그대로 품에 가뒀다. 쏙 들어오는 자그마한 몸을 힘주어 꽉 안는다. 긴 밤색 머리카락에서는 달콤한 향기가 났다.

"……나나세, 나……."

전하고 싶은 말은 잔뜩 있는데 아무 말도 나오지 않았다. 그저 넘쳐흐르는 감정이 이끄는 대로 나나세를 꽉 끌어안는 것 말고는 아무것도 할 수 없었다.

잠시 후, 나나세의 손이 천천히 내 등을 감쌌다. 살을 에는 추위 속에서 나나세와 맞닿은 부분만 유난히 뜨거웠다.

나는 그저 내 품속의 이 온기를 놓치고 싶지 않은 마음에 그녀를 끌어안은 팔에 힘을 줄 뿐이었다.

나고야로 떠난 총알 귀성으로부터 2주가 지났다.

겨울방학은 끝나고 후기 시험이 코앞으로 다가왔다. 나는 이번에도 최고 평가를 받기 위해 전력을 다할 생각이다.

사가라는 여전히 언짢은 얼굴로 아르바이트만 하고 있었지만 왠지 조금은 고민을 떨쳐낸 것처럼 보였다. 지금까지는 누구와도 어울리려고 하지 않았는데 요즘은 같은 스터디 아이들과 이야기하는 모습이 자주 보였다. 본가로 돌아가서 어느 정도 마음이 정리되었는지도 모른다. 괜한 짓을 한 건 아닌지 걱정했기 때문에 조금이지만 마음이 놓였다.

우리 둘의 관계는 일단은 내가 사가라에게 고백하기 전으로 돌아간 형태다. 가끔 저녁을 나눠주고 학교에서 마주치면 대화를 나눈다. 나고야에서 나를 안았던 것도, 내가 안겼던 것도, 서로 아무 일도 없었던 것처럼 행동하고 있다.

이런 관계에 어떤 이름을 붙이면 좋을지 나는 모르겠다. 사가라는 내게 결정적인 말은 한마디도 하지 않으니 말이다.

아직은 어둑어둑한, 아침 6시. 쓰레기를 내놓기 위해 일찍 일어난 나는 심호흡을 해서 차가운 공기를 폐 가득 들이마셨다. 추위는 여전하지만, 겨울 아침의 맑은 공기는 꽤 좋아한다. 겨울은 이른 아침이 좋다. 고 적은 세이 쇼나곤의 마음을 알 것 같다.

그러고 보니 사가라는 야간 아르바이트가 있다고 했다. 슬슬 돌아올 시간이니 집 앞에서 기다리기로 했다.

이렇게 있으니 사가라에게 차였던 날이 생각난다. 그때도 지금과 똑같은 곳에서 하얀 입김을 토해내면서 그를 기다렸었다.

가로등 불빛을 멍하게 바라보고 있자 사가라가 걸어오는 게 보였다. 손을 흔들자 사가라는 깜짝 놀랐는지 눈이 휘둥그레졌다. 계단을 올라온 사가라는 "뭐 하고 있어"라고 어이없어 하며 말했다.

"……겨울 아침 공기는 참 좋다는 생각을 하고 있었어."

"어디가? 춥기만 하구만. ……감기 걸리겠다."

거짓말이야. 사실은 널 기다렸어.

그 말은 눌러 삼키고 "그러게. 슬슬 들어가 봐야겠어"라며 웃어 보였다.

지금 내가 그때처럼 좋아한다고 말하면. 사가라는 어떻게 생각할까. 기뻐해 줄까, 아니면…… 곤란해할까.

곤란하다면 나를 밀어냈던 그날 그 말은. 지금도 내 가슴 속에 응어리져 남아서 가끔 생각난 것처럼 쿡쿡 찔러댄다.

"그럼, 사가라. 나중에 학교에서 봐."

사가라는 졸리는 목소리로 "응" 하고 말했다. 분명 지금부터 1교시 수업 전까지 잠깐 눈만 붙일 것이다. 시험 전인데도 굉장히 하드한 스케줄이다. 나는 슬슬 준비하지 않으면 1교시 수업에 지각할 수도 있다. 얼굴을 만드는 데 1시간 이상은 걸리니 어쩔 수 없다.

다시 방으로 돌아온 나는 한쪽 구석에서 혼자 무릎을 끌어안았다.

……사가라는 ……도대체 나를, 어떻게 생각하고 있을까……?

생각하면 할수록 불안감만 커졌다. 아마 싫어하진 않을 거라고 생각하지만. 그렇다고 좋아하는 것 같냐고 하면 아직 확실한 증거가 없다.

완고하게 나 홀로 주의를 주창하던 그가 정말 나와 함께 해줄지, 그에게 그럴 생각이 있는지 알고 싶다. 우리 둘의 관계에 제대로 된 이름을 붙여서 안심하고 싶다.

……이렇게 된 이상, 내가 좀 더, 좀 더, 노력하는 수밖에 없어!

예전의 나였다면 아무것도 하지 않고 포기했겠지만―지금의 내게는 화장이라는 무기가 있다.

세수와 스킨 케어를 한 후, 잔뜩 기합을 넣어서 화장을 마친 나는 마지막으로 얇은 입술에 립스틱을 발랐다. 또렷하게 물든 입술 끝을 위로 끌어올리며 거울을 향해 웃어 보였다.

"사가라, 안녕."

밤 9시. 아르바이트를 마치고 집으로 돌아오니 허름한 연립주택과는 어울리지 않는 미인이 찾아왔다. 이렇게 늦은 시간인데 화장까지 완벽하게 하고 있다.

"크림 스튜 만들었어. 괜찮으면 먹어."

"아, 어. 고마워."

나나세가 내민 냄비를 받아 들자 그녀는 예쁘게 미소 짓는다. 나도 모르게 넋을 놓고 볼 정도로 아름다웠지만 헤엣 하고 눈이 아래로 처지는 웃음이 더 그리웠다.

그러고 보니 요즘은 나나세의 맨얼굴을 못 봤다.

예전에는 집에 오자마자 화장을 지우는 것 같았는데 최근에는 언제 봐도 화장을 하고 있었다. 왠지 태도도 어색하다……고 할까, 전혀 빈틈이 없는 느낌이다. 이 위화감의 정체가 무엇일까 고민하다가 문득 생각이 미쳤다.

아아, 그래. 이건 내가 나나세와 알기 전에 대학에서 봤던, 반짝반짝 모드의 나나세다.

"그럼, 사가라, 잘 자!"

나나세는 치맛자락을 나부끼며 씩씩하게 자기 집으로 향했다. 그 뒷모습을 보고 있자니 어찌할 길 없는 불안이 엄습해 왔다.

……왠지 예전보다 거리가 더 멀어진 것 같은 느낌이 들어…….

나고야에서 그런 일이 있은 후, 나는 나가세와 똑바로 마주하기로 마음먹었다. 나는 나나세를 좋아하고 함께 있고 싶다. 그 마음은 나나세에게도 전해졌을 거라고……생각한다.

하지만 나나세는 지금도 나를 좋아하고 있을까?

나나세가 나를 좋아한다고 말한 건 벌써 두 달이나 전이다. 고작 두 달, 이라고도 할 수 있지만, 그동안 키나미는 여자 친구와 헤어지고 다른 여자와 사귀다가 다시 예전 여자 친구와 사귀게 되었다고 한다. 리얼충은 나와는 다른 시간의 흐름 속에서 살고 있는 걸까.

……아니, 그보다 그런 식으로 차놓고 이제 와서 좋아한다고 말하는 거, 최악 아닌가?

만에 하나 나나세가 「아?! 이미 예전에 끝난 줄 알았어! 지금은 나도 좋아하는 사람이 있고!」라고 하면 남은 건 자해밖에 없다.

상상만으로도 고통스러워서 목을 쥐어뜯고 싶었다. 만약 타임머신이 있다면 그때 나나세를 찬 나를 도움닫기까지 해가며 흠씬 두들겨 패줄 텐데.

"사가라, 같이 점심 먹자."

금요일 스터디가 끝난 후. 나나세가 말을 걸어왔다.

나나세와 내가 나란히 연구실을 나가도 아무도 호기심 어린 시선을 보내지 않는다. 우리가 같이 있는 것도 이제 스터디 그룹 멤버들에게는 익숙한 풍경이었다.

"오늘은 사가라 도시락도 만들었어. 카라아게도 들었지롱!"

그렇게 말하는 나나세를 스쳐 지나간 남자들이 힐끔 쳐다본다. 옆에 걷는 사람이 기가 죽을 정도로 완전무결한 미인이다.

그래, 최근 이런저런 일이 많아서 잊을 뻔했지만─화장을 한 나나세는 애당초 나와는 다른 세계에 사는 반짝반짝 미인이다.

분수 광장을 가로지르다가 스도와 호죠가 벤치에 앉아 있는 걸 발견했다. 나나세를 본 스도가 "하루코─!"라고 부르며 손을 붕붕 흔들었다.

"뭐꼬, 또 둘이 같이 있네. 사이 좋다야──."

나와 나나세를 번갈아 본 호죠가 히죽거리며 놀렸다. 나는 그 말을 외면한 채 "시끄러워"라고 말했다. 너희들도 요즘 툭하면 같이 있잖아.

"맞다, 궁금한 게 있는데."

"뭔데?"

"결국 사가라와 나나세는 사귀는 거가?"

호죠의 물음에 한순간 긴장감이 흘렀다.

……이 남자는 실실 웃으면서 미묘한 문제를 가차 없이 파고든다. 오히려 내가 묻고 싶다. 저기, 나나세 씨, 솔직히 우리들, 사귀는 것 맞습니까?

당연히 그런 말을 할 수 있을 리 만무하니, 나는 "아——……" 하고 우물거리기만 했다. 옆에 있는 나나세를 힐끔 쳐다보자 그녀는 생긋 웃으며 말했다.

"아냐! 사귀는 거 아니야!"

……그렇게 딱 잘라 말할 것까진 없잖아…….

얼굴 가득 환한 미소와 함께 나온 그 말은 내 가슴에 푹 날아와 꽂혔다.

나나세는 아무렇지도 않은 얼굴로 "빨리 안 먹으면 점심시간 끝나겠어!"라며 발걸음도 가볍게 걸어간다. 그 자리에 남겨진 나는 망연자실한 모습으로 우두커니 서 있을 수밖에 없었다.

"뭐꼬, 뭐꼬? 사가라, 니 차였나? 불쌍해서 우짜노."

"흥, 잘 됐네 뭐. 좀 더 마음고생을 해봐야 한다."

호죠와 스도가 풀이 죽어 있는 나에게 마지막 일격을 날렸다. 나는 점점 더 작아지는 나나세의 뒷모습을 종종걸음으로 쫓아갔다.

6호관의 빈 강의실로 이동한 우리는 둘이 마주 앉아서 도시락을 먹고 있었다.

나나세가 만든 카라아게는 여전히 불만의 여지 없이 맛있다.

하지만 지금 나는 카라아게를 느긋하게 맛볼 정신이 없었다.

바로 앞에서 계란말이를 먹고 있는 나나세를 향해 머뭇머뭇 입을 연다.

"……저기, 나나세., 아까 일……말인데."

"아. 그러고 보니 삿짱과 호쿄, 드디어 사귀기 시작했다나 봐!"

"아니, 저기. 그 자식들 문제는 아무래도 상관없고……."

지금 직면한 중대한 문제는 호쿄와 스도가 아니라 나와 나나세의 관계다.

저기, 나나세. 아직 나 좋아해?

무심코 말하려다가, 네가 그렇게 대단한 줄 알아? 라는 생각에 얼른 다시 삼켰다. 그렇지만 도대체 어떻게 나나세의 마음을 확인하면 좋을지 모르겠다.

혼자 끙끙거리고 있자 나나세가 입 끝을 올리면서 생긋 미소를 지었다.

"사가라. 난 말이야, 장밋빛 대학 생활을 목표로 삼고 있어."

"……나도 알아."

"그래서 만약 누군가와 사귀게 되면 엄청 로맨틱한 상황에서 좋아하는 남자에게 고백을 받고 싶어."

그렇게 말하는 나나세의 눈동자는 반짝반짝 빛나고 있었다. 기대로 가득한 눈빛을 받은 내 등에 식은땀이 흘렀다.

이, 이건 혹시…… 기다리라는, 뜻인가……?!

그나저나 말은 참 쉽게 한다. '로맨틱'이라니, 나와는 한참 거리가 먼 단어다. 일단 사전을 펴서 정확한 뜻을 찾는 것부터 시작하지 않으면 안 된다.

나는 자세를 바로 하고 정중한 말투로 물었다.

"……나나세 씨. 그, 참고할 겸, 여쭙고 싶은 게 있는데요."

"네, 무엇이든 물어보세요, 사가라 씨."

"……로, 로맨틱한 상황이라는 건 도대체 어떤 건지요?"

나나세는 뺨을 붉히더니 새초롬하게 고개를 갸웃거렸다. 그리고 내 귀 가까이 얼굴을 대더니 입술이 귀에 닿을락 말락 한 거리에서 속삭였다.

"안 가르쳐줘."

"엇."

"……좋아하는 사람이 나를 위해 열심히 고민하는 게 제일 기쁜 법이거든."

귓가를 간지럽히는 입김은 따뜻해서 심장이 멈출 것 같았다. 앙큼한 미소를 보니 머리가 어질어질한다. 나나세의 향기에 매료된 나는 바보처럼 "네" 하고 고개를 끄덕였다.

"아아…… 어떡하지…… 너무 심했어……."

따뜻한 밀크티가 든 컵을 들어 올린 나는, 하아, 하고 한숨을 깊이 쉬었다. 바로 맞은편에 앉아 있는 삿짱은 아무렇지도 않은 얼굴로 "아이다, 안 그렇다"라고 하면서 입안 가득 치즈 케이크를 베어 물었다.

수업이 끝나자마자 삿짱이 "지금 당장 달콤한 걸 못 먹으면 죽을 것 같데이"라고 떼를 써서 나는 삿짱과 호죠, 이렇게 셋이 학교 근처에 있는 카페로 왔다. "괜히 내가 방해하는 것 아냐?"라며 사양하려고 했지만 삿짱은 "방해되는 건 오히려 히로키지"라고 딱 잘라 말했다.

"삿짱. 역시 나한테는 안 맞는 것 같아……분명히 이상하게 생각할 거야…….

"뭐라노? 그런 타입은 좀 심하다 싶을 정도로 해야지 딱 맞다니까."

삿짱의 지휘 아래 '좋은 여자 모드로 사가라를 두근거리게 만들기' 대작전을 결행한 나였지만 역시 하는 게 아니었다며 후회하고 있었다. 내 행동과 아연실색한 사가라의 얼굴을 떠올리자 그 자리에서 머리를 싸매고 싶어진다. 좋아하는 남자가 먼저 고백하게 만들다니, 유혹하는 데도 정도가 있다. 여우처럼 구는 건 나랑 안 맞다.

"좋아, 다음은 스킨십 작전으로 가는 기다. 허벅지 언저리를 은근슬쩍 만지면 된다."

삿짱의 제안에 나도 모르게 히익, 하는 소리가 튀어나왔다. 그런 용기가 있으면 나는 진즉에 장밋빛 대학 생활을 손에 넣고도 남았을 것이다.

"내, 내가 그런 걸 어떻게 해!"

"못 해도 해야지! 하는 기다! 기합과 근성으로!"

"자, 자기는 절대 그런 건 안 하면서! 그러면 삿짱도 해봐!"

"뭐어—?! 내가 그런 짓을, 왜 해!"

나는 힘없이 고개를 숙였다. 으윽, 너무해. 재미있어하는 게 분명해…….

삿짱의 옆에서 커피를 마시고 있던 호죠가 싱글거리며 끼어들었다.

"스킨십으로 유혹해 주면 나야 좋지."

"절대 안 해. 그런데 아직 안 갔나? 오늘은 하루코랑 데이트할 건데?"

삿짱은 옆에 앉는 호죠를 찌릿 노려봤다. 호죠에게 이런 태도를 취할 수 있는 여자는 삿짱 밖에 없을 것이다. 사이가 좋구나, 하고 흐뭇하게 바라본다.

"그나저나 사가라 이 자식은 언제까지 꾸물거릴 거고? 하루코가 이렇게 노력하고 있으니까, 마 적당히 포기하면 될 낀데."

"아까는 『좀 더 마음고생을 해봐야 한다』고 했으면서. 하나만 해라."

"그야 내는 아직 사가라를 인정하지 않으니까 그렇지. 그래도 하루코가 사가라가 좋다고 하니까 어짜겠노. 내는 하루코가 행복하면 그걸로 충분하다."

"에? 삿짱, 그냥 재미있어하기만 한 게 아니구나……."

내 말에 삿짱은 "이 바보"라며 이마에 살짝 딱밤을 날렸다. 그런 다음 서로 이마를 맞대고 웃는다.

재미있어하는 것도 사실이겠지만, 삿짱이 나를 걱정하고 진심으로 응원하고 있다는 것을 나는 잘 알고 있다. 친구가 있다는 건 참 좋은 거구나, 하는 생각에 새삼 마음이 따뜻해졌다.

"어쨌든 하루코 니가 먼저 굴복하면 안 된데이. 연애는 주도권을 잡는 쪽이 이기는 기다."

"으, 응…… 여, 열심히 해 볼게!"

"역시 굴복한 경험이 있는 사람이 하는 말이라 그런지 설득력이 있네."

호죠가 장난스럽게 말하자 삿짱은 "시끄러워"라며 얼굴이 새빨개졌다. 보아하니 이 두 사람 사이에서는 호죠가 주도권을 잡고 있는 모양이었다. 삿짱에게는 미안하지만 나는 살짝 웃고 말았다.

───────────●───────────

예상치 못하게 3교시 수업이 휴강이 되는 바람에 나는 연구실에서 혼자 공부를 하고 있었다. 집중력이 흐트러진 타이밍에 나나세가 한 말이 머리를 스쳐서 그대로 손을 멈춘다.

──만약 누군가와 사귀게 되면 엄청 로맨틱한 상황에서 좋아하는 남자에게 고백을 받고 싶어.

나는 약 일주일 동안 나나세의 발언 때문에 이래저래 머리를 싸매고 있었다. 시험공부와 아르바이트만으로도 벅찬데 여기서 고민할 문제를 하나 더 늘려서 어쩌자는 건지 모르겠다. 연애라는 건 여간 힘든 일이 아닌 것 같다. 연인을 잇달아 바꾸는 사람들의 허용 용량은 도대체 얼마나 큰 걸까.

나나세가 원래 원했던 '근사한 남자 친구'라면 이렇게 고민하지 않고도 나나세를 기쁘게 해줄 수 있을까. 아니, 애초에 나는 나나세의 옆에 서기에 어울리는 남자일까?

처음에는 조마조마하기만 했던 나나세였지만, 지금은 상당히 사교적으로 변했다고 생각한다. 아마 나나세는 내가 없어도 장밋빛 대학 생활을 실현할 수 있을 것이다. 숨기기에 급급했던 맨얼굴이 들통난 지금, 나나세가 '있는 그대로의 자신'을 드러낼 수 있는 사람은 더 이상 나만 있는 게 아니다. 내 역할은 이미 예전에 끝난 셈이다.

……그런 내가 진짜…… 나나세 옆에 있어도, 되는 걸까.

책상에 엎드려서 머리를 감싸고 있는데 등 뒤에서 "아."하는 소리가 들렸다.

"사가라. 뭐 하고 있노?"

돌아보니 스도가 서 있었다. 의아한 눈초리로 이쪽을 보고 있다.

"……아─. 고, 공부?"

"그렇게는 안 보이는데."

스도는 어이없다는 투로 말하더니 책상 위에 있는 파우치를 가방에 넣었다. 깜빡 잊고 놔두고 간 물건을 가지러 온 모양이다.

그대로 가려는 스도의 뒤통수를 향해 "잠깐만."하고 불렀다.

"……스도, 호죠랑 사귄다면서?"

스도는 재빨리 눈을 깜빡였다. 내가 먼저 말을 건 게 의외였던 것이리라.

"하루코한테 들었나? 어차피 숨길 일도 아니라 괜찮지만."

"……너 호죠의 마음을 알면서도 계속 무시했었잖아. 무슨 심경의 변화가 생긴 거야?"

"갑자기 뭐꼬? 어쩐 일로 깊이 파고드네."

스도는 어깨를 으쓱이더니 의자를 끌어당겨 나를 마주 보고 앉았다. 그리고 턱을 괴더니 담담하게 이야기를 시작했다.

"사실 내는 인기 많은 남자랑 사귀는 거 싫어한다. 주위에서 질투하는 것도 짜증 나고 이래저래 귀찮거든. 그런 리스크를 짊어지면서까지 사귈 메리트가 있나? 라는 게 내 생각."

그 심정은 조금 이해가 갔다.

"하지만 그건 결국 내가 상처 입기 싫어서 겁을 내는 것뿐이라는 걸 깨달았지. 가만히 생각해 보니까 히로키가 내 말고 다른 여자랑 사귀는 건 절대 싫기도 하고. 그러려면 마음을 단단히 먹고 주위를 적으로 돌릴 각오도 해야 된다 아이가."

거기까지 말하더니 역시 조금 쑥스러운지, 스도는 뺨을 붉히며 "자, 이 이야기는 여기서 끝!" 하고 얘기를 중단했다.

스도의 얘기를 듣고 나자 그녀에게 친근감과도 비슷한 감정이 느껴졌다.

상처 입는 게 두려워서 자신의 진실된 마음에서 도망치고 상대의 마음을 받아들이지도 못했다. 그런 점은 나도 스도도 똑같다.

그래도 스도는 자신이 상처 입을 각오를 하고 호죠와 함께 하는 길을 선택했다.

"······너랑 나, 조금 닮았는지도 몰라······."

나지막하게 중얼거리자 스도는 노골적으로 얼굴을 찌푸렸다. 그리고는 짜증난다는 투로 말했다.

"뭐어~?! 방금 뭐라했노? 두 번 다시 그라지 마라. 최악. 확마 죽고 싶다."

······나와 똑같은 취급 당하는 게 싫은 건 알겠으니까 바퀴벌레라도 보는 것 같은 시선은 좀 거둬줘. 아무리 나라도 상처받는다고.

"그나저나 지금 내를 신경 쓸 때가 아닐 텐데? 하루코랑은 제대로 해 볼 생각이 있긴 하나?"

"그, 그건······."

"하루코는 인기도 많은데 그라다가 하루코가 먼저 정 떨어질 수도 있데이? 뭐, 나야 하루코가 더 괜찮은 남자랑 사귀는 게 낫다고 생각하지만."

스도의 입에서 쏟아져 나온 말은 상상 이상의 파괴력으로 내게 치명타를 안겼다. 왜 이 녀석은 늘 정확하게 나를 찌르고 드는 걸까.

그런 건 나도 안다. 볼품없고 한심한 나를 좋아한다고 말해준 여자를── 더 이상 기다리게 하는 건 나도 싫었다.

수업을 마치고 집으로 돌아온 후, 나나세의 집 인터폰을 눌렀다. "자, 잠깐만 기다려!"라는 소리가 들리더니 5분 정도 지나서 마스크를 쓴 나나세가 나왔다.

"······어라, 감기?"

"아, 아니. 지금 맨얼굴이라······."

그러더니 나나세는 부끄러운 듯 두 손으로 눈가를 가렸다. 그 순간, 양쪽 손목을 잡고 있는 힘껏 내리고 싶은 충동이 치솟았지만 꾹 참았다.

"그, 그보다. 갑자기 어쩐 일이야?"

"……아. 으, 으음. 그게 ……시, 시험 끝나면, 봄방학이잖아."

본론으로 들어가기 위한 포석으로 너무 자명한 사실을 꺼내고 말았다. 나나세는 이상하다는 듯 고개를 갸웃거리고 있었다. 나는 가능한 한 자연스럽게, 라며 나 자신을 타이르는 것처럼 말을 이어갔다.

"시, 시험 끝나면…… 어디 놀러 갈까 하고."

나나세는 깜짝 놀랐는지, 안경 너머의 눈이 휘둥그레졌다.

"저기…… 우리 둘만?"

나는 말없이 고개를 끄덕였다. 나나세는 지금 무슨 생각을 하고 있을까. 커다란 마스크 때문에 표정이 잘 안 보여서 불안하다.

"……응. 나도 가고 싶어."

짧은 침묵 후, 나나세가 그렇게 대답해 주었다. 나는 내심 가슴을 쓸어내렸다.

"……응. 그럼. 저, 이것저것…… 알아봐 둘게."

"고마워. 기대하고 있을게."

나나세는 눈매를 한껏 누그러뜨리며 "그럼, 잘 가" 하고 문을 닫았다. 의외로 침착한 반응에 불안감이 스멀스멀 엄습해 온다. ……괜찮은 거, 맞겠지?

울적해지려는 기분을 억지로 끌어올린 나는 아르바이트를 하기 전에 허기진 배를 채우기 위해 30엔짜리 우동을 삶기 시작했다.

문을 닫자마자 나는 그 자리에서 주먹을 높이 치켜들었다.

성공했어! 드디어 데이트 신청을 받았어!!

가만히 생각해 보니 데이트라는 말은 못 들었네, 라고 생각했지만, 단둘이 놀러 가는 것이니 데이트라고 불러도 무방할 것이다. 응, 그런 걸로 하자.

들뜬 마음이 가라앉지 않아서, 어떤 옷을 입고 갈지 옷장을 열어 본다. 그러다 금방, 너무 성급하게 굴 것 없잖아, 라며 다시 닫았다. 아직 좀 더 있어야 하니까 시험이 끝나면 바로 새 옷을 사러 가자.

설마 사가라가 먼저 데이트 신청을 할 줄이야. 샷짱이 전수해 준 좋은 여자 대작전도 효과가 있었다고 봐야 하나. 허벅지에 스킨십은 결국 못했지만…….

옆집에 들리지 않도록 조용히 기쁨을 폭발시키고 나자 조금 차분해졌다. 그와 동시에 이게 마지막 기회일지도 모른다는 생각이 들었다.

두 뺨을 살짝 때린 나는 얼른 마음을 다잡고 조금 전까지 하던 시험공부를 다시 시작했다. 최고의 컨디션으로 사가라와 데이트하기 위해서는 무슨 일이 있어도 최고 평가를 받아야 한다. 공부도 사랑도 소홀히 할 생각은 절대 없다.

이리하여 후기 시험이 무사히 끝나고 봄방학이 시작되었다. 시조카와라마치에 있는 쇼핑몰 건물 앞에서 나나세를 기다리고 있었다.

교토에 온 후로 이 근방에 발을 들인 적은 손에 꼽을 정도 밖에 없다. 주위 사람들이 유난히 세련되어 보여서 괜히 기가 죽는 것 같았다.

……에잇, 주눅 들 것 없어! 오늘은 나나세에게 꼭 고백할 거야.

게다가 평범한 고백은 안 된다. 나나세를 만족시킬 수 있는 '로맨틱한 상황'을 연출해야 한다.

나는 한참 머리를 굴리고 고뇌한 끝에 데이트 코스를 짜냈다. 우선 나나세가 좋아할 거 같은 로맨스 영화를 보고 난 후, 근사한 카페에서 타르트를 먹고 카모가와 강변에 나란히 앉아서 석양을 본다. 얼마 전의 내가 들었다면 거품을 물고 기절할 것 같은 일정이다.

하지만 이 또한 나나세에게 어울리는 '근사한 남자 친구'가 되기 위한 한 걸음이다.

영 진정되지 않는 마음으로 기다리고 있자 건널목 맞은편에 나나세가 보였다. 하얀 원피스 위에 처음 보는 코트를 입고 있다. 저 녀석, 또 새 옷 샀구나, 하고 몰래 생각한다. 아르바이트해서 번 돈으로 죄다 옷만 사는 건 아닌지 모르겠다.

나나세도 나를 발견했는지 기쁘게 손을 흔든다. 나는 조심스럽게 한 손을 들어 살짝 마주 흔들었다. 신호가 파란색으로 바뀌는 것과 동시에 나나세가 종종걸음으로 달려왔다.

"사가라, 미안해! 많이 기다렸어?"

"아니, 별로⋯⋯."

그렇게 대답했다가 아차 싶었다. 이럴 때 근사한 남자 친구라면 「나도 방금 왔어」라고 대답하는 게 정답 아닐까. 실제로는 15분 전부터 여기서 기다리고 있었지만.

하지만 내가 우물쭈물하는 사이에 나나세는 생긋 웃더니 걸음을 옮기기 시작했다.

"왠지 이런 것도 신선해서 좋은 것 같아! 보통 옆집에 살고 있으면 밖에서 따로 만날 약속을 잡진 않잖아."

"에, 아아, 응."

"사가라가 영화를 보고 싶다니, 어쩐 일이야? 무슨 일이라도 있어?"

"아니, 그냥⋯⋯."

나는 대답을 흐리며 어색하게 나나세의 손을 잡았다. 살짝 힘주어 잡자 나나세의 뺨이 발그레하게 물든다. 그러더니 꽉 하고 손을 마주 잡아주었다.

그리고 나는 나나세가 바라는 장밋빛 데이트를 실현하기 위해 기합을 넣고 걷기 시작했다.

⋯⋯고 생각했는데. 일은 그리 간단히 풀리지 않았다.

어젯밤엔 늦은 밤까지 일하느라 2시간 남짓한 상영 시간 내내 잠에 곯아떨어져 있었다. 영화관 의자가 쓸데없이 푹신푹신한 것도 한몫했다. 나나세는 "재미있었어"라고 말했지만 아마 내가 자고 있었던 걸 알았을 것이다.

다음에 간 타르트 가게는 상상 이상으로 혼잡했다. 3시간 대기라니. 놀이공원의 놀이기구를 탈 때도 이렇게는 안 기다린다고. 줄을 설지 말지 고민하고 있자 나나세가 "나 크레이프가 먹고 싶어"라며 도움의 손길을 내밀어 주었다. 반대로 내가 배려를 받으면 어쩌자는 거냐.

그 후, 나나세가 원하는 대로 쇼핑몰로 자리를 옮겼을 때도 그녀가 살지 말지 고민하던 액세서리 가격을 몰래 확인하고 입이 떡 벌어졌다. 만약 이걸 산다면 나는 다음 달 내내 길가에 있는 잡초나 뜯어 먹고 살아야 한다. 나나세는 "아르바이트 급여가 나오면 살까"라면서 결국 아무것도 안 사고 가게를 나왔다.

……나, 할 줄 아는 게 아무것도 없잖아…….

지금까지의 나는 아무리 생각해도 '근사한 남자 친구'와는 거리가 멀었다.

그에 비해 나나세의 행동은 그야말로 완벽했다. 내 실수에도 웃어주고 다정하게 배려해 준다. 어디에 가서 무엇을 하든 즐거워하고 어디 갈지 고민하고 있으면 자연스럽게 원하는 걸 말해줬다. 고마웠지만 조금 더 어이없어도 하고 화도 내주면 좋을 텐데, 라는 생각도 들었다. 혹시 나 때문에 나나세가 무리하는 건 아닐까.

어깨를 축 늘어뜨리며 시조오하시를 건넌 후, 계단을 내려가 강변으로 향했다. 타이밍이 늦었는지, 어느새 날이 저물어서 태양은 산 너머로 완전히 자취를 감춘 후였다. 계획대로라면 석양을 봐야 하는데. 어느 것 하나 계획대로 되는 게 없었다.

카모가와 강변에는 추위 때문에 적긴 하지만, 커플들이 일정한 간격을 두고 앉아 있었다. 나는 나나세를 향해 작은 목소리로 "앉을까?"라고 물었다.

"아, 그래도 돼?! 당연하지! 앉고 싶어!"

나나세가 그렇게 말하며 환한 표정을 지은 순간, 나의 시답잖은 의견 따윈 말 그대로 산 너머로 집어 던졌다. 이젠 두 번 다시 카모가와 강변에 일정한 간격으로 앉아 있는 커플들을 무시하지 않을 것이다.

나와 나나세는 카모가와 강변에 나란히 앉았다. 2월의 저녁은 생각했던 것보다 더 춥다. "에취" 하고 작게 재채기를 하는 나나세를 보고 당황했다.

"미, 미안. 많이 춥지?"

"응, 조금."

내 머플러를 풀어서 나나세의 목에 둘둘 감아준다. 그녀는 검은 머플러에 얼굴을 파묻더니 "고마워"라며 미소 지었다. 그것만으로도 몰아치는 차가운 바람 따윈 조금도 신경 쓰이지 않았다.

"……나나세. 이거 받아."

나는 숄더백에서 꺼낸 종이 쇼핑백을 나나세에게 내밀었다. 그녀는 쇼핑백 겉면에 그려진 브랜드 로고를 보더니 "앗" 하고 나지막하게 외쳤다.

"열어봐도 돼?"

내가 고개를 끄덕이는 것을 확인하더니 조심스러운 손놀림으로 포장을 풀어 나간다. 안에서 나온 것은 검은색의 자그마한 원통—— 립스틱이었다.

일주일 정도 전, 백화점에서 구입한 것이다. 왜 이렇게 립스틱 색의 종류가 많은지, 현기증이 날 정도였다. 점원에게 나나세의 사진을 보여주면서 어울릴 것 같은 것을 추천받아서 샀다. "여자 친구에게 선물하시려고요?"라는 질문을 받았을 때는 얼굴이 익다 못해 폭발하는 줄 알았다.

"너무 예뻐! 나 이 브랜드 좋아하는데. 고마워. 소중히 사용할게."

속마음이 어떻든 그렇게 말해주니 마음이 놓였다. 나 자신의 센스만큼 신용하기 어려운 것도 없으니 말이다.

아무리 호의적인 눈으로 봐도 나는 주위 사람들이 부러워할 만한 연인은 못 된다. 나와 사귀어봤자 장밋빛과는 한참 거리가 멀 것이라 생각한다. 나나세의 바람을 모두 이루어줄 수 있는 남자는 분명 얼마든지 있을 것이다.

그래도 나는 앞으로도 쭉 나나세와 함께 있고 싶었다.

고요하게 흐르는 강이 가로등 불빛 속에 일렁이고 있다. 말없이 그 풍경을 바라보며, 누가 먼저랄 것 없이 손을 마주 잡았다. 두 사람의 체온이 조금씩 녹아들면서 서서히 같은 온도로 변해간다.

나는 나나세와 똑바로 마주 보았다. 나를 바라보는 나나세의 눈동자는 빨려들 것처럼 투명하다. 처음 만났을 때는 너무 눈부셔서 똑바로 볼 수 없었지만 1년 가까이 걸려서야 겨우 그녀와 마주할 각오가 섰다. 이제는 나나세의 마음으로부터도, 내 마음으로부터도 도망치지 않을 것이다. 지금 내가 전할 말은 하나밖에 없다.

"저기, 나…… 나나세를…… 조, 좋아해."

……아, 제길, 더듬었잖아.

내 머리로는 센스 있는 말 따윈 도저히 안 떠오르고, 예쁜 석양도 없고, 한겨울의 카모가와는 미칠 듯이 추웠다. 용기를 쥐어 짜낸 일생일대의 고백은 조금도 멋지지 않았다.

나나세는 눈을 커다랗게 뜬 후, 눈을 깜빡이더니── 눈물을 뚝 흘렸다.

"?! 아, 으, 으앗, 미, 미안해, 나나세!"

나나세가 느닷없이 울음을 터뜨리자 나는 당황했다.

여, 역시 별로였나? 좀 더 멋지게, 말했어야 했나……?

서둘러 손수건을 찾았지만 유감스럽게도 그런 건 들고 다니지 않는다. 굵직한 눈물이 뚝뚝, 뺨 위를 흘러 턱을 따라 그녀의 치마에 얼룩을 만든다. 내가 어쩔 줄 몰라 하고 있자 눈물이 잔뜩 맺힌 눈동자를 한 나나세가 말했다.

"너, 너무 기뻐~……."

"어, 엇?"

"드, 드디어, 말해줬네……다행이야……."

나나세는 어린아이처럼 으흐흑 하고 훌쩍이고 있다.

"나, 나…… 사, 사가라를, 도, 도저히, 포기할 수 없어서…… 조, 좋아한다고, 한 번 더 말하고 싶었는데, 말할 수가 없었어……."

"나나세……."

"그, 그래서, 사가라에게, 고백을 받는 수밖에 없다는, 생각에,

노력했어…… 으흑, 사실은 너무, 불안했어."

"……미안."

내가 확실히 하지 않아서 나나세를 이렇게나 불안하게 만들었다. 미안함과 사랑스러움으로 가슴이 조여왔다. 눈앞에서 울먹이는 나나세를 지금 당장 안아주고 싶은 충동을 이성으로 꾹 억누른다.

"으흑, 으으, 어, 어떡하지. 화, 화장이 지워지겠어…… 고, 공들여서 한 건데……."

나나세의 눈가에 있는 반짝이는 이미 떨어졌고 눈물도 조금 거무스름하다. 지금 내 눈앞에서 울고 있는 여자는 자신이 그렇게 동경하는 반짝반짝 빛나는 여자와는 거리가 멀었다.

그래도 내게는 이 세상에서 제일 예쁜 여자다.

나는 손을 뻗어 훌쩍이는 나나세의 뺨을 살짝 닦아주었다.

"괜찮아. 내 앞에서는 있는 그대로의 나나세로도 충분해."

"……지, 진짜?"

"……열심히 노력하는 나나세도, 그, 조, 좋아하긴 하지만…… 내 앞에서는, 무리 안 해도 돼. 나나세가 원래 모습으로 속마음을 털어놓고 웃는 게 나는 더 좋아."

코를 훌쩍인 나나세가 헤엣, 하고 무방비한 미소를 지었다. 눈물로 얼룩져 있어도, 입꼬리가 완벽하게 올라가지 않아도. 그런 미소가 제일 매력적이라고 생각한다.

"……그럼, 딱 하나. 하고 싶은 말이 있어."

나는 "뭔데?"라고 물었다. 토라진 것처럼 입술을 삐죽인 나나

제4강 **한 걸음 내딛는 겨울** 317

세가 속삭였다.

"……사실은 나, 잔뜩 상처받았어. 앞으로 100번 정도는 더 좋아한다고 말해주지 않으면, 용서해 주지 않을 거야. 내가 안심할 수 있을 때까지, 확실히 알 수 있게 해줘."

틀린 말은 아니다. 앞으로 나는 최선을 다해 속죄해야 한다.

"……알았어."

나는 그렇게 말하고 나나세의 가냘픈 손목을 부드럽게 잡아당겼다. 깜짝 놀라 눈을 동그랗게 뜬 그녀를 향해 조금씩 얼굴을 가까이 한다. 입술이 닿기 바로 직전에 "잠깐만"이라고 말한 나나세의 손바닥이 내 입을 덮었다. 초조해진 나는 그녀의 손을 치웠다.

"왜? 알 수 있게 해달라고 한 건 너잖아."

"뭐, 뭐 하려고, 그래?"

"……연인 사이에만, 할 수 있는 일."

그 순간, 나나세의 뺨이 새빨갛게 물들었다. 내 얼굴도 아마 비슷할 것이다.

그녀는 두리번거리며 주위를 확인한 후, 각오가 섰는지 눈을 꼭 감았다.

립스틱을 칠한 장밋빛 입술에 내 입술을 서툴게 대고 누른다. 맞닿아 있었던 건 한순간, 금방 떨어졌다.

"……이제 알겠어?"

"……아직, 모르겠어."

바로 코앞에서 물어보자 나나세는 그렇게 답했다. 유혹하듯 눈을 살짝 감은 그녀에게 이끌리듯, 아직은 어색한 두 번째 키스를

한다. 한 번 더, 라고 속삭일 때마다 입술을 겹쳤다.

　나나세에게 내 마음이 오롯이 다 전해졌을 무렵에는 그녀 입술의 장밋빛은 완전히 사라지고 없었다.

거짓말쟁이 입술은 사랑에 무너진다

usotsuki lip ha koi de kuzureru.

거짓말쟁이 입술은

사랑에 무너진다

usotsuki lip ha koi de kuzureru.

너와 다시 맞이하는 봄

"나나세, 언제까지 화장만 하고 있을 거야?! 그 정도면 충분하
잖아."

거대한 메이크 박스를 펼쳐놓고 진지한 표정으로 거울 앞에 앉
아 있는 뒷모습을 향해, 나는 참다못해 외쳤다. 이쪽을 돌아본 나
나세는 눈썹을 치켜올리며 쏘아본다.

"전혀, 충분하지 않아! 아직 팔부능선!"

"헐…… 이러다 집합 시간에 늦어! 그대로도 충분히……."

"절대 안 돼! 사가라가 맨얼굴의 나도 예쁘다고 말해주는 건 고
맙지만 그거랑 이건 얘기가 전혀 달라!"

나나세는 그렇게 말하더니 다시 거울과 마주했다. 정체를 알
수 없는 분을 얼굴에 톡톡 두드리고 있는 모습을 보면서 앞으로
몇 분 후에나 출발할 수 있을까, 하고 한숨을 쉬었다.

내가 나나세에게 고백한 지 한 달이 지났다.

솔직히 말해서 나나세가 동경하던 '근사한 남자 친구' 역할을
잘하고 있느냐 하면 그렇지도 않다. 나는 여전히 아르바이트를
하느라 정신이 없는 것도 모자라 돈도 없고 살갑게 굴지도 못하
는, 재미없는 남자다.

오늘부터 사흘 동안, 우리가 소속되어 있는 스터디 그룹의 친목 여행이 있다. 어떻게 할지 고민했지만, 결국 참가하기로 했다. 스도는 "역시 하루코가 가자고 하니까 왔네"라며 어이없어했지만 호죠는 "저래 봬도 사가라가 의리는 있다니까"라며 웃었다.

"밤새도록 야한 얘기나 하자!"라는 키나미는 그렇다 처도, 사실 나는 그 녀석들과 지내는 시간이 그리 싫지 않았던 것이다.

나나세의 화장이 끝난 것은 그로부터 20분 정도 지나서였다. 밝은 분홍색 립스틱을 바른 나나세가 "기다렸지?"라며 웃어 보인다. 내가 선물한 립스틱이라는 걸 깨닫자 괜히 머쓱해졌다.

"어때? 예뻐?"

그렇게 말하며 고개를 기울이는 나나세는 그 누구도 불평할 수 없을 정도로 예뻤다. 솔직하게 "응" 하고 고개를 끄덕이자 실눈을 뜨며 기뻐한다.

"다행이다. 역시 언제나 예쁜 모습으로 있고 싶어."

나나세는 주위에 맨얼굴을 들킨 후에도 계속 화장을 하고 있다. 언제나 예쁜 모습으로 있고 싶다면서 맨얼굴을 화장으로 가리고 몸치장을 아끼지 않았다. 그게 바로 나나세의 갑옷이자 무기이기 때문이다.

나는 그런 나나세가 제일 예쁘다고 생각한다. 얼굴 생김새가 문제가 아니라 예뻐지려고 노력하는 자세가 반짝반짝 빛나기 때문이다.

하지만 나는 맨정신으로 「그런 점이 예뻐」라는 말을 할 수 있는 남자는 아니다. 나나세에게 고백했을 때의 근성은 도대체 어디로 사라진 걸까. "아, 그래?"라고 대답하는 목소리는 내가 봐도 질릴 정도로 냉담했다.

"……좋아, 준비 다 했어! 자, 가볼까!"

한참을 고민한 끝에 액세서리를 고른 나나세는 그렇게 말하며 내 팔을 끌어당겼다. 밖으로 나가서 캉캉, 거리는 소리를 내며 연립주택 계단을 내려간다.

엷은 색을 띤 하늘에는 태양이 빛나고 부드러운 햇살이 내리쬐고 있었다. 아직 2월인데도 불구하고 마치 이른 봄이 찾아오기라도 한 것처럼 오늘은 날씨도 따뜻했다. 나는 콧노래를 부르며 발걸음도 가볍게 폴짝폴짝 뛰기까지 했다. 사가라는 그런 나를 보고 쓴웃음을 짓는다.

"스터디 그룹 여행, 너무 기대되는 거 있지! 이런 거, 왠지 좋지 않아? 청춘 느낌이 물씬 나잖아!"

"청춘이라……."

내 말을 들은 사가라는 심드렁한 얼굴로 중얼거렸다. 여전히 '청춘'을 살짝 무시하는 듯한 태도다. 나 홀로 주의를 (일단은) 벗어난 그이지만, 역시 아직은 살짝 꼬여 있다. 조금이나마 변화의 조짐이 보이긴 하지만.

"난 있지, 친구들이랑 밤새워 연애 얘기를 나누는 게 꿈이었어!

후후, 너무 기대돼."

"연애 얘기라니, 내 이야기를 하려고? 분명 스도에게 욕이나 실컷 듣겠지……."

사가라는 우울한지 미간을 살짝 찌푸렸다. 아무래도 삿짱을 무서워하는 것 같다. 이러니저러니 해도 두 사람은 꽤 많이 닮았다고 생각하지만, 그런 말을 했다가는 삿짱이 길길이 날뛸지도 모른다.

"대학은 봄방학이 길어서 좋아. 다음엔 아르바이트 선배들이랑 같이 드라이브 가기로 했어. 아, 그리고 얼마 전에 알게 된 문학부 애랑 영화관에도 가기로 했어."

"호오."

"LINE에 등록된 친구 수도 30명이 넘었어! 에헤헤, 대단하지?"

사가라를 향해 피스 사인을 만들어 보이자 그는 "열심히 했네."라며 다정한 얼굴로 웃어주었다. 아직 친구 100명에는 못 미치고 장밋빛 대학 생활이라 부르기엔 부족하지만. 왠지 내 미래는 꽤 밝을 것 같다.

"사가라랑도…… 둘이 함께 여기저기 많이 가고 싶어! 아, 다음에 그때 그 타르트, 다시 도전해 보는 건 어때?"

예전 데이트 때 실패했던 일이 떠올랐는지, 사가라가 "으."하고 중얼거리며 가슴을 누른다. 그때 먹은 크레이프도 맛있었으니 그렇게 신경 쓰지 않아도 되는데.

"……알았어. 이번에는 꼭 예약해 둘게."

"디즈니랜드에도 가고 싶어! 둘이 같이 캐릭터 머리띠도 하자!"

"아…… 그, 그건 좀……."

이제 와서 내빼려고 하다니, 그렇게는 안 되지. 별로 안 내켜 하는 사가라의 얼굴을 들여다본 후, 나는 입을 열었다.

"사가라, 나 말이야."

내 얼굴을 들여다본 나나세가 생긋 웃는다. 산뜻한 색으로 빛 나는 입술이 예쁘게 호를 그린다.

"사가라, 나 말이야. 장밋빛 대학 생활을 보내고 싶어."

"나도 알아."

"물론 사가라도 협조해 줄 거지?"

……나나세의 '장밋빛'에 동참하는 건 여간 힘든 일이 아닐 것 같다. 그래도 귀찮다는 생각은 조금도 들지 않았다.

나나세의 세계는 조금씩 넓어지고 있고 내 세계 또한 그녀를 만나면서 넓어지고 있다. 이젠 더 이상 그게 성가시지 않았다.

나는 나나세의 왼손을 끌어당겨서 자연스럽게 잡았다. 정면을 똑바로 보면서 재빨리 말한다.

"협조, 는 하겠지만…… 미리 말해두자면 널 위해서 그런 건 아 니야."

"응?"

"내가 너랑 같이 있고 싶어서 협조하는 거야."

그렇게 말하자 나나세는 기쁘게 고개를 끄덕이며 내 손을 꽉 마주 잡았다. 부드럽고 작은 손은 나보다 체온이 높아서 따뜻하다.

그때 손목시계로 시선을 떨어뜨린 나나세가 "아!" 하고 큰 소리로 외쳤다.

"어떡해! 다음 버스를 놓치면 집합 시간에 늦을 것 같아!"

"뭐라고? 네가 한가하게 화장이나 하는 바람에……."

역시 나나세랑 함께 있으면 계획대로 되는 일이라곤 하나도 없다. 그래도 그녀에게 휘둘리는 대학 생활은 혼자 지내는 것보다 훨씬 더 즐겁지 않을까 하는 생각이 들었다.

"서둘러, 사가라!"

"제발 내 말 좀 들어!"

그리고 우리는 손을 꼭 잡은 채, 뛰기 시작했다.

이것은 나와 그녀의, 장밋빛과는 조금 거리가 먼 대학 생활에 관한 이야기이다.

거짓말쟁이 입술은 사랑에 무너진다

usotsuki lip ha koi de kuzureru.

후기

　처음 뵙겠습니다! 오리지마 카노코라고 합니다! 이렇게『거짓말쟁이 입술은 사랑에 무너진다』를 구매해 주셔서 정말 감사합니다!

　이 작품은 제15회 GA문고대상에서 ≪은상≫을 수상한 작품입니다. 이 책의 원고는 제가 처음으로 쓴 오리지널 소설이다 보니 사가라와 하루코에 대한 애정도 남달라서 이렇게 출간될 수 있어서 얼마나 감사한지 모릅니다. 정말 너무 기뻐요~!!

　이 작품의 개고 작업을 하다가 문득 생각난 건데, 하루코라는 캐릭터의 모델이 된 건 제가 대학 시절에 쓴 졸업 논문이었습니다. 주제는『여대생의 화장 행동과 대인 능력의 관계성에 대해』. 논문의 완성도는 처참해서 교수님에게「그럴듯하게 정리했지만 결국 '아무것도 모르는 것을 알게 되었다'라고 쓴 것밖에 더 되나」라는 힐난을 듣고 눈물을 흘렸는데, 그럭저럭 졸업은 할 수 있었답니다. 당시에는「괜히 썼나 봐……」라며 잔뜩 풀이 죽었지만 그게『거짓말쟁이 입술』이 탄생하는 계기가 되었으니 나름대로 의미가 있었던 건지도 모르겠네요…….

　그럼, 이번에는 감사 인사를 드릴 차례네요.

　멋진 일러스트로 캐릭터에 새로운 생명을 불어 넣어주신 타다노 유키코 선생님. 어느 것 하나 빼놓을 수 없이 너무 근사해서 일러스트를 받을 때마다 감동했답니다……! 아름답고 예쁜 일러스트들, 정말 감사합니다! 표지 일러스트를 처음 받았을 때, 하루코의 반짝거리는 눈동자에 빨려 들어갈 것 같아서 몇 분 정도 서로 가만히 바라보고만 있었어요. 지금도 정기적으로 서로 마주 보고 있어요. 나, 나의 하루코……(사가라의 것입니다).

집필 당시부터 저를 격려하며 지켜봐 주고, 상을 받을 때는 축하도 해준 친구들. Web 게재 때부터 응원해 주신 독자 여러분. 여기까지 올 수 있었던 것도 당시에 읽어주신 분들 덕분입니다! 감사해요!

GA문고대상 선정 작업을 하느라 고생 많이 하신 GA문고 편집부 직원분들, 이 책이 출판되기까지 힘써주신 많은 분에게도 이 자리를 빌려 감사드립니다.

담당 편집자인 누루 씨. 거듭된 개고 작업을 고뇌하면서도 너무나 즐겁게 해나갈 수 있었던 것은 다 누루 씨가 작품의 영혼을 소중히 여기며 정확한 길을 알려주신 덕분입니다! 이래저래 폐도 많이 끼쳤지만, 앞으로도 잘 부탁드려요!

서브 담당인 단우라 씨! 너무 귀엽고 멋지며 인상적인 제목을 지어주셔서 감사합니다! 단우라 씨 없이는 이 작품을 완성하지 못했을 거예요……!

그리고 무엇보다 이 책을 구매해 주신, 바로 당신에게! 마음에서 우러나는 감사함을 전합니다! 아무쪼록 다음 2권에서 다시 만나 뵐 수 있기를 바랄게요!

오리지마 카노코

거짓말쟁이 입술은 사랑에 무너진다 1

2025년 2월 15일 1판 1쇄 발행

저　　　자 오리지마 카노코
일 러 스 트 타다노 유키코
옮 긴 이 권미량
발 행 인 유재옥
담 당 편 집 정영길

이　　　사 조병권
출판본부장 박광운
편 집 1 팀 박광운
편 집 2 팀 정영길 조찬희 박치우
편 집 3 팀 오준영 이소의 권진영 정지원
디자인랩팀 김보라 이민서
디지털사업팀 김경태 김지연 윤희진
콘텐츠기획팀 박상섭 강선화
라이츠사업팀 김정미 이윤서
영업마케팅팀 최원석 이다은 윤아림
물 류 팀 허석용 백철기
경영지원팀 최정연
인쇄제작처 ㈜코리아피엔피
발 행 처 ㈜소미미디어
등　　　록 제2015-000008호
주　　　소 서울시 마포구 토정로222, 502호 (신수동, 한국출판콘텐츠센터)
판매 및 마케팅 (070) 8822-2301

ISBN 979-11-384-3583-3 04830
ISBN 979-11-384-3567-3 (세트)